以语言的锋芒与力量介入

——序《晚霞满天》兼及里下河区域写作的意义与价值

姜广平

位于里下河腹地的江苏省兴化市，是有名的文学之乡，盛产作家，佳作迭出。从古至今，兴化人著书立说，蔚然成风。这片水乡沃土有着特殊的地域文化背景，兴化籍作家也有着特别敏锐的文化自觉。因成果过于庞大，小说家人数过于众多，2012 年 4 月 21 日，中国小说学会授予兴化市全国首家“中国小说之乡”称号。

在众多的小说作家之中，大器晚成者也为数众多。乡村小学语文教师出身的翁太庆便是在他 56 岁（2015 年）时，开始文学创作的。

从 2015 年春天以来，翁太庆已先后发表散文作品五十多篇，短篇小说的创作最近几年也颇引人注目。

翁太庆在这样的年龄开始文学创作，在兴化籍作家中并不算孤例。从这一点，我们也可以看出，兴化籍作家，特别是兴化本土作家，大多有一种义无反顾地为文学献身的精神。这一点确实令人感动。

前些年，兴化市作家协会数次邀请我去为兴化本土作家们讲我这些年来的创作和文学批评历程。记得有一次，我联系身居海安县城的罗望子，谈到了县城写作这个概念，说到艾伟的长篇小说《越野赛跑》，我有感而发地说过这样的话：

兴化本土作家们的写作是令人感动的，他们那种以飞蛾扑火的姿态拥抱文学的方式，让人觉得无比悲壮。明知文学写作是一种没有终点、没有方向，甚至没有希望的越野赛跑，但仍然在做着困兽犹斗的拼搏，仍然以夸父逐日般的气概，在奋力追赶着文学的太阳。

我的这番话，让很多与会的作家感动。他们中的很多人，多次在不同场合谈及这次讲座。甚至在若干年后，还有人与我交流那次讲座给他带来的感动。

我好像也是在这次讲座中认识翁太庆的。

现在，翁太庆终于拿出自己的短篇小说集了，翁老师非常客气，一定要让我为他的新书写一点儿文字。

在我看来，写作于翁太庆而言，似乎更加悲壮。他不是身处县城的作家，他生活与工作的地方是离兴化城五十公里的戴南镇乡下。在他身边，虽然也有一些作家朋友，但大体上可以说，翁太庆是一个执着于纯文学追求的人，他是一个真正意义上的孤独的写作者。

从传承上说，翁太庆走的无疑是现实主义的路子。正像翁太庆自己所言，他对传统的现实主义创作颇为醉心。他所钟爱的作家有鲁迅、巴金、雨果、巴尔扎克、托尔斯泰、高尔基等人，尤其爱读契诃夫、莫泊桑的短篇小说。

直到近两年，他才关注到了20世纪80年代的先锋文学以及先锋文学背后的西方现代主义和后现代主义文学大潮。

《晚霞满天》（短篇小说集）以苏北里下河水乡乔泽镇为背景，一方面展示了里下河地区的自然风貌、乡土风情和社会生活画，另一方面，则刻画了一个个鲜活的人物形象。

当然，如果只有这两点意义，我们便可以一下子给出结论：翁太庆只是一个未能跳出传统路数的作家。或者说，这样的翁太庆，并未抵达文学那种真正的诗学境界和美学高度，其最大的意义，只是里下河地区众多作家中的一个普通的可以复制的作家而已。

应该看到，翁太庆的意义超越了这两者而抵达了另一种境界。

韩东对诗歌的最高境界，曾有过这样的表达：诗到语言为止。

韩东的“诗到语言为止”其内涵是丰富而深刻的。韩东所想表达的，第一，诗人必须无条件地信任语言。就像蜜蜂信任他的毒针，牛信任它的犄角一样，除此之外没有第二条路走。第二，诗性的语言是诗人存在的前提。其三，真正的诗歌必须是在动态过程中带着语言的光芒与光泽，离开语言，诗是不存在的。

在我看来，翁太庆的小说创作，也同样恪守着这一诗歌的文学规则。

翁太庆从创作伊始，就无比信任语言的力量。

我们可以看到，在翁太庆的小说作坊里，他不着痕迹地构建起了自己的语言“炼金坊”，翁太庆像一个炼金术士一样，刻意打磨着自己的小说语言，在形成自身小说特色的同时，也形成了里下河区域内一种非常迷人的文学景观。

也许，还很少有人有着这样的发现。当然，也许还有人认为，小说创作本身，不就是依靠语言吗？没有看出翁太庆的小说语言与其他里下河作家有什么不同啊！

这样说来，也许，连翁太庆自己都可能没有意识到他的小说写作正在沿着这一条独特的语言之路前进。

客观上应该看到，放眼“里下河文学现象”和“兴化文学现象”所涵盖的所有作家，似乎都刻意于对里下河地区方言魅力、风土人情的展示。然而，不得不说的是，众多里下河作家从语言层面上说，也只是在展示这一语言的生态，表现这种语言和吴侬软语相近的那种乡情与妩媚，但对于这种语言深层次内涵的挖掘与打捞，我觉得，翁太庆的文学表现是非常杰出的。

也就是说，翁太庆的语言自身已经构成了其小说的有机组成部分。

我的意思是说，其他使用里下河方言的作家，完全可以置换成体面的普通话来表述。而在翁太庆这里，则无法以普通话来对他的语言进行置换。如果强行置换，当然也是可以的，毕竟，里下河方言中接近普通话的部分是客观存在。但是，强行置换后，我们发现，翁太庆的小说，便会被改写得面目全非，如失去血肉的病体一样，毫无生命力量。

可能很少有作家注意到，里下河人，特别是兴化一地的人们，目不识丁的也好，满腹经纶的也好，都非常执着于语言魅力的呈现。也就是说，里下河人在日常生活中都非常在意语言的表达方式，更介意语意的深层次、多维度内涵的表现。

翁太庆的小说，正是在这种深层次、多维度上展开小说的情节，其小说情节的推进，某种意义上说，是其叙事语言深入到了小说情节的腹地，并在其小说肌理部分显示出语言的力量。我们如果仔细体会《桃园殇》《鸭瘟》《四侉子》等篇什，就能体会到这一点。

再回到里下河方言的语境。我们知道，其实很多里下河地区的作家们，都已经体会到了这种语言极具个性，然而，却很少有作家注意到这种语言的锋芒和力量。

我们发现，非常有意思的是，里下河方言有其临界点，越过了临界点，这样的语言很可能便形成了对其他人的侵犯与傲慢，这样，里下河地区人与人的关系，便都可能因为“一言不合”而形成冲突，有时候，甚至会上升到肢体的冲突。这在兴化人这里，可能正因为这片土地有着特殊的地域文化背景和特殊的文化自觉方式，从而比其他区域的人对语言更敏感。也因此，兴化地区百姓的文化性格，便成为了一种生理性格，血性、温婉、敏感，非常复杂地组合在一个人的性格世界中。

而这一点，我们看到，翁太庆的笔触便探入到了这种微观的世界里，并借此进一步推进，展示了人物丰富而丰满的个性和血性。

我们看到，翁太庆笔下的人物，大多有着语言的敏锐与感悟，也因此有着对身边人物的语言的敏感与警惕，刻意提防着其他人越过那种语言的临界点。一旦对方越过了这样的临界点，便立即以这一种语言实施对自己的保护，并对对方实施强大的还击。近乎目不识丁的农民“四侉子”是如此，学识渊博的乡村教师顾得发更是如此。至于大学生干部高峰，也因为这种语言环境的濡溉，在这种语言世界里小心翼翼，深一脚浅一脚地前行。

可以这样说，翁太庆是凭依着对语言的敏感展开自己的叙事的，也是依靠这样的语言编织其小说的情节的。

不仅如此，翁太庆对自己的叙事语言与他对待笔下的人物语言一样，怀着一种对里下河方言的内涵挖掘与打捞，一方面在书写着里下河小说，一方面在挽救着里下河方言。

这样，我们便可以看到一种奇特的文学景观：翁太庆刻意地走进方言的景深地带，反而最终从语言之中挣脱樊篱。这样一来，一方面，翁太庆和一大批里下河文学流派中的作家一样，摒弃了普通话的汉语写作，也从而洗脱了先锋文学给出的第一口奶喂大的那些作家们的写作的痕迹和影响，从而实现了对那种西方翻译语体式文学语言的绝地反击；另一方面，翁太庆则走得更远的是，他以里下河的方言构筑了小说的有机体，使人们目眩于这种语言的魅力的同时，也深切地体味到这种语言与小说自身的情节、人物、环境等因素的无法剥离。

从这个意义上说，翁太庆的语言炼金术，一下子使他从众多作家里脱颖而出。

顺此而下，我们发现，对本土化语言（即方言）多维度、深层次的内涵挖掘，也使翁太庆的小说更能充分地挖掘出人物形象或善良，或狡诈，或残酷，或猥琐，或幽闭，或自大，或傲慢的丰富复杂的图景。《晚霞满天》《春天来了》《人杰地灵》《胡立志外传》等作品，便深切地表现了语言外衣之下人性的底色。

也因此，我们发现，翁太庆叙事语言及笔下人物自身的语言，便成为一道门或一扇窗，然后，他借此推开了人性的大门，让我们感受到人性的幽微深处所深藏着的丰富而复杂的人性。

从这个意义上说，里下河文学流派的作家，其实比起普通话写作的作家，是更其容易进入写作的自由王国的。

然而，这份幸运，竟然是后来者翁太庆捡得的。

当然，翁太庆能有如此幸运，是自有其原因的：看似很晚起步，但是，大半生的人生阅历与内蕴，使得翁太庆一出手便让人明白，小说的写作，说到底，才华是靠不住的，能够拿得出手的，恰恰是阅历、是感悟、是沧桑感、是内心的大善、是灵魂里的大悲悯。所有这些，我们都能在翁太庆的作品里能够获得深深的共鸣。

这是翁太庆的幸运，但是，又未尝不是大多数里下河作家的遗憾：语言炫技最终不过是未能进入人性深处的语言形式，终究是与小说自身隔了一层，未能形成一种有机性的熔铸与契合。

小说家首先要表现出对语言的尊重与无限贴近。这是一种常识。但很显然，这样的文学戒律，似乎已经被很多作家抛弃了。现在，翁太庆清醒地重拾这种文学精神，或无意中捡起这一文学瑰宝，无疑，是这样一位文坛后来者对所有作家的一种温馨提示。

翁太庆在这场没有方向、没有终点、没有希望的越野赛跑中，竟然快捷地寻找到了自己的路径，不能不说，这是一个作家无边的幸运……

（姜广平，评论家、作家、教育学者。）

目录

CONTENTS

第一章

“四侉子”

“四侉子”赵德民，卸掉牛格头，将牛绳交到生产队养牛看场的刘老爹手中后又交代了几句，便哼着小调迈开大步回家去了。

20 世纪 70 年代初期的农村，物质匮乏，人民生活水平还不高，但可以看出此时赵德民的心情不错，因为每天这个时候他都充满了期待——在他前面收工回家的妻子，已经为他煮好鸡蛋，炒好盐豆或自留地上生产的时鲜蔬菜，等他回来喝酒解乏了。

脱掉草鞋洗了脚，乔东大队看电话的老高来到他家门口。人未进门先开了腔：“‘四侉子’收工了吗？刘会计叫你去他家喝酒。”话未说完已跨进他家门。

赵德民以为听错了，心想：“有没有搞错，‘铁算盘’刘会计会请人喝酒，太阳从西边出来了？”便说：“开什么玩笑，刘会计会请我喝酒？”

老高狡黠地反问道：“嘿嘿，我跟你开过几回玩笑？”

赵德民想，管他葫芦里装的什么药，唱的哪出戏，哪怕是像鸠山宴请李玉和那样又何妨？先海吃海喝他一顿再说。想到这儿，便随老高而去。

到了刘会计家门前的巷子口，一股诱人的香味直往赵德民的鼻子里钻，这更加激起他的食欲，脚步也就不由得更快了。进了门一看支书、队办厂厂长等人都围坐在八仙桌四周，谈笑风生，专等他这位“贵宾”。他屁股一坐上长板凳，酒席就宣告开始。

酒桌上，人人都很客气，但也各打各的算盘。敬酒、劝酒、斗酒什么成分都有。没话题找话题，没理由找理由地敬，目的只有一个，就是千方百计将他人灌醉。

酒桌上能喝酒喜欢吃肥肉的赵德民十分活跃，谁敬他，他都来者不拒。此时很促狭的他总会瞄准目标，找准一个对手。他扫视一桌人，发现只有刘会计处于劣势，因此他频频出击，直喝得刘会计连连求饶。

这时鹅子烧扁豆端上来了，刘会计连忙将鹅头搛给了赵德民。赵德民以为刘会计抢先将他心爱之物搛过来，是为了讨好他，不要逼自己喝酒呢，因此很乐意接受了美意。

斗酒继续，气氛相当热闹。不久又添上一盘鹅子。这一盘将两只鹅掌都舀上来了，刘会计见了又忙搛到赵德民的碗里。赵德民过意不去了，因为鹅掌一般都要留给有身份的人吃的，支书坐在首席，他怎消受得起呢？于是他忙转赠过去，支书笑眯眯地说：“刘会计的一份心意，你就笑纳吧。再说今天是碰头，不是请客，你侉哥岁数最大，应该你吃！”

赵德民不接受，还要搛给支书，支书亲切地说：“你侉哥，一天奔到晚，脚累了，该补补，吃脚补脚。你再谦让我生气了。”

支书这么说，他也就不好再客气了，只得慢慢享受这份美食。

这顿酒赵德民吃得很有面子，享受了最高礼遇。但他总感到哪里好像有点儿不对劲儿，哪里不对劲儿呢？又理不出头绪来。管他呢，吃饱喝足再说。

就在这时，他老婆来了：“侉子，不要再喝了，赶快回家找鹅子吧。少了一只最大的。”

赵德民一听，浑身一个激灵：“莫非今天他们宰了我的鹅？”他脑子快速地转动，心说哪来这么好的事会请我喝酒？他如鲠在喉，想发作，又觉不妥，支书还在场，能说什么呢，今后还处不处啊？再说也有自己吃的，算了吧。他这样劝慰自己。再联想到过去的事，他自解自叹道：“罢了，不就是一只鹅吗，十多块钱的事，就当害了十天的病吧！狗债迟早要还啊。”

他定了定神先打发老婆回去，然后不愠不火地说：“去年刘会计少狗子，今天我丢了鹅子，我们半斤对八两啊。但我还是蛮合算的，鹅头是我吃的，两只爪子也是我啃的，一只鹅一个头两只爪，我全吃了，我等于吃了一只鹅子，还麻烦你们为我烧熟并贴了酒，谢谢了！”

赵德民什么也不说了，他站起身来，伸出右手的大拇指，说了三个字：“高！服！该！”然后转身离去。

赵德民走后，大家原先还觉得活动好笑有趣，现在却感到有点不尴不尬了，因此大家也就散了。

回家后，坐在天井里抽烟的赵德民不禁回忆起去年错杀刘会计家的黑狗的事。

去冬的一天晚上，朋友家孩子过周岁生日，赵德民被主人推上主桌陪小孩的外公和大队干部喝酒。席间，支书称赞赵德民的红烧狗肉堪称一绝。弦外之音赵德民已听出，立即表示不日将请领导去他家吃狗肉，支书也不推辞，就爽快地答应了。赵德民像揭了皇榜领了圣旨一般，散席后，踏着踉踉跄跄的步子，跑回家拿出了套狗工具。

其实，所谓的套狗工具，不过是用四五尺长的铁丝做的再简单不过的工具。他把铁丝的一头做成一个固定的小圈，将另一头穿进去，然后又在伸进去的这头绑上一根五寸长的小木棒，这就做成了。这种简易工具在里下河人们叫它为“狗勒子”。

赵德民套狗本领很大。冬天的夜晚，天寒地冻，巷子上行人极少，赵德民经常在巷子上转悠，寻找猎物。一旦发现有合适的狗，便抛出从“三就点”（即就地收购牲畜、就地屠宰、就地销售肉食店的简称）要来的熏烧猪骨头丢在地上，狗一嗅到喷香的猪骨头，立刻兴奋地低着头，摇着尾巴，眼睛上翻偷窥施食者。它小心翼翼地、一点一点地靠近这喷香的诱饵。他装着不看狗，其实是用余光斜视着狗，这一点狗无法知道。就在狗去叼骨头的一刹那，“嗖”的一声狗勒子飞向狗的颈项，紧接着他猛力往回一抽，狗上套了。套上的狗惊恐万状拼命地用四条腿蹬地，竭尽全力想挣脱牢笼，赵德民则紧握小木棒，用力往后拉。这样越拖越紧，套上的狗则越紧越蹬，不过折腾了六七分钟，狗不再动了，永远睁着一双怨恨的眼睛。那时他是出了名的“套狗专家”，有人戏称，“四侉子”套狗本领盖里下河。

因为家里常有狗肉，且都是几年生吃粗食的狗，肉很香，酒友甚多。

板桥故里有遗风。老先生做了知县还那么爱吃狗肉，足见得狗肉美味。所以那时很多农村干部都效仿他老人家，爱吃狗肉。

大队里有这样一位专家，哪个干部不愿意结交呢。他们经常拎着酒到“四侉子”家里碰头。

今天既然发出了邀请，就一定要兑现啊，否则人家会以为是说酒话呢，今后还怎么面对人家呀？赵德民不能不这样想。只是“三就点”早已关门，原先没打算酒后套狗，不然的话可先准备好骨头。没有骨头引不来狗子，狗见生人一是叫，二是跑，赵德民不禁想起人们常说的话，手中无骨头，狗都唤不来一条。

就在他心灰意冷之时，一条肥大的似曾相识的黑狗，摇着尾巴向他走来。转悠了好长时间的他，什么也顾不了，迅速将手中勒子抛向了大黑狗，拖到了僻静处，挂在大槐树上。借着皎洁的月光，他凑近一看，不禁大吃一惊，这不是大队刘会计家的“黑虎”吗？怪不得这么眼熟。这下要触霉头了，“黑虎”可是刘会计家的心爱之物啊。“黑虎”这几天可能正发情，在外“搞对象”呢，否则这么晚是不可能在外面的。

这可怎么办呢？他急得团团转，如果有什么法子能将“黑虎”救活，他会不惜代价的。可死狗哪能复活呢？现在只能将错就错了，他赶紧剥了皮，埋到不易被人发现的地方去，把狗肢解了，分开藏起来，过两天叫支书等过来碰头罢了。

再说刘会计家的狗不见了踪影，全家人吃不香，睡不稳，宝贝儿子更是吵着闹着要他的“黑虎”。

刘会计叫上几个玩得好的朋友和队办厂的厂长、会计四处寻找，可找了两天连根狗毛都没看到。

晚上，一帮人在刘会计家开案情分析会，讨论狗的去向。

有人说，会不会被“四侉子”套走了？刘会计沉思片刻，肯定地说：“不会，我跟他处得这么好，他不可能杀我的狗！”

他的判断得到大多数人的认同，大家都说不会。

有人附和说：“‘四侉子’办事、做人还是有分寸的，他不可能做不仁不义的事。”

老高说：“不是他杀的，难道狗子会长翅膀飞了？”

也有人反驳说，不能少了狗子就说是被“四侉子”剥了，要有证据。

争论还在继续。刘会计说："听说他马上要请干部碰头，如果他不敢请我，那狗子肯定是他杀的。倘若这样……"

过了两天，赵德民果然请大队干部到他家吃狗肉。

为了这顿晚饭，他还真动了一番脑筋。前天他又到邻村套了一条不大的狗，将整条狗肉全烧了，特地先将狗头端上了桌子。刘会计左瞧右看都不像他家的狗子的头那么大，便放心地吃喝起来。

刘会计虽是位大队干部，但是实权派，又善于经营人际关系，巴结的人多，很多人恭维他还来不及，谁敢惹他？那到底是谁剥了他的"黑虎"呢？他闲下来的时候，时常思考这个问题。思来想去，除了"四侉子"，没别的人。还有，自从"黑虎"失踪，赵德民就难得到他家来玩儿，碰头的次数也少了。众多疑点汇总起来看，应是这家伙干的好事！因此，刘会计心里对赵德民总是不太痛快，总想找机会报复他一下。

转眼间到了第二年秋。秋高气爽之时，人的心情格外好。一天下午，赵德民家的几只大白鹅发出高亢的"嘎哦"声，刘会计嘴角边露出不易觉察的微笑，他叫来老高问道："刚才是什么东西在叫？"

老高说："'四侉子'养的鹅子呀。"

刘会计："噢，是吗，想碰头吗？"

老高："跟谁碰呢？"

"能捉到那鹅吗？"刘会计问。

"能，他家的鹅认得人，跟我熟得很呢！"老高肯定地答道。

"好，借他的鹅，跟他碰头。叫厂长让会计再去买些菜，早点儿去约支书，没有他压不住阵。”

这样就有了开头的那段故事。

当然，这些小事赵德民一般都不会放在心上，倒是刘会计时不时地会联系。不过这次玩笑后，赵德民就不大套狗了，他说狗命也是命。

农家少闲月，五月人忙，六月忙上加忙。赵德民比谁都知道农活儿紧任务重，既要完成任务，还不能将老牛累倒的道理。这就需要巧安排，要避开中午的高温。如果把牛累倒了，这个责任他负不起，全生产队六十几亩双季晚稻田，全靠这头牛呢。所以他起早带晚耕田，只要能看见路，他不用人督促，自觉主动犁田，总是超额完成任务。

天不亮起床做早饭，吃完后带上中饭直往田里奔，已成了赵德民的铁规矩。

每当社员们来到田间时，总能见到朝阳映照下的一片新耕翻过来的泥花，发出油亮的光泽 ，谁见了都会啧啧赞叹。小队干部既为自己的主意妙暗自高兴，也为他叫好。当然他们更懂得赵德民的特点，谁信任他，他就对谁负责；谁要是赞扬他一番，老母猪牵去耕田不要钱。上工后，他们有时会来到赵德民耕作的地段，既为关心，也有检查质量的目的，但他们都表现得很亲切，老远就喊：“侉哥，抽支烟。”只见赵德民一手执缰绳，一手扶耕犁，嘴里发出“驾、驾、驾”的驱赶声；见到队干部分烟，他嘴里又会发出“哇、哇、哇”的吆喝声，牛立刻站立不动。每当这时，他总会油然而生成就感，乐呵呵地接过香烟。

小队长关切地说：“你也不要太累了，该休息的时候，坐下来歇歇脚。”

他高兴地说：“这个我知道，但养兵千日，用兵一时，麻雀还赶秋场呢！现在不用劲儿，等到什么时候？没事，我懂。”

话虽这么说，但大集体年代，并不是个个都像“四侉子”一样自觉干活儿，也难怪他年年被评为“五好社员”。他不仅肯干，而且会巧干。

农活儿最紧张的时候，正是高温季节。一天晚上收工，他离开场头前特别关照刘老爹：“明天四点钟，给牛洗汪，我四点半到田，趁早凉多耕点儿田，上午还要碾场。记住啊，四点。”

刘老爹是大队会计刘生民的亲叔子，两个女儿远嫁苏南，平时将刘生民的儿子看作是自己的亲孙子。今天晚上有任务，这不，孙子明天要吃红烧田鸡，他今晚还要辛苦一下。

第二天四点半钟，赵德民准时来到场头。晓星还挂在天上，田野里静得很，牛屋里鼾声如雷，不远处的鱼篓里青蛙的叫声响成一片，赵德民一看就明白是怎么回事。他强忍住怒火，把牛牵到河里，将牛绳系到河边的树上，然后折返到鱼篓旁把里面的青蛙全倒了，再跑到牛屋里掀开蚊帐，夹住刘老爹跑到河边，本想把他夹来给牛洗汪，谁知刘老爹一挣扎“扑通”一声掉进河里。落水的刘老爹，还以为在做梦呢。他睁开眼一看，“四侉子”站在岸上正注视着自己。岸上的“四侉子”也蒙了，怎么把人家搞到水里去了？

刘老爹抹了一把脸，便怒骂起赵德民：“‘四侉子’，你不是人生的！你、你，竟敢这样对我，你不知道我是谁吗？”

赵德民本想解释一下，说夹他过来给牛洗汪，你一动落水了，对不起。但刘老爹一开口骂人，他的火爆脾气就被激起来了，因此也就很自然地没好口声：“知道，你是菩萨！别人叫你刘大爷，是看在你侄子的面子上，你倚老卖老！你老什么！你有什么资格老，你比我大几岁？昨晚左叮咛、右嘱咐，你把我的话当放屁！今天不让你长长记性，你还以为自己是老红军呢！”说完自己给老牛洗起身子来。

刘老爹自知理亏，也不敢再惹他，知道他的牛脾气。但又不甘心，穿着湿漉漉的衣服回村告状去了。

来到侄儿家门口，抡起拳头就擂起门来。刘会计一家没有早起的习惯，趁着早凉在补觉呢。被惊醒的会计夫人嘟囔着：“这么早，敲什么门！”

刘会计说：“可能是叔子趁社员没上工送田鸡来了，快去开门！”

刘会计媳妇开门一看，站在门外的确实是叔子，但两手空空，哭丧着脸，衣服也是潮的。

一进门，刘老爹就大声叫道：“生民啊，快起来帮叔叔出这口恶气！”

刘生民一听到叔子的叫声，连忙拎着裤子跑出来，问是怎么回事。

刘老爹便将赵德民倒掉田鸡还把他丢到河里的过程说了一遍。

刘生民一听顿时七窍生烟，但很快冷静下来。他一边分烟一边叹气说：“这事也不能全怪他，人家还占着理呢。当然，他太过分了！唉，暂且不要计较吧！我知道，不为萝卜不挑菜啊！也许还是为了那只鹅子吧！他拎的是我叔，打的可是侄子的脸啊！再说吧，他请我吃中饭，我就一定厚他晚饭！”

侄儿将话说到这份上，叔子也就不好多提要求了。在侄子家吃过早饭，他又回场头去了。

清晨风波平息了，队里其他人都不知道早晨发生的事，双方也都守口如瓶。

太阳依旧每天从东方升起。绝不会因某些不和谐的事件而影响赵德民等朴实农民热爱黑土地的感情，他们依然在这充满希望的田野上默默地耕耘着，播种着他们的希望，日复一日地上演着昨天的故事。

不久新一轮“农业学大寨”运动，正在全国广大农村轰轰烈烈地开展着。

为了贯彻落实“农业学大寨”的指示精神，各级党组织革委会先后成立工作组，指导下一级的工作。县革委会从县直各部门各单位抽调精兵强将充实到工作组中去，然后下派到公社、大队。他们的任务是一手抓阶级斗争，一手抓学大寨运动，教育、引导干部群众“抓革命，促生产”。

下派到乔泽公社的工作队共七十二人，队长是县组织部青年干部科的科长陈磊。分到乔东大队的县工作组的组长是县农业局的季副局长，副组长是农资局农机科的史来之科长，另有组员七人。可以说组织健全，制度落实，战斗力强。

这些同志一到工作地点，便全身心投入到工作中去，力争做到“三同”（同吃、同住、同劳动）。只是他们虽是“农业学大寨”工作组的成员，但并不一定个个都熟悉农村，懂得农业生产。因此，弄点小笑话也在所难免，但是他们都有一颗红亮的心。

七月骄阳似火，恣肆放射它的光芒，晒得人睁不开眼。棉花叶子晒蔫了蜷下了头，树木耷拉着脑袋，看场的大黑狗趴在树荫下，伸长舌头，喘着粗气，整个身体在有节奏地颤动，飞虫不知哪里去了，只有知了在树梢声嘶力竭叫着。整个田野像个大蒸笼，人在阳光下走几步就会浑身冒汗。

下午一点半，虽已过午，但仍然热浪灼人。社员们在队长的催促下，尽管不情愿但还是走向了田间，因为人们知道双季晚稻的栽插任务重，时间紧，必须赶在立秋之前栽插结束，以保证晚稻的丰产丰收。

为了催赶生产进度，工作组进行了分工，组长负责面上工作，副组长负责把握农情，亲临一线实地督查，其他同志都必须蹲点抓进度，与社员一起劳动。

这天午后，史科长顶着烈日，到生产第一线实地巡查。当他来到第七小队的田头时，看到社员们战高温，抢进度，正干得热火朝天时，心里十分高兴。他加快步伐，沿着河边，快跑过去，想鼓励大家一下。他埋头赶路，渐渐听到了现代京剧的声音。咦，这声音从哪儿来的？他环顾四周，只见耕犁浸在抽水机塘里；抬头一看，不远处老牛在树荫下的河里惬意地翻扭着身体；岸边的树下，一个脸色红润，敞着对襟白汗衫露出隆起的胸肌的中年汉子，斜躺在草地上，身边放着收音机，边抽烟边欣赏现代京剧《沙家浜》郭敬光演唱的：“要学那泰山顶上一青松……”还时不时跟在后面轻轻哼上几句。

史科长看到这种情景，不由得勃然大怒。社员们都在鼓干劲儿，争上游，你倒好，躺在树荫下纳凉哼小调，这不是典型的消极怠工吗？老油条，必须严肃处理！

他边跑边喊道：“喂、喂、喂，你在干什么？大家都在战高温，赶进度，你却在这里乘凉哼小调，你什么人啊？”

赵德民听到有人说话，转过身子坐起来，上下打量面前的这个白净的青年人。只见他头戴宽檐草帽，上穿白的确良衬衫，下穿蓝裤子，脚蹬白运动鞋，像干部模样，莫非此人也是工作组的？他在跟谁说话呢？转念一想，管他呢反正与我没关系。于是他又躺下，侧着身子装了一袋烟，划着火柴，巴滋巴滋抽起来。

史科长一见这人坐起来又躺下，根本没把自己当回事，太目中无人了！他气不打一处来，大声喊道："你，给我站起来！"

赵德民一听心想，这是哪里冒出来的愣头青，发什么神经，我又不认识你，朝我叫什么？出于礼节，他还是坐起来，指着自己的鼻子问道："喂，同志你是叫我吗？"

"我不叫你叫谁呀？"

"找我做什么？"

史科长正色道："大家都在出力流汗，大干社会主义。你倒好，在这里乘凉，睡大觉，说得过去吗？你是耕田的吗？你叫什么名字？"

问起赵德民叫什么，他还真的愣了一下，因为长辈们都叫他"四侉子"，平辈们称他侉哥，晚辈则喊他侉叔。提起"四侉子"，在乔泽庄无人不知无人不晓，你要打听赵德民是谁，还需费一番周折。他从小天不怕地不怕，做事侉里侉气；长大后体魄健壮，为人耿直，不善变通但又乐于助人像山东大汉；再加上他从刚学说话时就有两个字发音不准，他总是将"走"字说成"底"，"其"字说成"提"，而且一直未变。因此人们叫他"侉子"，又因他弟兄六个，排行第四故称"四侉子"。有人给他取了这个绰号，大家觉得很符合他的特点，于是便传开了。由于叫的次数多了，多年后反倒将其本名给淡忘了，所以当史科长问他名字时，他脱口而出："四侉……"子字未出口便觉得不对，愣了一下说："行不更名，坐不改姓。赵德民，你爷爷也！”说完还用右手食指戳了戳自己的鼻子，又指指史科长。

这两天农活儿忙，今天一个上午都没歇腿子，中午又高温，本想好好休息一下，不知道从什么地方冒出个人来批评自己，他怎能服这口气？

赵德民干这活儿已久，说他做事冒失还差不多，说他有时说话不着边际，他也能接受，可从来没人批评他偷懒，干活儿卖奸，连年被评为“五好社员”就是最好证明。今天受这种无端的指责心里很不是滋味，因此他毫不客气地回击道：“我睡觉怎么了，你是哪根葱，跑到我这里来发什么‘狗头疯’？”

史科长一听这话，大热天本来蒸红的脸一下给气白了：“你太不像话了，知道我是谁吗？”

赵德民哪里买他的账：“我管你是谁，你是皇帝与我何干？”

史科长：“告诉你，我是进驻你们大队的工作组副组长，今天专门来治你这个邪头！”

赵德民一听“邪头”二字，立刻火上堂屋，他送出的话更难听了：“放屁！谁是邪头？我是五好社员！我也告诉你，我中午睡觉是菩萨封的！谁也管不了！你有本事，叫老天不要这么热！去，没有你的事，哪里凉快，请到哪里去！”

越说越不像话了，可史科长并不气馁，继续训斥道：“热怎么了，大家不是都在田里劳动吗？再说你不耕田怎么好插秧？你还在狡辩，你这偷懒怕做的家伙！你队长都不敢管你，你不是邪头是什么？”

话越说越多，受刺激的赵德民的话也就越不好听，出铳也是难免的：“你说的是人话吗？天上太阳晒，田中水烫人，气温太高了，牛吃得消吗？牛倒下了，谁负责？你站着说话腰不疼，到时你拍拍屁股滚蛋了，倒霉的不还是我们吗？”

史科长被这一阵反诘，问得无话可回，只能大喊大叫了：“你狗胆包天啊，竟敢侮辱人！不叫你们支书开社员大会批斗你，你还认不得人呢！”他边说边指着赵德民：“你，给我立刻耕田去！”

这时轮到赵德民怒火万丈了：“一个什么都不懂的家伙，凭什么在这里指手画脚的！你给我站住！”

原来史科长见此人不是个省油的灯，心想跟他也说不出一二三来，不如先找他们队长，再找支书办他的学习班！看他能嚣张几时！想到这儿，他拔腿就想跑，就在这时，“啪”的一声，赵德民平时对老牛都舍不得用的鞭子，甩了出去发出清脆的响声，那鞭子在史科长的腰间绕了三圈，接着他用力一拉，史科长就像一个旋转的陀螺转了三圈，转到了赵德民的跟前，正好牛鞭子散了。他一把抓住史科长的胸襟，另只手拿起牛轭头，就要往是科长的颈项上套，并说：“来，你有本事，不拍热，你来拉！看谁是孬种！”

城里长大的史科长，哪里见过这种架势，他双手推着牛轭头，大声呼叫。就在这令人难堪之际，队长、会计和蹲点干部连忙丢下劳动工具，急匆匆跑过来，大声喝道：“四叔，不要乱来，他是史科长！”

赵德民也高声回道：“我不管他是屎科长尿科长，不说人话就是 × × 长！我就跟他过不去！”

史科长见救兵已到，底气也就足了，他大声叫喊：“这是哪里来的野人啊，太不像话了！不给点颜色让他看看，还认不得人呢！”

队长、会计赔尽了笑脸，说尽了好话，打尽了招呼，总算将史科长给稳住了。

一旁的赵德民可看不下去了，大声说：“怕他个屌啊！我又不犯法，巴结他做什么！我倒要看看他给我什么颜色看！”

队长、会计赶紧转过身来，就差向他磕头，哀求道：“我的四叔哎，你就少说两句吧！你不讲话没人把你当哑巴。再去歇会儿，准备架格头吧！”连推带搡硬是将他推走了。

推走气呼呼的赵德民后，史科长不解地问道：“你们怎么还叫他去歇歇，不去耕田不误农时吗？再说大家都在田里干活儿他却乘凉，这不公平嘛！难道你们也怕他？”

队长说：“误会，误会。你是城里人，农村里有些情况你不清楚。高温季节，中午下去耕田牛吃不消，会中暑的。需两点钟以后才能耕。”

史科长半信半疑地问：“这是真的？那田怎么耕得了呢？”

队长解释道：“我们给他规定了劳动量，春六夏七，时间自己掌握。他平时不用人叫，大忙季节更不用说，现在他早晨四点多钟就到田，晚上天挨黑才回家，为的就是让老牛中午避过高温。这些情况你不清楚，不能怪你。”

队长这么一说，史科长心想莫非错怪他了？但不管怎么说，赵德民的这些语言和行动他是不能容忍的，只是一时又找不出反驳的理由，就没有多说什么，暂时将这口恶气咽下去，一言不发地站在一旁。

队长只得请蹲点队员陪同史科长去其他生产队检查工作。史科长怀着复杂的心情离开了七小队的田头，本想继续巡查生产进度，可心里堵得慌，觉得太憋屈了，受一个老农的窝囊气，难以咽下，若不给他点儿颜色看看，他还不知道什么叫王法呢。想到这儿，他便转头向庄上走去。

工作队的陈队长，跟史来之是同年人，在一个县城工作，平时走动较多，关系很铁，史来之来乔东公社就是陈磊点的将。他本身是县组织部的科长又是县委书记的儿子，在这样的光环笼罩下，处理问题时总显得很有魄力。他听了史副组长的汇报，坐不住了，拿起电话就打到公社办公室，说要找柳书记谈工作。得到的答复是，柳书记到区里开会去了，下午县里有领导到戴泽区检查夏收夏插工作。陈队长听了立马就要往区里赶，一旁的季组长建议先全面了解一下情况再说。

陈队长听了很是不悦，心想我的决策还用怀疑吗？季组长继续解释道："兼听则明，所有的结论应在调查之后才能得出嘛。不如我们再回到乔东大队去实地调查，这样我们就有发言权了。"

这么一说，陈队长倒也觉得有道理，他大手一挥说："那好吧，我们一起去乔东大队，看看这个'四侉子'到底是何方神仙！"他接受了建议。

他们一行人来到乔东大队部，算盘拨得噼里啪啦响的刘会计立即起身热情地接待了他们。

当得知他们的意图时，刘会计觉得报一箭之仇的机会来了。但他说得十分巧妙："'四侉子'，人还是不错的，就是说话办事易走火！他也是红色家庭呢，父亲是农抗会长，有个叔叔是烈士，他本人还在公社治安科待过，所以横得很。一般人都敬畏他三分。我建议你们还是不要惹他好。哼哼！"

陈队长一听来劲儿了："你们看，这种邪头不治能行吗？非办他的事不可！”

刘会计名义上是打圆场，实际上是火上浇油：“我看你们还是不要动他为好。他的家族势力很大，大半个庄子的人都姓赵，恐怕不好对付。”

陈队长一听这番话，更是暴跳如雷：“什么话，他反了不成！看看今天是谁的天下！怕，怕什么怕？蒋宋孔陈四大家族势力大不大？不是一样被人民赶到台湾去了吗？！不用怕，天塌不下来！”

“嗯，有你陈队长掌舵，我们还怕什么！”

陈队长进一步交代：“刘会计，你负责书写标语，布置会场，晚上开批斗破坏农业生产的赵德民的大会。叫工勤员去叫分管片长和你们支书到大队部来，我跟他们商量一下具体方案。”

刘会计乐得合不拢嘴，语气更加爽快：“好的，我这就去落实。另外我再叫人去忙你们晚上的伙食。”

“不用，我们不在这里吃，开完批斗会回食堂吃晚饭。忙正事去吧。”陈队长正色道。

支书听说“四侉子”惹祸了，正着急呢，当老高在田间找到他说明来意后，就急忙赶往大队部。

支书本想替“四侉子”说两句好话，还望县里来的领导高抬贵手，放他一马。谁知陈队长反唇相讥：“难道你也不敢动他吗？你的党性原则哪里去了？如果再有几个这样的邪头，你这个支书还当吗？”支书碰了一鼻子灰，也就不再说什么了，只是提醒陈队长，如有不测事件怎么办。

陈队长不以为然地问：“什么不测事件，你在吓我吧？”

支书也没好气地说：“莫怪没提醒。”

晚上，两盏汽油灯将会场照得如同白昼，被工作组队员从田头押回来的赵德民，并没感到恐惧，也没低下头，即使被揪上台仍然昂着头。

刘会计派人从学校借来一块黑板，上面贴了一张白纸黑字的大标语：“坚决打倒破坏农业生产的坏分子赵德民！”名字上还用红笔打上八叉。

收工后的社员们陆续来到会场。乔泽庄赵姓本家虽不在同一个大队，但出于对本家的关心，还是从庄子的四面八方涌来，大家知道赵姓人家不会善罢甘休。台上的支书看到这场面，手心的汗都出来了。他担心发生冲突，可目前他无力阻止啊，怎么办呀？

批斗大会还是如期举行。本该由乔东大队支书或大队长主持，但他们都推托说工作组磨子大压得住，大队力度不够；再说这会是工作组要求开的，理应由工作组主持。结果不得不由工作组唱独角戏。史副组长主持，他大声宣布：“批判破坏农业生产的坏分子赵德民的现场大会，现在开始！给坏分子挂上黑板！”

台下人头攒动，很多人往台前涌去。

台上两个组员抬起黑板往赵德民颈项挂，赵德民把腰杆挺得更直。他用眼睛扫视了一下会场，发现主席台上有许多生面孔，还有背着枪的基干民兵站在两边，看到这阵容他不免也有点心虚了，莫非自己真的错了？看来现在只能是死猪不怕开水烫了，没有不开口的罪。沉默吧。他告诫自己。

会场上的人聚集得更多了，嘈杂声也越来越大，整个会场像一个装满火药的铁桶，只要有一点儿火星就会爆炸。支书与大队长在窃窃私语，不知在谈着什么。根据安排，季组长介绍“四侉子”的罪行。史科长振臂高呼：“打倒……”

就在这时，公社柳书记带领了一帮人径直走进会场，人们自觉地让开了一条道。他们走上了主席台，台下的群众打量着这里面的好多不认识的人。只见柳书记抢过话筒高声地说：“请大家安静！下面请县委陈书记给我们做指示！鼓掌！”

县委书记是多大的官，很多人搞不明白，但县官不如现管，碍于面子，下面传来稀里哗啦的掌声。

身材魁梧的陈书记健步走到台前大声说：“贫下中农同志们，乡亲们！我就是当年常受到乡亲们掩护的区武工队的陈志坚！”紧接着，他又一把拉过李来林说，“这位就是李毛胡子李来林连长，也就是以前你们公社的治安科的李科长。”他稍微顿了一下，道歉道：“我们来晚了，很是对不起啊！今天在这种场合相见更是不好意思！”

一听到陈书记这样的语气，大家的心为之一振，啊？这就是当年大名鼎鼎的区武工队的队长和毛胡子连长李来林？难怪这么面熟。

身穿警服的李来林一到台前，台下群众既感到亲切又有点儿紧张，大家把心绷得紧紧的，他们担心会不会将“四侉子”抓去坐牢啊！这年月什么事都有可能发生啊，我们赵家可从没出过罪犯啊！

就在大家不安的时候，陈书记又讲道：“下面我宣布四点决定：第一，首先请李局长给赵德民同志摘去黑板！”会场一片寂静，不知书记是何意思，但台上的干部带头鼓起掌来，台下也跟着鼓掌，赵家人更是使劲儿拍巴掌。

李局长为“四侉子”摘掉黑板后，一把抱住他说：“老弟，我想你想得好苦啊！”

赵德民一个侉里侉气的人，从不知道流泪是何滋味，此时也激动得热泪盈眶。

陈书记接着说："撤销批斗大会，改为表彰赵德民当五好社员的大会！像赵德民这样铁骨铮铮、一心为公的好社员，得不到表彰，那还有公理吗？如果所有的社员都像赵德民同志一样，社会主义新农村何愁建不好？"

这时不知是谁带头高呼："向赵德民同志学习！"会场上呼声一片。

这时的赵德民激动得将李局长紧紧地抱住，他以为自己在梦中，生怕一松手李局长就会飞了。

陈书记见状也控制不住自己的感情了："我宣布第二项决定：工作组副组长史来之同志，缺乏基本农业常识，建议调离原岗位！第三，工作队陈磊同志不调查，不听当地党组织的意见，独断专行，负有领导责任，给赵德民同志的声誉造成了一定的影响，不日将选择适当场合向赵德民同志赔礼道歉！第四，工作组应深入到群众中去，多做调查研究，认真总结经验教训，进行深刻反省。公社应派专门人员参加，并追究相关人员的责任。"

话音刚落，群众中自发地爆发出暴风雨般的掌声，人们高呼"伟大、光荣正确的中国共产党万岁！""毛主席万岁！"更有甚者高呼"陈书记万岁！"陈书记摆摆手，对着话筒高声说："感谢乡亲们，让我们共同敬祝毛主席他老人家万寿无疆吧！"

会场上群众情绪高涨，他们都把陈书记当作是他们最贴心、最可信赖的人了。柳书记见时机已成熟，便宣布大会到此结束。

这时赵德民也想转身离去，被李来林局长一把拉住："你小子想上哪里去，太不地道了吧。我们来了也不陪陪呀？为了你，我们都还没吃晚饭呢！”

陈书记听了立即说：“对，你这个‘四侉子’朝哪里跑？就不想老李了吗？一起走吧。”

走出会场，他们向公社食堂跑去。

一路上分管片长嗔怪赵德民：“好你个‘四侉子’，做事总高调。你怎能将人家史科长当牛使呢？要不是陈书记力挽狂澜，今晚会出大事呢！都是因为你啊！”

一旁的李局长忙替赵德民解围：“你也不要全怪他，史来之同志不懂老牛也该保养的道理呢。再说‘四侉子’就是这么一个人，杨木扁担宁折不弯。不过今天会场上表现得相当克制，有涵养。不错！”

陈书记此时心情很好，就像当年刚指挥了一场战斗大获全胜一样。他爽朗地笑道：“幸好我们来得及时，否则细麻腿子要出大洋相了。”

原来在戴泽区听完了四个公社书记、社长的汇报后，县区相关领导对当前的农村工作提出若干要求，并深入到戴泽公社田间地头实际查看生产进度，并对当前工作给予高度肯定。视察结束后，区领导恳请县领导留在区招待所吃晚饭。陈书记说：“不，去乔泽公社看看。”区领导汇报说，晚饭菜已备好，不吃就浪费了。陈书记接过话说：“准备好了？那带到乔泽去吧。”说完转身问柳书记：“我那细麻腿子在你那情况怎样？要多提要求啊。”

柳书记忙说：“不不不，他们是来指导我们工作的，最起码是平级关系。”

“你这就不对了，他们懂多少农村工作？还不是要靠你们传帮带嘛！说说他们的情况。”

柳书记：“陈队长工作热情高，原则性强，能带领一班人工作。将门出虎子啊！”

陈书记一听心中乐开了花，但嘴上却说：“你不要给我尽拣好听的说，我的细麻腿子我清楚。好大喜功，做事有点冒失，不太愿意听取不同意见，这是他的弱点。到了你那里，我要好好查看他的工作！”

区公所主要领导陪同陈书记一行来到了乔泽公社。

昔日，小轮船一停靠在供销社的水泥码头上，会立刻引来无数小孩围观，看这只有公社以上的干部才有资格乘坐的小汽艇。今天一下子来了四条小轮船，可一个小孩都没出现，大家感到有点纳闷，难道今天放电影，但电影船呢？

到了办公室，秘书忙将柳书记叫到一边，小声嘀咕着，神色严肃，谈话中提及“赵德民”三个字。李局长立即想到当年曾跟随自己多年，运动中极不配合外调人员，才使自己逃过劫难的“四侉子”，“赵德民”这三个字对他来说，既熟悉又陌生，这次陪老战友县委书记下乡就是想会会“四侉子”。他急切地问柳书记：“赵德民就是‘四侉子’吧？他怎么了？发生什么事了吗？”

柳书记也感到此事很棘手，情况紧急需采取紧急措施，才能有效遏制此事向坏的方向发展。于是他如实说明了情况。李局长听后觉得此事非同小可，必须立即报告陈书记。

陈书记毕竟是从枪林弹雨中闯过来的，处变不惊。他很镇定地听取了公社领导的汇报并与他们商讨处置方法。李来林认为乱世须用重典，棘手的事须措施得力，要想快速平息事端只有丢卒保车唯史科长是问，这样才能安抚人心，稳定大局。陈书记立马表态，同意此方案并征询其他人的意见，大家都表示同意。

决议就这样形成了。

尽管情况紧急，但陈书记还是没忘了狠尅柳书记一顿：“这就是你说的能力强、会工作吗？乱弹琴！快走吧，救火去！”

他们很快来到了会场，才使充满火药味的场面，迅速降温，直至最后圆满解决。

午后的一场较量，傍晚酿成的暴风骤雨迅速烟消云散，就这么富有戏剧性地结束了。知情人都很佩服陈书记等领导的才干，但也有人因没达到目的而不满足。当然事情到此也并未结束。

经调查组查实，若不是大队会计刘生民的推波助澜，也许陈队长的火就不可能烧得那么旺，也就不可能险些酿成大的冲突。所以公社决定乔东大队刘生民同志不再担任会计职务，调到公社林场工作。聪明一世的刘会计原本想借工作组报复一下“四侉子”，谁知搬起石头砸了自己的脚。

云卷云舒，花开花落，对“四侉子”赵德民来说似乎都不太重要，重要的是开开心心地修理脚下的地球，踏踏实实地过好每一天。

赵德民的称呼，也随着岁月的流逝，不断地更新，从“四侉子”“四哥”“侉叔”到如今的“侉爷”，但不变的是他刚直不阿的性格和健壮的体魄。

从此，赵德民干活儿更欢，待人的脾气更好，也没人说他是邪头。

日出而作日落而息，周而复始。

第二章

鸭 瘟

八月初秋高气爽，蓝天白云下，黄的似金，绿的如玉，整个水乡大地好似一块块硕大的金镶玉。时值“秋收畈满稻谷香”的季节，在田间劳动的社员们脸上写满了笑意，盛满了期待，号子声比以往任何时候都响亮。

午后，在阡陌纵横的田间小路上，乔东大队的全体干部陪同新来的公社副社长陆平川检查田间工作。

陆平川，从“陈永康水稻高产栽培培训班”学习归来，带队的副县长看重他的才干，建议县委县政府调他到农业局工作，主要任务是推广陈永康水稻高产技术。一年后，省里发出指示，陈永康水稻高产技术的推广重点放在公社，公社要确定样板，树立典型，以点带面，层层推广。各公社抓好示范大队，建立科技小组，形成系统经验向全公社介绍。就这样，陆平川空降到乔泽公社担任主管农业生产的副社长。乔东大队是先进大队，是公社所在地，陆平川到这里蹲点体现了公社领导对他的重视和期待，他们希望从此乔泽公社的水稻生产量迈上新台阶。

他一到任，便马不停蹄地深入到田间地头实地查看，掌握一手资料，以便更好地工作。

乔东大队跟里下河地区其他地方没多大区别，河多水多，下田得撑船，无船不行。来之前公社秘书介绍，这个大队是公社的样板，现在看来，并没有什么特别之处，它的先进性体现在哪里?看不出来。下车伊始，不可说三道四，他告诫自己。

大队长李存福在前面领路，支书花为民紧跟其后。这一路上陆副社长不停地讲解水稻栽培技术要点：以种、土为基础，以苗株为指标，看叶色、长相，瞻前顾后进行诊断，运用肥、水促控，形成完整的综合高产栽培体系……大家从未听说过这些新词语，如同听天书，个个都心悦诚服，肃然起敬，但是说的什么意思并不清楚。花支书在这之前已听说过陆副社长的嘴很厉害，今天一听，觉得真是名不虚传。这一路上他没有闲着，他在思考一个问题，陆社长第一次来我们大队，要不要招待吃顿晚饭?到哪里吃，下馆子吗?其他领导怎么办?不请不好，“扯动荷花带动藕”，大队财力又吃不消，还有陆社长是否有宴请，他如果不同意大吃大喝怎么办?被拒绝了自己面子上又有点过不去，所以他很纠结。

他们花了三个多小时将全大队的农田跑了一圈。当他们走上长满树木的防洪大堤时，一条宽阔的大河横亘在他们面前，只见河中黑压压的一大片鸭子在扇动着翅膀，抻长脖子，黄色和黑色的扁嘴朝天“嘎嘎嘎”地叫个不停。此情此景不禁令陆副社长眉头紧皱，他不解地问道：“谁家能养这么多鸭子?小农经济意识还蛮严重的嘛！”花支书连忙抢前一步解释道：“哪里还有个人养这么多鸭子，我们大队养殖场的。”“哦?大队还有养殖场?竟养了这么多鸭子！”他紧锁的眉头舒展开了，流露出一种惊喜的神色，大手一挥说：“走，看看去！正好歇歇脚喝口水，听叫声好像不小了。”

他们一行人来到河边的大树下，民兵营长和妇女主任赶紧跑到养鸭场厨房里拿来几只碗拎来水瓶，让领导稍微休息一下，喝口水再赶路。

虽说已是秋高气爽季节，但秋老虎威风不减，这一圈跑下来，陆副社长那张国字脸已通红，宽阔的额头上缀满了汗珠。这陆副社长也真怪，别人戴草帽他戴着有细眼子的纱帽；别人都将帽子摘下来扇风，他却不肯，宁可汗流满面。新来的干部谁也不好问个什么，其实大家心里也能猜中八九分。

边喝水边看鸭子的陆副社长高兴地说："嗯，不错！养得不错！好像还挺有膘的嘛！"

听陆副社长这么一说，机灵的支书听出话中有话，连忙吩咐营长去看看能不能捉到鸭子。领命后的营长立刻来到河边，边招手边朝河中央大叫道："喂，生财过来！"养鸭的刘生财人称刘大，见有人叫，抬头一看是营长，立即拿起竹篙，猛地往水里一戳，屁股向下一埋，小鸭船"呼滋"一声便蹿到了河边。他跑上岸，民兵营长在他耳边嘀咕几句，只见刘生财头一点，转身跳上小船，竹篙一拨，小船便到了河中心。他招手叫过另外两个人，稍作布置，然后忙向鸭栏处抛撒船上的粮食，鸭子见状蜂拥而至，两条小船一夹，竹篙一挥，另一条小船在后面一吆喝，鸭子便一下子进了栏。进了栏的鸭子如同囚犯进了牢笼，他们很快便挑了四只最有膘的鸭子送到了大队领导的手上。陆副社长一见他们有行动，早借故走开。

四只大雄鸭足足可以烧一大锅，如若再加点儿扁豆那就太丰盛了，足够十来个人吃，何况他们才八个人。但在哪里烧，还真的难住了在场的所有人。到哪个干部家里去烧都不合适，一来杀鸭子时鸭子会叫，二来下河清洗等于是褪下裤子让社员们踢屁股，更要命的是烧熟了的鸭子会发出诱人的香味，谁也没有不让这香味外溢的本领。思来想去，觉得还是在田里烧比较好。只是鸭场的锅子太小，看来只有到养猪场去比较合适。首先那里有烧猪食的大锅，大到可以煮三十斤米的饭；其次在那里只有天知地知，就是没有一个社员知道。至于饲养员的口是很容易封住的，只要舀点儿菜、匀点儿酒给他们就行了。作料和酒可以派民兵营长和团支书回去采办。

大家都认为这主意好。老成的陆副社长看到他们各自行动起来，特别是见到有人往庄上跑去，而多数人没动，意料到将有什么好戏了，于是他佯装边走边喊：“人呢？回去吧！”

支书一听到陆副社长的声音，连忙赶过来说：“社长，暂时不走了，今天就将就点，在这里吃个便饭吧。”

陆副社长：“在哪里啊？”

支书答道：“就在养猪场。我叫人逮了几只雄鸭，尝个鲜，打打牙祭。这不能算为您接风，下次专门安排。”

副社长一听一本正经地伸手制止道：“瞎说！这怎么可以！我们怎么可以随便吃集体的东西？你这不是叫我犯错误吗？要注意影响！”

支书忙表态：“要说犯错误也是我们的事，此事与您没有任何关系。”

“不行！毕竟我在场嘛！”说完副社长拔腿就要跑。

支书以为副社长真的不同意，赶紧检讨：“这事是我不好，事先没请示，这样吧，下不为例！”

“这样不好！如果没杀，赶紧放了！”

“毛都已褪了，可能已弄干净了，您看……”

陆副社长大度地说："你看你们，这是做的啥事？叫人进退两难！唉，既然木已成舟，那就却之不恭了！下不为例！"接着他又说："我是搭伙的，搭伙费和粮票必须交，这是我向来的规矩！"

支书嗯啊呀的也不知说了些什么，可能是虚心接受领导的意见吧。

人多好干活儿，大家七手八脚地干起来，一点不吃力。采购作料的很快回到了养猪场，不久香味扑鼻的鸭肉烧好了。陆副社长指示，先吃鸭子，待会儿再将扁豆下锅，这就成了一鸭两吃。万事俱备，只等买酒的民兵营长回来，就可以开战了。

民兵营长找到马秀云父亲，终于搞回来了五斤粮食白酒，还买了油炸花生米和百页。大家立刻布置战场，没有大桌子，他们卸下了板门，往长凳上一搁，就成了一张硕大的长桌子。大家围坐在一起，品尝起美味来，一个个喝红了脸，吃饱了肚子，包括年轻的妇女主任。

妇女主任马秀云身材高挑匀称，鹅蛋脸，丹凤眼，一笑便露出两个小酒窝，那水汪汪的眼睛看你一眼会让你心头一颤，简直像蒲松龄笔下的人物。

她是区中学的高中生，高三时被组织上挑选去参加"社教"工作队，在地区培训期间突发"伤寒"，不得不住院治疗。"伤寒"的治疗与恢复期较长，既不能参加工作，又耽误了学业，最后只得回家休养。由于她的才能和父亲的关系，不久她便被推选为大队妇女主任，正式成为乔东大队的一名干部。她父亲是供销合作社糖烟酒柜台的组长，在那时可谓是"红人"，因与支书家属是本家兄妹关系，两家走得很近，与其他大队干部关系也很铁，人们戏称他是不拿工分的大队干部。大队领导在工作上悉心指导，没把她当作一般干部而是把她当作自己的亲侄女一样的关心爱护。

喝了酒的陆副社长已不再矜持，三两酒下肚眼睛更忙了，不时扫视着妇女主任，当他瞟到妇女主任红扑扑的脸庞，不禁心头一颤，真是深山出俊鸟啊。喝了酒的人话多，他主动调侃劝酒：“新鸭子烧扁豆，打嘴巴子都不丢！为了这鲜美的好菜干杯！”说完带头干了，其他人纷纷响应。干杯后他发出感慨：“如能常吃到这样可口的美味，那也不失为人生之大幸！‘但愿人长久，千里共婵娟’。”

在这荒野的酒宴上，竟然能听到久违了的诗文，不仅令清纯的马秀云对陆副社长敬佩有加，更增加了对领导的一份好感。她情不自禁地向陆副社长投去仰慕的眼神。这一细微的动作没能逃脱出花支书锐利的双眼，他有一种隐隐的担忧，如不时常拾拾耳朵边子，这朵名花日后恐会遭折。得做好护花使者啊，否则对不住哥们！

在场的大队干部除了佩服陆副社长的文化水平高外，更是听出了副社长的弦外之音，意思很明白，就是希望今后能常吃到新鸭子。不算笨的支书这时明白了，敢情刚才那番话，是他的故作姿态？对，那是竖牌坊的！不过公社领导高兴，我们何乐不为？支书站起来说：“为了感谢陆副社长对我们工作的帮助与指导，我们一起敬副社长！不干的，就是不同意我的意见！”他这么一说，谁好不干呢，就连妇女主任也干了。陆副社长兴奋地说：“马主任好样的，巾帼不让须眉！”花支书不失时机地说：“陆副社长是个有文化的人，马主任又是个好学习的女孩子，我们都把她当作自己的孩子一样看待，希望陆副社长也能像父亲关心自己的女儿一样，关心她的进步和成长，大家说对不对？”陆副社长表态说：“对，青年干部要培养，要关心他们的成长，要培养好接班人！”大家鼓掌赞成。支书则说，青年人应多读老人家著作，多向人民群众学习，也要向陆副社长学习。支书的这个“也”字，是否暗示了什么，不知马秀云听出来了没有。可能喝了酒，两腮绯红的马秀云激动得不能自已，她低垂双眼偷偷瞟了一下满脸微笑的陆副社长，本来就在注视马秀云的陆副社长，看到马秀云投过来的眼神，如同一道强烈的电流直射过来，他心跳不由得加快，两眼发直，张着嘴说不出话来。刘会计见状轻轻捅了一下陆副社长说：“社长再加点儿酒吧！”陆副社长才从梦中醒来，感到自己失态了，连声说加点儿、加点儿，赶紧岔开话题，遮掩唐突。这一幕大家都看在眼里，提醒自己以后要多个心眼。酒喝到这程度，气氛更加和谐，也更热闹。当然兴致更高的是陆平川。

只是饭局接近尾声时，少不更事的团支书说了句令人反胃的话：“这鸭子是不错，锅不行！怎么吃出猪食味来了？”原来一向马虎的猪倌李二没把大锅刷干净，因光线暗，烧菜的治保主任也没有发现。刚开始因大家肚子饿了，有肉吃就觉得是人间美味了，哪还管得了那么多。团支书这么一说，将已吃饱本想再吃几筷的人的食欲全都说没了，大家都放下了筷子，歇了会儿便乘船回去了。

自从尝了鲜之后，大家激动不已，其心情不亚于哥伦布发现了新大陆。人世间很多事都是无心插柳柳成荫，起初决定养鸭子的时候，谁也没往今后可以时常打打牙祭吃吃免费的晚餐方面想。

自从有了第一次之后，大家就再也忘不了那鸭子的鲜美的味道，因此他们隔三岔五地就到养殖场“视察”。

过了一段时间，鸭群里的雄鸭也就吃得差不多了，留下来的种鸭是不能吃的，雌鸭也陆续破头下蛋了。不管怎么说，大队干部大小也是干部，最起码的道理也还是懂的，刚下蛋的鸭子哪能杀了吃呢？大家都在努力克制自己的食欲。

再者，这段时间也不太平，时常有些毛贼光顾养鸭场偷鸭捡蛋，也就是说远离村庄的养鸭场也不清净了。大队领导谁也不愿意授人以柄。忍忍吧！

就在这时，全国掀起土地方整化的高潮，将原先散葬在农田里的坟墓全部迁移，集中安葬。

这场声势浩大的土地方整化运动，如滚滚潮水势不可挡。经过一冬一春的紧急动员，下达最后迁坟期限，坟主服从大局主动迁移，少数缺少劳力的由民兵协助，整个水乡大地百分之九十八的坟墓都在规定的时间内迁至公墓。乔东大队土地方整化工作开展得有声有色，措施得力，成绩显著，被评为标兵大队。

土地方整化的好处人人皆知，个个明白，不需多说。迁坟虽烦点儿神，但绝对是顺民心、合民意、遂民愿的大好事。过去那些散葬在农田里坟墓，栽秧后就成了一座座孤岛，地下的人犹如囚禁在水牢之中。现在集体安排公墓，是对逝者的尊重，具有人情味。

还是那句俗话说得好，“天老爷合了一半人缘”，对迁坟也不是绝对没有意见。刚开始有些人家不愿意，尤其是那种年龄相对轻点的、夫妻情深的，认为人已死，入土为安，刚下葬又扒起来，死都不能安息，难免伤心哭泣，甚至有人晚上摸进墓地哭亲人。

乔东大队有户刘姓人家的妻子，对丈夫一片深情，丈夫的故去对她来说等于天塌下来了。她常常半夜三更跑到墓地去哭丈夫。她为人善良，长得标致，但是直嗓子，说话无平仄高低之分，总是一个音调。她夜间在墓地哭丈夫，谁听了都会毛骨悚然，真以为乱葬地里闹鬼呢！养殖场的人，也搞不清到底是什么东西在叫，当然也没有谁高兴去理这等穷事。没有话题的人们，这下找到话题了。他们在田间休息时将这一传说，任意地夸大，说什么乱坟葬里作怪，天天夜里都有鬼出来号丧。这有鼻子有眼睛的事说的人多了，好多人都信以为真。

一个月色迷蒙的夜晚，又有毛贼走向养鸭场。当他来到墓地边上那条通往养鸭场的大路时，突然那如鬼叫似狼嚎的刺耳声送入他的耳中，他立刻浑身起了鸡皮疙瘩，两手紧捂双耳，抱着头连带去的袋子都不敢要了，拔腿就往船上奔，立马逃离了现场。

这样看来，墓地安排在这里还真是一着妙棋啊！这效果谁也没有料到，着实奏效，即使胆子再大的也不敢一个人硬去撞鬼。当地有句俗话是“遇到鬼，不死也要塌层皮”，难怪封建社会要用鬼神来吓唬人，其原因恐怕就是这个吧！

“活鬼”不再骚扰，养鸭场从此没丢失过一只鸭子。

忙了一冬一春的大队领导终于稍微清闲下来了，他们想到这段时间太忙了，以致疏于跟陆副社长打打招呼，客气客气了。下午大队干部会同陆副社长，下田检查春耕生产各小队的工作进展情况，走了一圈又来到了养殖场。

一到养鸭场，大队长见刘大上岸拿饲料喂鸭，便问道：“还有多少只鸭子，下多少只蛋？”

刘大答道：“四百八十只母鸭，四十只雄鸭，每天产蛋约五十斤。”

大队长说：“养那么多雄鸭干吗，吃冤枉粮啊？逮两只雄鸭吃吃！”

刘大头像拨浪鼓似的直摇说：“不行，不行！没有雄鸭过雄，那可不行！没色，炕坊不收。要吃，宁可杀雌鸭！”

大队长吩咐说：“随便你，快一点！有鸭蛋再拿点儿过来！”

刘大低声嘀咕道：“伤良心啊，母鸭正下蛋呢！你家的舍得杀吗？唉……”胳膊扭不过大腿啊，他在心中暗暗说道。

过了会儿，刘大将鸭子和蛋送到养猪场，放下后招呼不打一声，拔腿就跑。

他们又七手八脚地忙起来，支书陪同陆副社长转田去了，待忙好了他们自然会来。

天约莫擦黑时，晚饭做好。锅子还是那口锅，桌子还是门板搁的，不那么讲究，有美味，有小酒，还有美女，这是天底下最美的事啊。

事物的发展不会以个人的意志为转移，想得好的美事，有时会中途转个弯。就在这时，新一轮社教工作又开始了，马秀云终于成为新的社教队员，到邻县参加社会主义教育工作去了。

尽管少了一张嘴，但这样，过几天就光顾一次鸭场，过几天就来一次扫荡，鸭子的数量还是在递减，很显然这样做不得人心呀。首先是养鸭人有意见，过多的雄鸭你吃就吃了吧，可现在你们吃的是下蛋的雌鸭呀！这样吃下去，鸭场迟早会垮掉，一旦垮了我们不又得回生产队和原来一样下地干活儿，一样的风里来雨里去吗？到那时，我们的福也就享到头了。唉……我们又能怎样呢，命运在他们的嘴上啊！

洞察力很强的陆副社长，敏锐地发现饲养员大不如前了。的确，每次杀掉三四只下蛋鸭谁会不心疼？这样不行，得变换一种方法，不搞大兵团作战，宜小组出击，只有这样方可细水长流。他将支书叫过来低声耳语几句，只见支书嘴角边露出一丝说不透的笑容。是啊，吃只虱子少不了你陆副社长的一只脚，可我怎么面对大家呢，难道我们偷偷摸摸地吃吗，那不是人为地制造矛盾吗？与其这样，还不如我不参加呢！从此，正常情况之下，下田检查工作不再到养殖场集中，转完田各自回庄。从那以后，他没有再参加这样的活动。但他还是将刚才的耳语内容告诉了大队长和会计，他们都佩服陆副社长的水平就是不一般，早就该这么做了。

鸭子吃了一只少一只，鸭栏里的鸭子数量逐渐减少，起初都用鸭子软盘（一种鸭瘟病）拉稀（痢疾）死了为借口糊弄过去，在那火热的年代里，没多少人有空去理这些，但是养猪场大锅里飘出的香味，怎么解释呢？此时正值春天，好多勤劳的家庭主妇收工后，在田埂边大路旁寻猪草，她们对养猪场飘出的香味很敏感。她们当中有的人一年半载都不沾一点儿荤腥味，对那诱人的香味十分敏感。一次两次也就罢了，可经常有这味道，就叫人不得不看个究竟了。香味从何而来？很明显这不是猪食味，是烧荤菜散发出来的味，难道养猪的发了？这就更激发起她们弄个明白的决心。一到养猪场边，她们就看到有大队干部在那里吃肉喝酒呢，什么都明白了，赶紧跑开吧。

本大队有个吃白食的“专业户”，人称“张皮五”。他听到有这等好事高兴得一蹦三尺高，说怎么这么消停呢，原来躲到鬼住的地方去吃了，我真服了你们。你们不怕鬼，我怕吗？坐在坟茔上我也敢吃。他只盼太阳早点落山，他要去赴宴。正当他们吃得开心的时候，门卸下了还有草帘子，随着一声大叫：“好香啊！”毫无防备的人们着实被吓了一跳。这声音怎么这么耳熟，大队长掉头一看，便厉声喝道：“‘张皮五’，你来干什么？”“张皮五”嬉皮笑脸地说：“来弄杯酒吃吃……”治保主任本来就不把这种人放在眼里，刚才又被他吓了一大跳，心里窝了一肚子的火，“张皮五”的话未说完，治保主任顺手抄起大舀子，往大水缸里一按，然后将一舀凉水朝“张皮五”的头上倒了下去，“我让你喝个够！”“张皮五”原想今晚肯定能吃饱喝足，谁知酒没喝到却淋得像个落汤鸡，摇着头打着喷嚏。受此大辱的“张皮五”，嘴里也不干净了，这就更激起治保主任的火爆脾气，他站起来就要去揍“张皮五”，光棍不吃眼前亏，众人一劝他也就跑了。

事情发展到这一步不可能就此罢了，否则就不是“张皮五”了。

养鸭场的饲养员听到“张皮五”这么一闹，倒感到一阵快慰，感到事情有了转机，闲谈中他们有意无意透露出了事情的真相：七百多只的鸭子，目前已不到两百只了。有人问，鸭子哪里去了？“瘟了！”他们愤愤地说。

越是遮遮掩掩，越能激发人打破砂锅问到底的兴趣。其实“瘟”的潜台词是“噇”（吃的贬义）的意思，虽然明白，但大家还是想搞清楚。

“张皮五”请人写了控诉状，反映大队干部大吃大喝，不仅吃垮了大队养鸭场，还暴打侮辱人民群众的事实。最后总结呼吁道，这哪里是革命干部，简直像反动军阀，是革命队伍中的蛀虫，必须严肃查处！

“张皮五”到公社告了状。

近一段时间，反映大队干部吃喝成风、作风腐败的问题屡见不鲜。公社领导早有耳闻，尤其是乔东大队干部的吃喝风尤为突出。据群众反映一个有七百多只鸭子的中型养鸭场，现在只剩下一二百只，其余的全被大队干部吃了，他们的这张嘴太厉害了。“张皮五”的状子，进一步证明传闻不假。这还得了，还像党员干部？这样的大队干部还怎样领导人民群众“抓革命，促生产”？这样吃下去还不把集体吃空？必须立即召开干部大会，严肃纪律，坚决刹住吃喝风！

这天中午，陆副社长和大队干部接到通知，一点半到公社大会堂参加会议。临行时大队长问道：“晚上的活动还搞吗？”陆副社长一本正经地说：“整风了，还吃什么！”事实是，按惯例所有公社干部晚上都要留下在公社食堂吃晚饭。陆副社长心里是很清楚的。

公社党委布置，第二天下午各片长主持召开狠刹吃喝风的纠偏讨论会，要求统一思想、提高认识、制定规章制度，从根本上彻底刹住这股不正之风！会上陆副社长慷慨陈词，痛批吃喝风盛行，大讲大吃大喝的坏处以及廉洁从政的必要性，并重申重要指示，从根本上彻底刹住吃喝风！

所有与会者都认为领导这次动真格的了。是的，如不坚决刹住吃喝风，将极大地影响干群关系，拉垮集体经济。大家都认为陆副社长的讲话很实在，也很精彩，会后必须认真贯彻执行。

片部会议结束后，大队长悄悄地跟陆副社长耳语，陆副社长连忙说：“呃……你个呆哈儿，我说归我说，你做归你做！你何时看到将煮熟了的茶饭倒进河里去的？那不是太可惜了？”

陆副社长说的这句话，经人演绎归纳就成了流传至今的歇后语：陆副社长吃鸭子——“我说归说，你做是做”。

第三章

第三章

谁端走了我的鸡窝

天方破晓，一阵嘹亮的“嘀嘀嘀，嘀嗒，嘀嘀嘀，嘀嘀，嘀嘀，嗒……”的集合号，在里下河乔泽公社所在地之一的乔东大队上空悠扬地回荡着。

军号声惊醒了公鸡，吓叫了狗，也唤起熟睡的村民。

很快大小巷子上响起了急促的脚步声，这声音像涨潮时掀起的巨浪钻进了峡谷，迅速汇集成一条直线，汩汩地涌向了前方——大队部所在的方向。

在这小麦还未成熟，双季早稻已栽插完毕的农闲时刻，天未亮就被吵醒，谁能没意见？

农家少闲月。大集体年代的社员能睡个懒觉，真是小鸡啄石头——难得。

晨梦被搅，再躺还有意思吗？不能忘了古训：“早起三光，晚起三慌。”过日子的人家，哪能睡懒觉，起床吧！

码头上淘米的、洗衣服的、担水的听到急促的脚步声，很自然地抬起头来，打量一番。他们看到排着长队的青年，不背枪，不拿棒，个个肩扛劳动工具，感到稀奇。农忙季节还未到，又没发洪水，他们这急匆匆地去干啥？

旭日东升，这群被汗水湿透了的青年像人民子弟兵一样，排着整齐的队伍，原路返回。

进庄。各自回家。

雄鸡再唱，人们知道该吃早饭了。

看着衣衫湿透的年轻人，人们更加好奇，这一阵子，他们干什么去了，身上怎么湿成这样？捧着早饭碗的人串门打听，旋即丢下饭碗，飞也似的奔向村外。

眨眼间又飞了回来，紧接着整个乔东大队像煮沸的粥锅，描述声、议论声、叫骂声响成一片。就在这时，不知是谁又撂出了一颗炸弹："据可靠消息，明天还将有更大的行动，鸡鸭鹅也要清点数目！"

这是怎么啦？这岂不是将我们的小菜盘子都砸了吗？今后拿什么下饭啊？

得想个法子制止他们的做法才是。

大家如热锅上的蚂蚁，除了着急并无好办法。有人提议一起去找支书，马上有人反问，是支书的主意吗？解铃还须系铃人，直接找赵永宏营长问问，不就行了吗？他能听你的就不会这么做了。还是去求黄得志主任吧，据说是他要求这么做的。一提黄主任，人人头都摇得像拨浪鼓，白搭呀！

大家沉默了，谁也想不出好主意来。

这时，不知谁问道："这事，'铁叔'知道吗？"

对啊，早就应该告诉"铁叔"了。他家人多菜地多，他知道了能不急？

"铁叔"是烈属，又是现任支书的堂叔，腿子有点跛，人称"铁拐李"。他，性格豪爽，好打抱不平，只要他能办的事从不推托，不能办到的也尽力去做，所以大家都叫他"铁叔"。对这俏皮的称谓他并不介意。由于腿疾，不便参加生产劳动，被大队安排做仓库保管员，所以他有时间种蔬菜卖钱，贴补家用。

大家一窝蜂地拥进铁叔家，告诉他清晨发生的和即将发生的事，特别强调他家蔬菜地几乎翻遍了，只剩下癞子头上的几根发。他一听，立即火冒三丈，这不是摔我小菜盘子，砸我的钱罐子吗？“这是何道理，哪个神仙不吃菜？不行，得去找我侄子去！”人们告诉他，是营长组织人干的。

他拄着拐杖，直奔营长赵永红家。

一到营长赵永红家门口，他就大声喊起来：“大营长在家吗？”

正在吃早饭的营长赵永红听到“铁叔”的喊声，有点受宠若惊，连忙跑出来满脸堆笑地问：“‘铁叔’，有什么指示？”

“铁叔”说：“屁的指示！我来，只想问一句，你做这些‘好事’，目的是什么？”

“‘铁叔’，我也没做什么好事呀。”赵营长丈二的和尚摸不着头脑，不好意思笑答道。

“没做好事？那就是做缺德事了！”

“您老哪能这样说呢！”他见家门口站了许多人，脸不由得臊红起来。

“你今天早晨带人干的这事，不是缺德事，是什么？只有下三烂的无赖才能做得出来！你跟全体社员都有仇吗？”“铁叔”的话语更尖刻了。

“哦，你是说早晨的军事行动？”赵营长有点儿得意地问。

“狗屁！还军事行动呢！亏你说得出口，丑死了！”他边说还边用右手的食指刮自己的鼻子。

“我们在执行领导交给的任务，有什么不好意思的？”他反驳道。

“胡说！领导叫你与社员群众过不去？我问你，自留地上不长蔬菜长什么？你家吃饭都是泡酱油汤，喝粥嘣盐？”

赵营长给这句话噎住了。他眼珠子骨碌一转，坚定地说：“我们是严格执行每人‘三棵茄子两趟瓜，少许韭菜和丝瓜’的规定去做的，多余的都得铲去！”

“我家几个人，应该是多少棵？你给我算算，再去数数，多铲掉的，你必须赔！不然我跟你们这些畜生没完！”“铁叔”越说越恼怒。

“去你的穷事！是我铲的吗？哪个铲的，找哪个去！”营长也不再客气了。他知道，不治服这狠角，既丢脸面又难以服众，必须以硬治硬。

“你不要做缩头乌龟，好汉做事好汉当！你不说，他们会这么做？你不给我说清楚，不要怪老子不客气！”

一提到“乌龟”这两字，赵营长气不打一处来了，尽管也常让别人做龟，但一想自己被归为龟，心里就不舒服，他被激怒了，话也就难听了：“你是谁的老子啊，瘸鬼！不客气怎么了，难道我怕你不成？”

“不做人事，专干缺德的、整人的事，是流氓！是土匪！老子今天要好好地教训教训你！”说罢，举起手中的拐杖朝营长头上狠狠砸去，好在营长身手敏捷，身体一偏，躲过一棍。他这一闪不打紧，可铁叔一棒落空，身体失衡，重重栽倒在地，趴在地上一时不能动弹。

赵营长并不敢弹铁叔一根指头，但为了自己的颜面还是骂道："你个老瘸鬼，扛着烈士家属的牌子，目空一切，你有什么了不起？"

从来没有人这样当面辱骂自己，"铁叔"觉得自己面子全没了。他咽不下这口气，有力的双手和健全的右腿一起用力，倏地站起来，又举起了拐杖，见营长纵身跳到天井里，拐杖也就改变了方向，将桌上的碗儿盆的一股脑儿地撸到了地上。这还不解恨，他又追到了天井里，举着拐杖破口大骂，还不时地往营长身边冲，围观的人好容易才将他拉住。

听到信的支书匆匆赶来，他大声喊道："这是怎么啦？'铁叔'冷静点，天大的事也不需发这么大的火啊！"他给"铁叔"一支烟，并为他点着火，然后又说，"您先回去，过会儿我找您，我有事要与营长谈。""铁叔"哪里肯依，一定要跟营长拼个鱼死网破。支书到场了，哪能让事态进一步扩大呢，好说歹说才稳定了他的情绪，并表示马上会给他一个交代。

支书叫人强行将"铁叔"送回家，并让大家都离开。

人群散去，支书开导起赵永红营长来："你当干部也好多年了，你也是从群众中来的，要考虑群众的利益，你关心群众，群众才会支持你的工作。做工作，样子要做，动真格的时候则要三思。你把社员们的菜地都翻了，叫他们吃什么啊？"

"我是听了黄主任的话才这么做的。"

"你这就不对了，你多大了？三岁奶儿？"这番话将赵营长问得无话可说，脸上红一阵白一阵的。他又说："当然，已经发生的事就算了，对明天的行动就得讲究点策略了，选一两个重点对象就行啦！要切记，心中时刻装着广大的社员群众！"说完支书就离开了。

从营长家出来，他直接来找“铁叔”。一见面他就先替营长开脱：“您也不要气鼓鼓地怪他，人家没错，换了您也会这么做。”

“这个家伙太可恶，专干坏事！”“铁叔”余怒未消。

“最起码这件事，他没错。好了，您今天早晨的言行也太过分了，哪能这样呢！人家毕竟是大队干部嘛。”侄子批评起叔叔来了。

“我还给他留了三分情呢，不然，他妈妈偷番瓜的事我都给他抖搂出来！”

“留三分是对的，俗话说：‘打人莫伤脸，骂人不揭短。’您该打的已经打了，该骂的也已经骂了。他做已经做了，总不能一棍子将人打死嘛。这样，你先下田去扶，扶不起来的再补。总不能真的没小菜吃嘛。你一下田做起来，其他人看到了也就跟着做了，那不是很好吗？多余的话就不要再说了。”支书劝道。

“那明天呢，不是还有行动吗？”“铁叔”心里还是不踏实。

“明天，您还希望这种事情再发生？”支书并不直接回答，只是要他“救菜要紧”。

侄子上门做工作，叔叔哪能再说什么呢？虽然还有点儿气，但支书要他给大家做示范，他觉得自己身负重任，要努力做好。想到这儿，他心情也就轻松多了。

社员看到了“铁叔”在“抢救伤员”，也纷纷行动起来。好在年轻人铁锹下留情，保住大半个菜盆子。

支书的“心中要装有广大的社员群众”这句话，还真起了作用。

第二天，他们又带着劳动工具兵分两路，一路去清点各家各户的家禽家畜，“如有超标一律捉到大队养殖场”，另一路人马去砍社员房前屋后过多过密的树。

鸡不飞狗不跳。一会儿工夫，问题全部处理完毕。他们凯旋而归，他们迈着坚定的步伐再次经过粮站，里面的公鸡又叫了起来。谁听了这啼叫声都会感到有示威或嘲讽的意味，愉悦的心情顿减几分。

队伍在行进，大队文书跑步赶到营长跟前，将眼镜往上推了推，神秘地说："营长，刚才什么东西叫？"

营长没好气地回答："大清早的，你是没睡醒，还是从天上下来的，没听见公鸡叫过？"

文书嘴一抿，说："是呀，社员养鸡多了，是走了偏路，粮站的人养那么多鸡鸭鹅，走的是什么路？"

营长不解地问："什么意思？人家又不属我们管，关你啥屁事？"昨天的那一幕他挥之不去，因此口气较冲。

文书说："你不是说，只要在我们乔东大队土地上的事都得管吗？粮管所就在我们大队，他主任养那么多的鸡鸭鹅，为什么另当别论呢？"

营长一听，是呀，我心中的那口恶气正没处出呢！但一转念说："不行，这人情人面的，我怎么好带人去呢？"

文书低声说："我们不妨来一次突然袭击……你尽管忙你的事去，这点儿小事还要你亲自出马？"

营长终于露出了微笑："嗯，拿他杀杀气也好！"

第三天，恢复了往日的宁静。

第四天凌晨仍然是静谧的，静得没有一丝声响，黑色的天幕还未开启，只有晓星在天空默默注视着地上的一切。赵营长挑选了十几个行动敏捷、组织纪律性强的青年去执行任务。

一部分人悄悄靠近围墙，一跃而过，剩下的接应。

进去的人分工合作，有人拿网袋，有人拿细铁丝圈，捉的捉，逮的逮。为了防止叫出声来，他们用铁丝做成套子套住它们的嘴，塞进网袋，递上围墙，拿到停靠在码头的船上。彻底俘获“敌人”后，参战人员一部分过河到对岸，一部分人送战利品下田。

四支竹篙一齐使劲儿，船像离弦的箭，快速向前方驶去，只留下一条长长的水痕在船后荡漾。

战斗结束，天方破晓。

粮管所主任侯锦春，南方人，解放战争参加革命的军转干部，行政十八级，享受县处级政治、生活待遇。他生性耿直，战争年代是有名的犟骨头，作战勇敢，令人敬佩。到了地方，他仍然用他的牛脾气与人相处，人们对他只能敬而远之。外地人，缺乏人脉，难免碰壁，但他不肯低头。新中国成立初期，他被安排到粮食局工作，之后到粮店做一把手，再后来兴建乡镇粮管所，他就成了乔泽公社粮管所主任兼站长。这种资格老、级别高、跟县长平起平坐的人，谁敢惹？他成了一方诸侯，在他的一亩三分地上过着自由自在的生活。

到粮站不久，他发现卸粮时，在码头、路边、墙角总会撒落下一些零星的谷粒，若扫起来，能作家禽的饲料，不扫也是一种浪费。所以每到进出粮时，他便叫家人捡拾。从那时起他就开始养些鸡鸭鹅，这也成了他的一种乐趣。

粮站占地面积大，空闲地多，养些家禽他不需要跟任何人商议。他将鸡舍建在离家较远也较为偏僻的地方，这样自己既闻不到臭味，职工们也眼不见，心不恼，真是一举两得。

在部队久了，听惯了号令作息，现在公鸡啼叫，就成了他的起床号。每当公鸡报晓时，他就起床洗漱，煮早饭，打扫庭院，再绕粮站转一圈，最后去喂食。这些都已成了习惯。

有公鸡司晨，他睡得踏实。身体健康的他，睡眠质量很高，公鸡不叫他不会早醒。

昨天，县粮食局来人检查夏粮征收准备工作，来人中不少原是侯主任的部下，大家相聚一起不知不觉就喝高了。

侯主任一觉醒来，眨巴着迷蒙的双眼，朝霞映照东窗，他不解地问："今天怎么搞的，是鸡闹罢工，还是自己睡得太沉？怎么就没听到鸡叫呢。"

他破例简化作业，拎起饲料桶去鸡舍喂食。像往常一样，在老远他就学着公鸡打鸣，想逗公鸡为其引吭高歌，可今天无论怎么引逗，就是没一点儿反应。他不由得加快了脚步，来到鸡舍前。昔日的场景不见了。往日，只要他一出现，鸡鸭鹅就争先恐后地往前挤，个个都会发出自己的声音，好不热闹。而今天一点儿动静都没有。他不放心地跑到里面去看个究竟，可一只鸡都没有了，只见到地上散落一些羽毛。这分明是被人偷走了啊。

这是谁干的？胆大包天的家伙！

他跑到职工宿舍前，大喊大叫："谁端了我的鸡窝？"

听到领导在吼叫，大家都不知道发生了什么事，便拎着裤子，趿拉着鞋跑出来问怎么了。

回答他们的是："谁端了我的鸡窝？"

人们面面相觑，无法回答，只得转身返回宿舍。

职工们的漠不关心使得侯主任更加愤怒，他起初怀疑这当中有人脱不了干系，冷静后细想，谁能参与偷鸡摸狗的事？

吃过早饭，他迅速组建了四个侦查小组，努力寻找有用线索，搜集证据。

经现场侦查发现，脚步凌乱，墙头上有羽毛，说明做贼的人数众多，而且已出墙外。墙外无路可走，一定是用船运走的，这就更加证明自己的判断：这绝不是内鬼所为。

根据这些证据，他继续仔细寻找线索。

到了傍晚，有一个看场的社员说，他起得早，发现很多人从粮站码头上船，然后撑船走了。他断定，定是去乔东桃园无疑。

得到这一可靠情报，情绪低落的侯主任一下子振作起来。他吩咐食堂快点做饭，好让他们早点去追赃。

晚饭后，他要带领几个人前去追缴赃物。

太阳收起了天边的最后一抹红霞，侯主任带着炊事员、勤杂工，一行四人准备出发。临走他叫人带上装鸡的东西，可找了半天没找到合适的，只好捡了几个破麻袋。勤杂工说，路不长，破麻袋有小洞透气，保证没事。侯主任认为有道理，也就没吱声。

夜幕渐渐合起来，他们跳上小船，勤杂工拿起竹篙向乔东桃园撑去。

桃园内外地形都很复杂。桃园前一条交通大河横卧，许多支流与其连接，几个狭长的垛子将大河分割成外大内小的两条河。小河里边是高高的圩堤，堤岸下是大龙沟。通向堤岸的水道有三条，只有一条通向码头，如果误入其他两条则会无功而返，一般不熟悉地形的人要想进入，需费一番周折。桃园后面有内河，经过两道簖箔，可以将船停靠在码头，上岸便能直接进入桃园，只是要多走一段水路。本地人去桃园一般都走内河，清明祭扫时才有人走内河。

侯主任的船在外河边靠岸。船还在河中心时，他们便看到了东北方向有一片很亮的光，大家精神为之一振，心想肯定有戏。村外农田里有强光，说明是点了汽油灯，这灯只有办大事或开社员大会才用。他们在干什么？这里面一定有文章。

他们左摸右探，终于上岸了。

初夏，小麦泛黄，正是早熟桃子上市的时候。这时不少调皮的孩子，经常结伴在夜晚摸进桃园摘一两篮桃子，致使桃园丰产而不能丰收。为了减少损失，在果子成熟时，大队都会安排民兵站岗巡夜。今年已到桃树盛果期，所以便加派人手看守。

近期的行动，缴获了不少战利品，大队领导认为这主要归功于上级领导有方，也与一队青年不辞劳苦不无关系。经商量决定，今晚犒劳有功人员，宴请对本大队工作给予关心和支持的领导。

当侯主任的小船快到码头时，岸上的流动岗哨已发现“敌情”，迅速往里传递情报。赵营长是今晚的主持人，负责安排今晚的活动，故早就端坐在会议室里。他得到消息，知道是何方神仙降临后，便马上召集相关人员开会，研究落实行动方案。

侯主任等一上岸，循着亮光，嗅着香味，径直向桃园大门走去。

很快，他们来到桃园大门口，巡逻的民兵便大喝一声：“谁？干什么的？”

历经枪林弹雨，闯过无数次鬼门关的侯主任，哪里会被这群毛头小子的一句喝声吓倒，他大声应答道：“我！乔泽粮管所主任——侯锦春！”

“干什么？”

“捉贼，拿赃！一边去！”习惯了发号施令的他，也不分对象，说完带领手下直往里钻。

船靠码头，已费了不少工夫，谁知上岸后路更不好走。桃园里纵横阡陌，高低不平，要想摸进会议室还真不容易。不要说晚上，即使白天不常来的人想一下子直接走进去，还得靠运气。

侯主任虽进了桃园大门，可往哪里走，还真不知道。他们硬着头皮往里走了两步，在一棵被成熟的桃子压弯枝条的桃树下迟疑了片刻。这时，里面的人听到外边的争吵声，知道有人进来了，便吹响口哨。会议室里的人听到信号，文书连忙带人往外赶，老远他们就听到侯主任犹如铜钟的嗓音，知道来者不善，便叫手下告诉赵营长暂时不要露面，待会儿出来打圆场。

文书跟手下简单交代："先拿下，刹一刹他们的威风！"便快速赶去，边跑边大叫："胆大偷桃贼！抓住他们！"

侯主任还在极力争辩，可哪还有他说话的份，二十多个青年如饿狼扑虎，一下子将他们按倒在地。

这时，不知是谁喊了句："对大胆的偷桃贼，不能心慈手软！"大家都知道这话的含义，便把满腔的怒火汇聚到拳头上。"揍你们这些不识时务的家伙，谁让你们来搅局的，打你们这些不识好歹的东西！"他们在心中愤愤地说。

一群青年的拳头犹如雨点，直打得侯主任他们哭爹喊娘，他们的冤屈谁能证明？

一阵暴打之后，赵营长打着手电过来了，大老远就故意大声问道："谁啊？你们在干什么？"

侯主任一听到赵营长的声音，忙要解释，可是他被重重按在地上动弹不得，众人大声回应道："营长，逮了几个偷桃子的，你看这是他们装桃子的麻袋。"

赵营长说："让开，我看看，哪个这么大胆！"说完用手电照了一下麻袋，又在他们几个人脸上来回扫了几下，不禁失声叫道：“啊！侯主任？开什么玩笑！要吃桃子，说一声不就行了，你不来我也会派人给你送去啊，还劳你大驾？”

侯主任说：“谁偷桃子了，我是来找鸡……”

赵营长知道他要说什么，忙打岔：“找鸡，找到埋死人的地方来了？摘点儿桃子就摘点儿桃子吧，还找什么鸡啊鸭的？”

侯主任火了，说：“甭打岔，我是来找鸡子、鹅子的，它们被你的人偷来了！我是来追赃的！”

赵营长一听到“偷”字，窝了数天的火像火山一样喷发：“侯主任，你是个老革命，怎么可以随便给我们这些根正苗红的青年头上乱扣屎盆子呢？这样不好吧！”

侯主任说：“没偷？你们锅里烧的不是鸡吗，空中飘出的香味不是你们厨房里的，是哪来的？难道是坟茔里的鬼在烧菜吗？”

话说到这份儿上，想不伤和气也难了。赵营长的语气没那么友善了，他面对侯主任说：“你这话就不在理上了，难道天底下的人都不能吃鸡，只有你侯主任吃皇粮的，锅里才能飘出香味吗？农民就该吃青菜萝卜？我告诉你，我们河里有鱼，岸上有猪，鸡鸭鹅一样不缺，连狗都有，你信不信？来，带侯主任进去参观一下我们的养殖场！真是岂有此理！”

侯主任愣住了。他来是为了找到鸡鸭鹅的，不去肯定找不到，去了也未必能找到。要是再惹怒这帮人，在桃园深处，重受二茬罪也不是没有可能。好汉不吃眼前亏，三十六计走为上。他们忍着疼痛与屈辱，离开了桃园。

回到粮站后，你看我，我看你，只见大家一身泥、一身伤，眼睛肿了，嘴角处的血干了，走路一瘸一拐的。谁也不敢埋怨主任，只恨青年人不分青红皂白把他们当贼打。

这个哑巴亏吃大了，侯主任能咽得下这口恶气？鬼门关都闯过的人，难道能在小小的阴沟里翻船？不行，明天一定要到公社去讨个说法！

再说赵营长他们摆平了侯主任后，立即带领众人返回桃园食堂，公社、大队领导还在那里等着呢。

进去后，赵营长立即俯身在支书耳边嘀咕着，支书一听立刻双眉紧皱，公社一把手刘为民见状忙问怎么回事，支书知道此事是瞒不住的，侯主任不是个省油的灯，明天他一定会去公社告状，与其被动，不如现在就将情况向领导说明。他面露赧色，将事情的全过程介绍了一遍，并强调指出："本大队的清理任务已完成，社员们对本大队土地上的粮管所主任养那么多的家禽意见很大，找我们理论，我们无法解释，又不好说什么，只能技术性处理。希望领导能为我们想想办法，帮助我们解决眼前的问题。"

一把手认真听，仔细想，觉得很棘手，说："你们啊，竟敢太岁头上动土，胆太大！"但当他听到社员意见很大时，脸上露出笑容，他手一挥，说："明天他肯定会去找我。好，我为你们做点儿工作！谁叫我叫刘为民呢，为民就得为你们做点儿实事！动动脑子，问题不大，一定要把他的火扑了，不然会有大麻烦。这样，你们明天准备午餐，一切听我的安排。开席吧！"

今天的晚宴气氛本该十分欢愉，但侯主任这么一闹，大家心里总感到忐忑不安，显得很拘谨。平易近人的一把手首先打破了沉闷的气氛："同志们辛苦了，尤其是青年同志！这段时间你们的实绩有目共睹的！但，今后要注意工作对象，采取恰当的工作方法。不过我敢相信，天不会塌下来，地球还会转动！来喝酒，大家喝！”领导非常注意说话的方式方法，故意回避敏感问题，不让大家难堪。

一把手满脸堆笑地敬酒，激情洋溢的话，殷切中肯的希望，令每一个参战队员激动不已。于是，接下来更热闹了。

待大家酒足饭饱之后，支书安排人撑船送领导回去，叫赵营长将两只老鹅送到一把手家，两只老母鸡送到武部长家。

领导打了牙祭，又带回了礼物，十分高兴。

赵营长敲开了孙部长家的门，送上两只肥嘟嘟的老母鸡，表明来意。孙部长表示按领导意见办。

一把手果然料事如神。

第二天早上，侯主任没有亲自布置工作，早饭后便去公社讨说法。尽管太阳还没升高，但为了遮住青肿的脸，他还是拿顶宽沿草帽罩在头上，并将帽檐压低。

一到办公室，一把手便站起来上前跟他握手，显得比以往任何时候都客气，关切地问道："老伙计，夏粮征收的准备工作做得怎么样啊？有什么困难？"

"为民同志，我今天不是来谈工作的，是来告状的！"

"告状？告谁的状？"一把手故作不解地问道。

"他妈的，倒霉死了，受此窝囊气！"侯主任边说边摘下草帽。

给侯主任沏茶的刘书记一转身，发现其这副尊容，更惊讶了："怎么搞的？弄成这样？"

"唉，别提了！遇到一帮小强盗！"接着他把昨天的遭遇一口气说完。

一把手听得很认真，听后便发起雷霆之怒："啊，真的假的？没有王法了吗？竟有这样的事！不行，得严肃处理！"边说边摇起电话，孙部长火速赶到。

孙部长一进办公室，一把手忽地站了起来，手敲着桌子吼道：“孙部长,对你的手下也得好好管管！你看这都是你的兵干的！”边说边将侯主任的头扭向孙部长，接着说：“简直无法无天了！怎能这样粗野，怎么可以这样对待我们的老革命呢！请你火速查清昨晚发生的事，严肃处理相关责任人！”

坐在一边的侯主任，见领导这样重视，受伤的心似乎在慢慢愈合。

孙部长接了任务后，煞有介事地往外跑，出了大门一拐弯，便向一把手家跑去。

乔东大队的一班人马都在一把手家厨房打下手，孙部长一到便把领导和自己的意思跟他们说清楚，要想将双簧演好不露一点破绽，就必须如此这般……他们甚至将台词都仔细推敲了一遍，觉得天衣无缝后才会心一笑。

过了近一个小时，孙部长带着头戴草帽、身穿军服、卷着裤腿、脚蹬黄军鞋的赵营长进了一把手的办公室。

一进书记室，赵营长就像做错了事的小孩，诚惶诚恐，等候书记训斥。

一把手照例扫了一阵机关枪：“好个你赵永红，胆大妄为！你的手下竟敢偷侯主任的鸡，还把人给打伤！这还得了，无法无天！你必须说清楚！”

赵永红装出一副受了天大冤屈的样子，哭丧着脸说：“我哪敢啊，我们的同志个个都是好青年啊。我敢保证，我们从没有做过对不起人民的事！”

“你意思是，你们是功臣，应该表扬才对，是吗？”领导反问道。

赵永红辩解道："也不是这个意思……"

一把手抢白道："不是这个意思是哪个意思？打人有功啊？"领导余怒未消，对赵永红说："好啦！好啦！昨晚是怎么回事，你得说清楚。"

一提到昨晚的事，赵永红来劲儿了："昨晚，民兵在巡逻时发现有人拿着麻袋轻手轻脚地摸进了桃园，问'哪个'？没人讲话，大家便一哄而上捉住了偷桃贼，在揪扭时发生点摩擦。"

一把手说："昨晚有人进了你们桃园？"

赵永红说："是的，在揪扭中还发生了冲突，后来听出是侯主任的声音，于是就停了下来。"

一把手说："噢，这么说你们还给了面子？"接着又转过身来问侯主任："是这样的吗？"

侯主任急了，他大声说："领导同志，你不要听他信口雌黄，诬人清白！"

赵永红说："我知道的就是这情况，实话实说！"

侯主任马上辩解道："我怎么会偷桃子？我是去找我的鸡鸭鹅！"

赵永红说："侯主任，你这样说就不对了。昨晚我查岗时正好路过，叫你进去看看有没有你家的鸡、鸭、鹅，你不进去，怪我吗？我不知道你是什么意思。我大队桃园里养了那么多鸡鸭鹅，会要你的几只鸡？再说，你们不是摘桃子，干吗拿麻袋？"

赵永红边说边跑到门口叫道："把麻袋拿来。"

早已等候在门口的刘文书立刻把四个大麻袋送进去。

赵永红说："领导你们看，我能瞎说吗？"

“嗯？我不信，老革命会去偷桃子？肯定是误会！这样，你马上去把你们的支书主任叫到我办公室来！快一点！”一把手大手一挥，赵永红领命而去。

“侯主任啊，您是老革命、老领导，您是什么人，我还能不清楚？什么偷桃子，简直是胡说八道！不过，鸡窝被谁端了，您也不能肯定，我也说不清楚，这里有误会。你说呢？”

到这时候，侯主任还能有多少话可说呢？只有听当地政府的了。他慢腾腾地从口袋里掏出香烟，递给一把手、部长各一支，自己也抽出一支，叼在嘴上，划着火柴点燃，喷出一口浓浓的烟雾，然后垂下头说：“我听书记的。”

一把手吃惊地打量着他，这人变化怎么这样大呢？看来火候差不多了。他大腿一拍：“这就对了，老革命就是老革命，觉悟不同，境界就是不一样！当然姿态高一点，事情就过去了。再说，你在人家地盘上养那么多家禽，人家社员会没意见吗？你看看，哪一个社员家超过三四只鸡的？如果他们不给你面子，大白天去执行，谁好说什么呢？”说完呷了一口茶，又继续开导道：“如今搞到这种田地，叫我说啥好呢？你找鸡就找鸡吧，为什么白天不去？去就去呗，带什么麻袋呢？真说不清楚了。”

侯主任一脸的委屈：“除了麻袋没合适的东西。”

“为什么不用草绳织的网袋呢？”一把手反问道。

侯主任更委屈了：“我们哪来的网袋呀。”

一把手说：“没有不会借吗，这不是授人话柄吗？传出去，人家还真以为你这老革命摸黑带人去偷桃子呢。事情已被你搞砸了！人家捉的是偷桃子的贼，人赃俱获。你们是拿着麻袋，在桃园里被打的，你有理说到天边，浑身长满了嘴也说不清楚啊！你说是不是呀？”

回答领导的是一声长叹：“唉……”侯主任红着脸将头埋得更深了。

一把手接着安慰道：“事已至此，多说无益。既不要将矛盾扩大，又要给你老兄撑足面子。我叫他们大队领导班子来开会，就是要他们向你赔礼道歉。再说你不是还养了许多苗禽吗，一晃不就大了？再说大家低头不见抬头见，以后还要共事嘛！”刘书记将侯主任心中的最后一点儿余烬全部浇灭了。

的确，事情发展到这份儿上，真是黄泥巴掉进裤裆里，不是屎也是屎了。侯主任也没什么好说了。

就在这时，乔东大队的一班人马赶到了。

一进门，支书先向一把手、主任、部长敬了一支牡丹烟，然后满脸堆笑打招呼：“侯主任，对不起，这误会搞大了，还望您老革命、老领导宽宏大量。都怪我们教导无方，请您念他们年少无知，好冲动，不记他们的仇，不要生气啊。”

一把手毕竟是公社领导，见的世面多，他总能把握好火候，打破僵局。听到这，他站起来鼓掌，连声说：“好！好！好！我们都是革命同志，应相互团结，相互关心。”

在一把手的提议下，支书等人连忙去握侯主任的手，侯主任也不好拂大家的情面，便站起来与大家一一握手。

这时，一把手又发话了：“李支书，你可不要空口说白话啊，快到中午了，今天你们请客，摆桌酒席向侯主任打招呼。”

李支书说：“领导，我早就安排好了，叫人买了菜，就在您家，请师娘为我们忙了一桌。估计差不多了，这就请吧。”

一把手说：“对，婆娘们也应该支持我们的工作，辛苦点算不了什么，只要你们好好地工作，她们肯定也很乐意。”

话音刚落，大家连推带拉，簇拥着侯主任向一把手家走去。

领导家属见侯主任来了，连忙从厨房里跑出来打招呼，感谢他几年来对她家养猪副业的支持，希望今后能多给点儿猪饲料计划。侯主任笑呵呵地说，那还不是小事一桩。他的笑声惊动了西边栅栏里的老鹅，不知趣地发出低沉的嘎喔嘎喔声，侯主任心头一惊，这声音似曾相识。

不容侯主任多想，人们将他拥进屋里。领导请侯主任上坐，侯主任死活不肯，可哪禁得住这么多人劝，他只得坐下，一把手则在下首作陪。

宴席开始，领导首先致辞，希望大家以大局为重，搞好团结，努力做好各自的工作。领导要求大家给侯主任敬酒，在座的便立刻行动起来。

第一轮狂轰滥炸后，一把手拿出香烟，与侯主任拉上了家常，回忆曾经的辉煌。几杯酒下肚，一提起往事，侯主任不禁热血沸腾，声音也高了八度。他手舞足蹈，唾星四溅，真有点“把酒临风，宠辱皆忘”的意味。

酒过三巡，菜上数道，气氛融洽。这时，领导端起酒杯提议：“我们来自五湖四海，为了一个共同目标走到一起来了。为了我们的共同目标，干杯！”说完一饮而尽，其他人也纷纷干完杯中酒。接着他又劝道：“‘要团结，不要分裂’，今天只讲团结，今后仍然只讲团结，对不对？同意的干！”说完又干了一杯，所有人又一饮而尽。

就这样，酒一杯一杯地干，菜一道道地上，席间大家都夸领导夫人的厨艺高，鸡鸭鱼肉味道无一不鲜美，尤其是红烧狗肉，又辣又香，真是一绝。为了今天这桌菜，辛苦了赵营长。他起早叫人捕了鱼，捉了鸡鸭，还从家里窖藏山芋的地窖中拿出两根风干了的“狗膀”，虽说是为了向侯主任打招呼，其实是大家多了一次喝酒吃肉的机会。

喝到高兴时，侯主任夹了一块红烧鸡肉，端起酒杯说：“你们说，这菜烧得怎么样？这鸡肉好吃不好吃？好吃，干杯！”

就这样，没话题找话题，没理由找理由地敬，我敬你，你敬我，大家都喝得晕晕乎乎，才放下酒杯，结束战斗。

离开座位后，侯主任内急，急忙往外跑。他打着饱嗝，踉踉跄跄摸向西边与猪圈鸡舍连在一起的茅厕。他一到鸡栏，便传来两声老鹅低沉的“嘎喔！嘎喔！”的叫声，这叫声似乎是他自己饲养的鹅子发出的，定睛一看，好像是，可又没明显标志，不能断定。这时老鹅又叫了两声，不知是喝高了还其他什么缘故，一阵酒意涌上喉咙，只听见“哇”的一声，吃进去的酒食一齐吐了出来。老鹅习惯了主人一勺一勺地给料，可从没见到过自己的主人这样喂食，愣了一下，但还是禁不住诱惑，尽情品尝“美味”来，侯主任幽默地说：“愿你们与我一同醉。”

一把手等人站在天井里，等候侯主任轻装出现。这时，只见侯主任扶着墙，笑眯眯地用卷曲的舌头送出不太连贯的话：“领导，你家的鹅子，也很……很热情，好……好客，不停地……跟我……打……打招呼。”

一把手幽默地回敬了一句：“这说明你跟它们有缘啊，它们愿交你这个朋友！”说完大家都哈哈大笑起来。

玩笑过后，领导叫人将侯主任送回粮站，临行前，不忘叫人拿来侯主任的草帽，还亲自为其罩在头上。

第四章

桃园殇

黄得志的日子过得很舒服，吃香的喝辣的，还经常睡在人家床上。但他还是不开心，甚至很郁闷，有许多结解不开。为何过去那种一呼百应的现象没有了？我做了几年的大队主任为何还得不到提拔，难道我就不能做个真正的官儿？“王侯将相宁有种乎？”他不服这口气！他想，不搞出点花样来，自己就会是一块埋在砂石里的玉，别人总以为是一块普通的石头哩！

不行！要有所作为！

怎样做才能产生轰动效应？他频搔头皮，头发抓下好多根，就是想不出一着妙招。在家里，他愁眉紧锁，香烟一支接着一支地抽，一会儿坐，一会儿站，转了几圈又坐下去。如此反复，可仍然想不到一个能出彩的办法来。再这样下去，还不把人憋死，还是出去走走吧，也许能有所启发。到哪里去呢？除了田里还能到哪里去？对，下田！他叫大队看电话的老高陪他一起去。

老高跟在他后面跑了好长时间，就是没听到主任说一句话，有些不解，平日里滔滔不绝的他，今天怎么贵口难开了？他不敢多嘴，因为给主任划火柴点烟时，见到他脸绷得紧紧的。难道出什么事了？他暗自揣度。

来到了重振雄风的养鸭场，黄得志心情好多了。养鸭场的振兴是他的功劳，因为谁也不敢再打鸭子的主意了，他只愁吃不下，不愁没得吃，怎么高兴总是吃同一道菜？他不带头，何人敢打鸭子的主意？这就是业绩，为此他感到自豪！看到满河都是扑腾欢悦的鸭子，他若有所悟，壮大集体经济，就是亮点！集体经济要上去，还得靠副业来支撑。有什么副业好搞呢？他又头疼了。

过了河，爬上岸，走在通往公墓的机耕道上，他抬起头，那大大小小的坟丘撞入眼来。就在这时，他眼睛一亮，转过身来猛拍了一下老高的肩膀，大声说："好！有了！"然后笑嘻嘻地掏出香烟，分给了老高一支。老高摸不着头脑，只是本能地拿出火柴来。

喷出一口浓烟的黄得志，头一仰，加快了步伐朝前走去，并发出指令："通知全体大队干部、小队长和会计，晚上到大队部开会！"

会议讨论的主题是，发展壮大集体经济！

气氛很热烈，大家你一言我一语献计献策，热闹是热闹，就是没一条中听的。

最后，黄得志总结道："坚持以粮为纲，全面发展不动摇；立足当前，充分利用土地资源，不让一份土地闲置，这是大方向。只要大方向不错，怎么走都不会错。"他吸了一口烟又说："将二十多亩坟地以及旁边的十多亩田全部辟为桃园；利用现有的养殖场养猪养鸡鸭鹅，周围河里养鱼，立体养殖。如果没意见就这么定下来了。"与会人员虽有不同看法，但没人敢站出来反对。大队会计刘胜明带头鼓掌。

乔东大队副业生产队正式成立，民兵营长兼任副业小队的队长。他兼职再合适不过了，他既有文化又有斗争精神，还很精明。

很快各个副业组投入生产。七百棵桃树、五百棵梨树栽种完毕，都是三年生嫁接苗。由于管理得当，水肥充足，经过四年的生长，桃树已经进入生长旺期并开始挂果。

到了七月，黄里透红的水蜜桃十分惹眼。树枝不堪重负，被压弯了腰。它们像成熟了的大姑娘迫不及待地撩开面纱，从叶子中露出了俏丽的面庞。时至中旬，水蜜桃陆续上市，不久大量成熟，园里员工忙不过来了，民兵营长请示了黄得志后，通知各生产队队长每天派一名女社员，到桃园帮忙摘桃子。

摘桃子是个美差，没有一定的身份或关系是不可能被安排去的。名义上是队长派工，实际上大家心里都明白，这是一份美差，就看好事落到谁的头上。

进入小暑，骄阳似火，正值“四夏”大忙之际，社员们“起五更，睡半夜；战高温，夺高产”，挥汗如雨地劳作。在桃树下摘桃子，不仅免受太阳的炙烤，而且口渴了随时可以挑熟透了的桃子解渴充饥。收工时，她们拎着竹篮子，用斗笠或头巾遮盖着，里面放了啥别人看不见，但从变形的竹篮柄上可以推知一二。精明的民兵营长每逢收工都不知跑到哪里去了。这位爱憎分明从不手软的大营长，此时他只能揣着明白装糊涂。不过也难怪，他跟谁铁面无私？是主任夫人、副主任嫂子，还是会计婆娘？她们往家里捎带点儿桃子你能说什么？即使说了，那有用吗？因此，对效仿的其他人也就不好多说啥了。所以说，回避是最好的方法。

桃子营养丰富，属于保健水果，但吃多了易腹泻。也许连续两天桃子吃多了，好多人肚子不舒服，老是咕咕叫。尤其是黄得志的妻子曹慧英，她人高马大，浑身的肉也是浑身的力气，因此食量也大，可能比其他人多吃了几个，所以反应也比他人强烈些，有时来不及找地方，裤子一褪就地解决。已拉了五六次了，总有拉不尽的感觉。这次她使尽浑身的力量彻底拉净了，当然这是她的自我感觉。当她拎着裤子起身时，可能蹲久了，腿脚发麻，一个趔趄，人往前一倒，屁股往上一撅，头撞上树干，碰巧一颗成熟了的桃子被她撞掉了，不偏不倚砸在屁股上，她以为那是鬼打的，吓得魂散魄飞，逃也似的跑出了桃园。

曹慧英逃出桃园，惊魂未定，突然太阳穴像被锥子猛挖了一阵，两只眼球感到胀痛，接着眼前就是一片漆黑，什么也看不见了。她大声呼叫，立刻跑来好多人。刘胜明的老婆赵兰凤等将她扶到果园办公室，有人打来清水给她擦脸，有人给她扇风，谁也说不清楚是怎么回事，一边拿话安慰，一边派人去报信。

不到一小时，营长赶来了，见情况比较严重，立即叫两名妇女去找黄得志主任汇报，同时派两个男劳力撑小船送曹慧英去公社医院，他和赵兰凤亲自护送。

当他们的小船撑到医院码头时，黄得志和卫生院长已在码头等候。

院长组织内科外科眼科的医生进行会诊，眼睛不红不肿，视网膜没有脱落，也无外伤，查不出什么名堂。眼科医生说，也许与高血压有关，不过也不敢肯定。治疗方案是活血化瘀、降血压。

在卫生院住了三天，效果不理想，院长建议转院检查。次日院长陪同去区医院检查，结果与公社卫生院的说法相似，先降血压、活血化瘀，吃药慢慢康复。至于能否复明，多长时间能复明，也无定论。最后医生嘱咐，回家静养，也许会有奇迹发生。

听说曹慧英回来了，不少亲朋好友前来看望。晚饭后，刘胜明夫妇来了。一到黄主任家，便听主任介绍治疗情况，说些宽慰话，吉人自有天相，说不定会有奇迹发生。赵兰凤径直走进西边的房间，看见曹慧英的表姐在，便打了招呼，然后安慰曹慧英，劝她不要着急，好好调养肯定会好的。聊着聊着，她很自然地聊到了桃园遭鬼打腚的事，曹慧英惊呼："怎么，你也挨打了？"赵兰凤说："可不是嘛，那天我挨了两巴掌呢！"

在一旁的表姐听后心里暗暗思忖，挨打的不是一个，这说明真的是冒犯了鬼神，你在乱葬地里随地撒尿拉屎，说不定屙在死人的头上，他们能不找你的麻烦？嗯，这样来看，信医不成，不如信点儿邪，双管齐下，说不定能治好呢！想到这儿，她便来到堂屋，把黄主任拉到门外，将自己想法说了出来。没等她说完，黄主任就把她的话挡了回去："开什么玩笑？这是什么年代，怎么还相信这些呢？你长这么大见过几回鬼啊神的？不要添乱了！"黄得志边说边往外走。表姐急了，一把拉住他高声地说："你忙什么，我妹子眼睛看不见你就不着急吗？"黄得志反问道："着急就有用吗？"黄得志气呼呼地返回身来，坐在桌边点燃一支烟猛吸起来。

大家听了表姐的意见，起初也认为荒唐，可听了表姐列举的事例，倒也觉得有道理。表姐说，有些小孩受了惊吓，"魂掉"了，吃药打针不见效，请人来一叫，魂就附体了。大队看电话的老高是黄主任的影子，他认为此法可以试试，于是上前说："这东西，你说没有吧，还就没有；你要是信啊，还真管用！听说有些大仙还真灵呢！"

黄得志默不作声，老高继续开导。

就在这时，曹克来看女儿了，一看气氛不对头，忙问怎么回事。知道了原委，他若有所思道："心理安慰也是治病的重要因素，宁可信其有吧！”老泰山一言九鼎，黄得志还能说什么？

黄得志长叹一声说：“也真是的，都四五天了，怎么还不好呢？医生没用！唉，哪里有灵验的大仙呢？”老高说：“这个你就不用操心了，我自有合适人选。”

黄得志忙问：“说来听听，何方神仙？”

老高俯下身子低声说：“坏分子顾得发的丈母娘，在离我们这里十五里路的东刘庄，名声大着呢！什么关亡、谢神、掐八字、叫魂等样样灵得很，门口排了长队呢。城里有些大干部家属还偷偷地跑过去呢！”

黄得志不同意：“顾得发的丈母娘，亏你想得出来！你这不是让我犯错误吗？”

“那怎么可能！我敢吗？”老高知悉他的心思，缓缓神接着说，“你就不要管那么多了，只要能有效果就行嘛！你什么也不要问，一切我来安排。”

尽管老高说一切由他来安排，但黄得志仍然犹豫不决。老高也不敢越俎代庖去找顾得发，于是僵住了。

就在这时，刘胜明走进屋来，掏出香烟分了两根，自己也抽出一根点起来吸了两口，很冷静地说：“是为请神的事吧，我同意主任的意见！”他瞟了黄得志一眼，只见那张本来很严肃的脸，此刻眉毛拧成了两股绳。他什么都清楚了，不是真的反对这件事，而是人选不合适。刘胜明又抽了口烟，面带微笑说：“顾得发肯定不能找！这样对主任影响不好。但是你们可知道，顾得发的丈母跟我丈母娘是什么关系？嫡亲的姐妹。我老婆叫她三姨娘，你们知道吗？”不等他人回答，他接着说，“只要我夫妻俩一出面，这件事保证没问题。明天就请她到我家来玩儿，看谁能说什么！”

从里屋出来的老泰山说：“管他什么人，只要治好慧英的眼睛就行！”

话说到这份上，还能说什么。其实刘胜明的一番话也正中黄得志下怀呢。

第二天下午，刘胜明夫妻俩兵分两路，妻子到五里外的娘家接妈妈，刘胜明叫人开船去东刘庄接三姨娘。

傍晚时分，两路人马刚到家，布满乌云的天空便电闪雷鸣，紧接着下起了豆子般的雨点，旋即大雨倾盆而下，足足下了一个小时。这场雨太及时了，给炎热的傍晚冲了个凉水澡，暑气明显消了许多，人们高兴地说，今晚可以睡个舒服觉了。见了面的两个老姐妹相聚甚欢，说不尽的思念之情，也少不了夸赞两个懂事的孩子。

原来两老姐妹家相距不过十里，却犹如一个天南一个海北，没有大事难得一见！三姨娘是个聪明人，否则哪能将她的行当经营得风生水起，四邻八乡的赶到东刘庄去请她呢？叙旧间隙，她问陪在一旁的姨侄女：“丫头，今天到底有什么事啊？不然胜明不可能在这大忙季节把我带来的。”

赵兰凤说：“没有事，就是说让你跟我妈谈谈家常，来玩两天。”

三姨娘说：“说实在的，我也早想到你表妹家看看，不知她现在怎样了？”

赵兰凤说：“前几年的情况你是知道的，大家都难啊。我们也不敢明里相帮。顾得发遭了不少罪呢。也怪他太耿直。”

“嗯，好在现在已不像以前那样了，也许会好起来的。有机会，大家要帮帮他。”三姨娘又说，“言归正传，实话实说，请我来到底有什么事告诉我们？”

赵兰凤想，丑媳妇总要见公婆的，不如早点说明，也好让三姨娘有个准备，于是把曹慧英以及自己相同的遭遇做了详细的介绍。两老姐妹听了都笑了。三姨娘说：“哈哈，还是我们丫头红光高，平安无事！”

接着三姨娘又说：“胜明一开口说带我来玩，我就断定这里面肯定有戏。我能办什么事，无非就是帮人消灾。噢，还好，都过去四五天了，也该没大事了！”

为了讨好黄主任，工于心计的刘胜明对晚饭做了精心安排，鸡鸭鱼蔬菜副业队都有，而且都已留好，老高一早就打好猪肉吊在井里保鲜。三点不到，他们几个人就忙起了晚饭，这段时间因农忙，也没碰过头，今天就当是集体改善伙食吧！

傍晚时分，刘胜明来请三姨娘一起去吃晚饭。进了屋，三姨娘一闻到喷香的荤腥味，嘴里就不停地念叨：“罪过！罪过……”然后调头就回。几位大队领导再次邀请时，三姨娘说：“你们去吃吧，晚上要做事，必须吃斋，否则不灵！”

八点钟过后，老高、刘胜明等人将老太太的器具用被面裹好拿往黄得志家，三姨娘在侄女的陪同下走在后面。因刚下过大雨，天气很凉爽，外面没有纳凉的人，所以路上未见一个人。老天爷帮了忙，一切顺巧。

三姨娘在黄得志家转了几圈，只见此宅东西六间朝南大房，东边一排外包厢，天井宽达二丈，很宽敞。美中不足的是没有花草树木，缺少绿色，也就缺少了一种灵气。她走到庭院中央对黄得志说：“此房为吉宅，高大明亮阳气足，东边和前面是宽阔的大河，游龙潜水，大吉。房子东南角有一凹地，这叫回龙滩，更是吉中之吉。你夫妻二人又都属龙，所以说这是难得的风水宝地。”三姨娘的一番话说得黄得志心里乐滋滋的，不过他也纳闷，她怎么知道我俩属龙的呢？此时，三姨娘抬腿向前走，其他人也连忙跟着抬腿向前走，转到大门口，她又说：“早晨太阳一出，紫气东来，有官气呀！好好干，与人为善，不作恶，管保你前途无量！”说罢又门里门外煞有介事地查看了一遍，伸手指点道：“如果在大门口栽上两棵黄杨木，保你一家大小平安无事，任何妖魔鬼怪都不敢上门！再在天井西边种上几棵石榴、桂花、黄杨那就更有灵气了！缺了这些，家里人不找麻烦，野鬼也会缠身啊！也罢，既然来了，老身今天要跟野鬼斗上一百回了！”一向喜欢多嘴的老高忍不住问：“三姨娘，您看这眼……”三姨娘马上截住他的话：“多嘴！心诚则灵！能不能好，一靠我的法力，二靠药物，更要看慧英的造化了。根据八字推算，她命中不该眼瞎！诚心拜佛，多说无益！”这一呵斥，还有谁再敢多嘴？

三姨娘不慌不忙，不急不躁，摆好供品，点烛焚香，朝四面拜了又拜，最后化了纸钱，完成了前奏工作。

雨后的夜晚，黄得志家被一种神秘的色彩笼罩着。大门外边的巷子口有人守着，大门里边也有人看着。三姨娘深深舒了一口气，放开手脚，认真做起法来。只见她躺在两条长板凳搁的门板上（就像在养猪场吃鸭子时搁的临时桌子），一会儿嘴里念念有词，一会儿大哭大叫大笑，气氛恐怖阴森。旁边的人听不懂她说了什么，只见她双眼紧闭，两个拳头不停地在空中挥舞，双脚也在又蹬又踢，好像在跟看不见的人打架。从她含糊不清的言辞中，似乎有什么桃园桃树拉屎之类的词，有时又好像不住地打招呼，连声忏悔。过了近一个小时，三姨娘大喝一声：“大胆的婆娘，还不赶快烧纸磕头！”

断喝声之高之严厉，着实让在场的人吓了一大跳。这哪是三姨娘的声音，简直像一个威严的壮汉发出的粗声粗气的厉喊，具有无法抗拒的震慑力。立马有人上前点纸。三姨娘突然声嘶力竭地喊道：“不行！母罪子顶！逆子点纸，犯妇磕头！”一切照办！

仪式做完后，三姨娘伸了个懒腰，打了几声哈欠，十分利索地爬了起来。在场的人惊叹不已，这哪是六七十岁的老奶奶的动作啊，分明是一个青年妇女的身手啊！不是神将在身，哪来这么大的力气?

三姨娘不知道别人在想什么，也不需要考虑他人的感受，因为她是今晚的主角，其余人都得听她的指挥。此时，她像换了一个人似的，跑到跪在地上的曹慧英身边，用拂尘在她的身上掸了又掸，又在眼前扫了几下，然后左手夹住拂尘，右手拉着曹慧英说：“孩子，起来吧，死鬼都原谅你了，没事了！不用担心，过几天就能看见了。好好休息吧！”

做完法术后，三姨娘正色道：“惹了几个鬼，起初死鬼都不答应，说一个妇道人家不懂规矩，大小便都拉到他们身上了。还有桃树栽在头上，让他们出不来。有三棵必须锯掉！”老高忙说：“没事，只要太平，不用说三棵，就是三十棵都没问题。快说是哪三棵？”“那就好，一是黄家祖坟上的，还有就是拉稀的那地方，有两棵靠得很近的桃树。另外，南边有一条东西方向的长深沟，是一条陷人坑。锯掉树，填满坑，让鬼魂安宁，他们自然离身。”

当天夜里曹慧英心里舒坦多了，有祖宗保佑，鬼神将不再找麻烦，能安心地入睡了。夜餐喝了不少酒的黄得志也睡得很香。

第二天，黄得志和刘胜明、老高三人以检查田间工作的名义，顺路到桃园看看。刘胜明和老高根据三姨娘的描述，找到了那地方，一看大惊失色，他们发现那里确实有两棵并排栽种的桃树，坟墓南边也确实有一条东西方向的长深沟。那是当时加宽田埂就地取土留下的，一下雨满沟积水，所以三姨娘说是陷人坑。三人不禁暗暗佩服三姨娘的神奇。

此时，营长跑过来了，请他们去办公室。刘胜明说不用了，但有两项任务：一是找最可靠的人锯掉两处的三棵桃树，二是立即填满那条坑。营长有点丈二和尚摸不着头脑，张着嘴睁大眼睛问为什么。刘胜明拉下脸来说："这你还不懂吗？"营长马上领悟过来说："懂了，保证完成任务！"

黄得志虽然没说什么，脸上却露出了欢欣的微笑。他心上的一块石头落地了，老太婆这么神，说不定慧英的眼睛还真能好呢！

营长领命后，立即叫人将那深水沟填了，又找了两个贴心人悄悄地将那三棵桃树锯掉，不留任何痕迹。

根据三姨娘的嘱咐，曹慧英药按时吃，香一日敬三回，笃信香烧到家，眼睛自然会复明。

又过了两天，服药及时的曹慧英，感到头不疼了，眼睛也不发胀了。赤脚医生一量血压，正常。但她还是看不见，不过此时的她心宁神静，不急不躁，因为三姨娘说了马上就会好的。

这天清晨，曹慧英被麻雀叽叽喳喳的叫声吵醒了，睁开双眼往窗外一看，噢，天亮了，该起床了，她一骨碌爬起来。被惊醒的丈夫一个鲤鱼打挺一跃而起，急切地问："你做什呢啊？""天亮了该煮早饭了。""你怎么知道天亮了呢？""你看，太阳不是出来了吗？""啊？你看见太阳了？"黄得志惊呼道。曹慧英一点儿不着急地说："三姨娘关照过了，心要宁，不激动。""对对对！不激动！"黄得志嘴上这么说，心里哪能不激动呢？人逢喜事精神爽嘛，还睡什么觉，索性起床吧！他笑着对曹慧英说："今天的早饭还是我来煮。你去漱嘴洗脸吧！"就在这时老高来了，对黄得志说："煮早饭的事归我！你还是去照应慧英吧！"见黄得志笑而不语。老高批评道："这时候你怎么还笑呢？"黄得志笑得更爽了："怎么不能笑？该笑！"他正差人来分享他的快乐呢。老高不解地盯着主任的脸看，黄得志心花怒放地说："看什么啊，慧英能看见了！""真的吗？那太好了！谢天谢地，谢三姨娘！"黄得志连忙摆手制止道 ："有些话不可乱说！得注意影响！"老高头如小鸡啄食连声称是。

俗话说，倒霉的医生看病头，走时的郎中看病尾。一个星期的药用下去，曹慧英血压降下来了，视神经不再受压迫，加上三姨娘的做法起了心理作用，曹慧英终于复明。三姨娘吃了多年的巫术饭，已经成精了。如果没有前期的药物治疗，她绝不可能贸然前来"作法退鬼"。至于坟前的坑，坟上的树，拉稀的位置都是姨侄女介绍的，她默记在心，否则哪能蒙得那么准呢？

但不管怎么说，曹慧英复明了，是在三姨娘做法术后的第三天复明的，这是不争的事实。"医生都没能治好的眼疾，三姨娘做法有效了，功归三姨娘！"黄得志也同意这种说法。

黄得志要报答三姨娘，他对刘胜明表示了这个意思。刘胜明何等聪明之人，忙借三姨娘的口说："三姨关照过我，如果黄主任仁慈，对顾得发适当照顾一下就行了。"

黄得志有点儿犹豫，对顾得发怎样关照呢？如果他是普通农民就简单多了。

顾得发不知交了什么狗屎运，祖坟上的两棵桃树不知怎么被锯了。自然不是他锯的，就是借给他十个胆也不敢将集体的桃树锯掉。其实，许多人想锯掉桃树，但可想而不可为！没想到，这等好事竟被他碰上了。

自从回乡当上了农民，他吃尽了苦头，受尽了冷嘲热讽，幸遇老支书相助，被安排到养鸭场，等于进了避风港，后来又被黄得志勒令回生产队劳动，滚滚爬爬他也认命了，不再存任何奢望，只求好好劳动，安定生活。

过了两天，大队召开副业生产互查会，各队正副队长、会计参加。当一行数十人来到第三小队养猪场时，黄主任叫大家看看三队的猪养得怎么样。大家围上前一看，只见这些猪的毛发是黄的，像刺猬一样竖在身上，肚子发瘪，脊梁薄如刀背。黄主任冷着脸问："田队长，你队的这些猪养了几个月了？"

田队长一阵脸红："不止几个月了，恐怕已经一年了。"

黄主任一听火了："噢，这样养猪，浪费人力，吃冤枉粮，你们就不心疼吗？要算算账嘛！这养猪的称职吗？"

小队长忙顺着竿子往下爬，说："我也早想换人了，可谁合适呢？"

"你问我吗？你这队长是不是要由我来替你当？"

在一旁的刘胜明连忙插话："你找个有文化的，能看懂《养猪指南》《科学养猪》的人。现在一切都得讲究科学呀！"

田队长眼睛翻了翻，将皮球踢给了黄主任："我们队里文化水平最高的就数顾得发了，可他……"

黄主任不表态地表了态，说："找谁是你们的事，不管是谁，只要能为集体做贡献就好，能把猪养好就行！这个主张你们自己拿！”

三小队的干部当即表态，今天落实，明天换人。于是顾得发就自然而然地成了三小队的生猪饲养员。

顾得发到底是个有文化的人，除了种田不行，学东西很快，他科学饲养，用青饲料与精饲料搭配喂养，猪爱吃也长膘，不到半年时间，三小队的生猪存栏数明显上升，一头头生猪养得毛发光亮，皮肤发红。事实胜于雄辩。人家猪养得好，不服气不行。顾得发一下火了起来，不少人纷纷前来学习养猪的经验。

顾得发的生活境况变了，变得令人眼红。虽然有人有意见，看不下去，说三道四，但三小队的社员护着，人家猪养得好好的，也是为集体做出了贡献，这有错吗？不久，顾得发草木灰发热成了引人关注的现象。许多人在想，以前不也是他吗，那时为什么没有人保护他，这是为什么？难道真的是因为他家祖坟上的桃树没有了，就转运了？进而推论，为什么其他人家的日子还是老样子，难道真的是桃树栽在祖坟上致使祖宗不得安宁，从而影响了祖宗对后代的庇荫？村民大都习惯根据结果找原因，由于缺乏科学常识，找不出问题的正确答案，只能走进愚昧的胡同，一味走下去。

一年一度的清明祭祖活动开始了。有些人出于避邪心理，又出于报复心理，在填坟时做手脚，用大锹先将树干根部的泥土清除掉，然后用铁丝匝紧树干根部，这样就可扼断根部的养分输送，使桃树致病或致死，最后再将土覆上，以掩人耳目。暗刀子伤人，人不知，鬼不觉。

世上没有不透风的墙。暗计伤人的妙法，不久便被人识破了，暗地里，这家效仿，那家效仿，像传染病似的蔓延开了。清明后天气渐暖，那些被做了手脚的桃树都蔫不拉叽，既不死也长不好，结的桃子只有小孩玩的玻璃球那样大。村干部见了，以为桃树生病，打了几番药水，也无济于事，只好听天由命。

第二年的夏季，上百棵桃树生了类似的病，只结玻璃球大的桃子，桃园收成锐减。

第三年，很多桃树已病入膏肓，濒临死亡。黄得志敏感起来，怎么会这样呢？难道有人捣鬼？便带人去检查，从树梢往下查，直至扒开泥土，可就是没有发现明显的伤痕。会不会被人倒了什么酸碱类的化学品？看看又不像，因为土壤没有变化，根仍然是红褐色。那是什么原因呢？一时无解，黄得志骂了声“真是见鬼了”，便鸣锣收兵。

谜团有一天终于解开了，园林组长在一棵病树泥土下的根基部，发现了一根生锈的铁丝勒在上面，再挖开另一棵树一看也是这样，连扒好几棵都是如此。

那天大队干部正在开会，园林组长火急火燎地闯了进去，将案件的侦破结果做了汇报。

治保主任一听，火冒三丈：“这还得了，没有王法了！找出那些破坏分子，绝不轻饶他！那个顾得发，他家坟上的桃树是第一个被砍掉的！今天晚上，就开他的批斗大会！”

黄得志心里正窝着火，治保主任的话让他不受用，于是呵斥道：“就你本事大！你看见顾得发砍树了？有人证或是物证吗？不要乱下结论。再说了，这么多的树，涉及多少个人家，你怎么处理？弄不好会惹麻烦的！”

刘胜明赶紧出来打圆场：“黄主任说得对，这个板子不能随便打，你能打谁？说不定就有你我他的亲戚本家，这么大的一个群体，你抓得过来吗？不是有句老话‘法不责众’吗？”

黄得志用严厉的目光扫视了一下，然后一锤定音：“这样吧，这件事到此为止，不追究，不传播，不解释，以免扩大影响，闹出点什么来，不好收场。”这件事就这样不了了之。一块本当进入盛果期出效益的桃园无疾而终。

看着一片毁掉的桃园，没被背上黑锅的顾得发唏嘘不已，心里充满了伤感。

第五章

晚霞满天

1978 年春节前后，乔东大队沸腾了，乔泽庄喧闹了，整个乔泽公社沸反盈天，都在谈论乔东大队的新鲜事——一个大队竟先后有五人拿到了大学录取通知书。至于是本科还是大专抑或中师中专都无须分得那么清楚，能跃“农门”便是喜事！谁不惊奇，谁不羡慕！

考上大学就等同于古代读书人中了举一样，这是天大的好事！有喜事就得放鞭炮，就得摆酒席热闹一番，别的不图，就图个开心，图个面子上有光。

这个春节热闹非凡！

热闹之后，人们又在讨论一个问题：为什么每场谢师宴，“地主、右派分子”顾得发都被推坐在首席？

最不可思议的要数大队会计赵振华的那场宴请。顾得发又满面笑容地端坐在首席，公社党委书记则在下首作陪。还有让人不能接受的呢，书记竟然跟顾得发热情握手，口口声声称他“顾先生”，还嘘寒问暖的，真是无法理解，无法容忍！出席宴会的黄得志等人心里就很不是滋味。这是怎么了，难道这世道真的变了？变得对一个被打倒的“臭老九”“地主、右派的双料货”如此尊重？难道穿袈裟是和尚，脱了袈裟就不是和尚了？这些人又爬起来了？

高考！高考！高考！这个春节人们谈论最多的就是这个话题。

顾得发这个跌入谷底的“另类”，被这汹涌而来的浪潮一下子涌到高处，这潮水更像烧沸的米粥锅，因有人不停地往灶膛里添柴，翻腾不息久不回落。惯于联想的人，马上就想到，几年前他家祖坟上桃树被锯而使他交了好运的事，如今这又是什么原因呢？现在，顾得发这个“坏分子”不仅爬起来了，还挺直了腰板，站到人前来了。

这巨浪不仅把他推到高处，还一下子将他身上的“臭”字冲刷掉了，现在倒成了香饽饽。

1977 年这个冬天，对于亲历了那个过程的人都不会忘记，这是个不平凡的季节。10 月 21 日，《人民日报》头版头条以《高等学校招生进行重大改革》为标题，报道刚结束的全国招生工作会议的消息，宣布当年恢复统一高校入学考试。从这天起，所有知识青年心中就播撒下了希望的种子。顾得发就是在这种情况下被推到了前台来的。

顾得发从来没有这样轻松愉悦过。他像一个从严寒的冬季一下子步入温暖春天的人，觉得天空是那样的晴朗，太阳是那样的温暖，空气是那样的清新，风儿吹在脸上犹如纤纤玉手抚摸。他陶醉了。

顾得发认为人是个怪物，最起码自己就是个怪物。他经常思考一个问题，为什么人的处境一变，所有的都跟着变？他觉得整个社会好像都发生了根本性的变化，人们似乎一下子从梦中醒来，觉得唯有文化知识才能改变一切，教育是一切希望之所在。

他再也听不到有人喊他的“雅号”了，人们亲切地尊称他“顾先生”“顾老师”！他现在有了新的发现，这个社会像一个巨大的物体被一个强有力的杠杆撬动着，他心里很清楚这支点是什么，撬动杠杆的力量来自何方。

看着眼前的巨大的变化，顾得发很自然地想到那个傍晚。

初秋傍晚，夕阳西下，晚霞映照下的一切物体包括人都像被镀上了一层金。这毕竟是九月初的霞光，明亮而又柔和。喂完猪正在打扫的他一身轻松，这不，又过了一个安逸的日子了。他抬起头来朝缀满红霞的天边看去，不禁想到那两句古诗：“莫道桑榆晚，为霞尚满天。”

他觉得这种白天喂猪，晚上躺在床上或看书或听收音机，就是一种世外桃源般的生活。不，陶渊明所崇尚的那种生活哪能与现在相提并论呢？现在不看谁的脸色行事的日子使他感到舒适。他无所求，只求能领着老婆孩子过安稳的日子，只希望自己为生产队养的猪，日长八两，夜增一斤，好为集体增加点儿收入，也证明自己的价值，证明自己不是过去的那种“百无一用”的书生。

想来也真有意思，以前的饲养员不能说一点儿养猪经验没有，饲料没有少用，可就是没把猪养好。现在的猪子哪一头不是肥嘟嘟的，肯吃肯睡不翻圈，出栏快。他想，我哪有什么本事，还不是看书学来的，是《科学养猪》的老师教的！之前我根本就没接触过猪，可在人们眼里我现在就是养猪能手啊。他很高兴，总认为自己能改变处境，与这是分不开的。当然他要感谢老支书，感谢发小“四侉子”处处护着自己，这世上还是好人多啊！

他满足了，满足得不自觉地吼起京剧《空城计》来：“我本是卧龙岗上散淡的人……”

他忘情地大声拉尾音“啊……”，在这空旷的田野里，无论怎样放声歌唱，都无须顾忌。“顾老师！”他的京腔就像收音机突然被揿了开关一样，戛然而止。这既亲切又陌生的称呼不禁使他打了个寒战，这久违的叫声是从哪里来的？他不得不四处搜寻着令他怦然心动的叫声。抬头便见一青年从他的猪食堂兼宿舍前的路上走来。他定睛一看，不对，眼睛花了吗？他揉揉双眼，再看，不错啊，来人正是乔东大队会计赵振华。他怎么会叫我？莫非，刚才看到的不是落日的余晖，而是一轮红日正从西边升起？

不论顾得发是否相信，赵振华确确实实来到了他面前。他一边跑一边掏口袋一边说：“顾老师，我在北京的叔叔来信了。”

顾得发一听感到有点发笑了，叔叔来信，有必要在快要吃晚饭的时候，大老远地跑过来告诉我吗？但出于礼貌他还是答了声“哦”，然后又低下头扫地，在大队干部面前可得四手不放空啊，他也学会了这一套。

赵振华进一步解释道：“叔叔说，目前正在召开全国高校招生会议，估计招生政策将会发生重大改变。”

“哦，是吗？我怎么一点都没听说呢，收音机里报纸上咋没提一个字？”他有点怀疑，但他的心头还是为之一动。招生制度改变？莫非国家的政策也要改变了？真的是正本清源，拨乱反正了？但他还是不能轻易流露出自己的想法，他只能不疼不痒地说：“哦，好啊！”

赵振华接着说：“叔叔要我好好复习，迎接考试。”

顾得发的心又咯噔一下，看来是要动真格的了。他内心很激动，激动得浓密的胡须掩盖下的黧黑的面庞发出了红晕来，他强按住自己激动的心情，淡淡地说：“哦，很好啊！大会计，你告诉我这些是啥意思啊？”

“顾老师啊，什么大会计不大会计的，在您跟前我永远是个小学生啊！我今天来是想请您帮我拟个复习计划，抽空辅导辅导，谁都知道您是名教师啊！”赵振华诚恳地说。

顾得发平时就觉得现任大队会计品行好，有修养，文化水平不一般，对人客气，每次跟其他干部一起转田来到养猪场时，总对自己轻轻一笑。顾得发打心眼里喜欢他哩！

自从那次“四侉子”赵得民冲撞“农业学大寨”工作队干部，刘生民明知是误会，却要借力整人，险些酿成赵家亲戚与工作队发生冲突后，就被调离乔东大队。赵振华这个区中学高中毕业的回乡青年，经群众推荐，领导班子讨论，就成了乔东大队会计。这些年来，他一直脚踏实地地工作，深得全大队干部群众的信任，是个好干部。但是今天赵振华提出了这样的要求，他不能满口答应，因为政策不明朗，谁知后来怎样？贸然应承下来，日后风向一转，后果是什么谁说得清楚？当然话也不可说绝，还是话到嘴边留三分吧！他说：“‘人往高处走，水往低处流。’这是常理，你有这种进取心是对的。只是我多年不摸课本，生疏了，不能误人子弟啊！当然如果你有信心，有决心，就坚持多看点儿书，多做点儿题目。‘不经一番寒彻骨，哪得梅花扑鼻香’？要想出成果，就得能吃苦！只是不要指望我帮你多少，当然我能办到的，一定出力！”

赵振华善解人意，他说：“没事，我今天来主要是向您报告这个消息的。当然如能得到您的指点，那将会事半而功倍。”

顾得发说：“你让我想想，能不能从脑海深处挖点儿什么来。今天就先这样吧，下次再说。”他委婉地催客动身。

赵振华听顾得发的话音似乎有所松动，没必要叫人家立即表态啊，于是他主动告辞："好的，过两天我再来拜访您。"说完转身往回走去。

赵振华走后，顾得发的心情难以平静了。他为国家做出重大决策拍手叫好，一个国家要强盛不能没有科学文化做支撑，毛主席不是说过："一个没有文化的军队是愚蠢的军队，而愚蠢的军队是不能战胜敌人的。"多精辟呀！面对将要到来的好形势，顾得发激动得快要跳起来了，但他没有这样，只是在不停地思考。他认为乌云已经散去，红日已在头顶。这不，现在虽然还讲阶级斗争，但已不像以前那样了，风清气朗政通人和的局面已经来临，无须畏头畏尾了。我应该将放在丈母娘家的几个箱子拿回来了，那里面可是宝贝啊！他暗自庆幸自己有先见之明，把书送到丈母娘家，不然早就当作"四旧"给毁了。这些书和笔记如今可派上用场了。

好久没回家，妻子今天主动到养猪场来和他共度良宵。顾得发一见妻子，忙笑嘻嘻地迎上去，在她红扑扑的腮帮上轻轻拧了一下，说："来慰劳功臣的？"妻子娇嗔地回敬道："去，死不要穷脸！"边说边往房间里走去。

这是个琴瑟和谐的夜晚。就在这天晚上，他们商定去运回放在东刘庄娘家的箱子。

那天后，他更加关注中央广播电台的《新闻与报纸摘要》。从报道中他嗅出点味道来了，"安定团结，人心思治""抓纲治国，发展生产力"，这些已成为当前的主旋律。他心情开朗多了，脸也不再绷得那么紧了。

他想做点儿什么。

机会来了。供销社唐主任的大女儿成绩优秀，现已高中毕业，但高考未必有把握，如有人辅导，也许还能搏一搏。唐主任与支书一起找顾得发，他没有推三阻四，爽快答应下来。

顾得发听说老支书花为民的孙子也从区中学毕业了，学习成绩也不错，是可造之才，该帮一把，如能考上也可以告慰含恨九泉的老支书。

当赵振华再次来找他时，顾得发提出几点要求，赵振华连声表示一切都好说。

他在梳理各科知识要点，他想一炮打响。这是证明他存在价值的最有说服力的事情。

过了两天，养猪场食堂里多了一张八仙桌四条板凳，社员们坐在上面吃饭休息时都感到莫名其妙，顾得发发财了，生活条件改善了嘛。顾得发佯装没听见。

每天天摸黑，便有几个青年来到了养猪场。

孩子们离开后，顾得发立即收拾得干干净净不留片纸只字，罩灯也藏好，他以为没有任何破绽。可世上哪有不透风的墙呢？有人向黄得志报告，近来大队会计总带着几个青年往顾得发那里跑，不知搞什么名堂。黄得志正苦于找不到赵振华的茬子，这小子，老子买点儿东西报销，发票到他那儿总是左瞧瞧右看看，他眼里还有人吗？要收拾某个人，得掌握一手资料，于是他马上召集了几个好友一起去看个究竟。

顾得发现在的胆量好像比以前大了很多，有个孩子侧耳倾听，说：“顾老师，外面好像有人。”

顾得发像“空城计”中的诸葛亮，处变不惊地说：“能有什么，为人不做亏心事，半夜不怕鬼敲门！安心做你的事吧！”屋外的人清楚，这话其实是说给他们听的，只是没理由，也不好意思进去说三道四，个个犹如吃了只苍蝇，呕不出，咽不下。

黄得志一看到赵振华在埋头写着什么，便愤怒到了极点，如果是当年，他定会冲上去给他两巴掌，叫他看清楚自己的屁股坐在谁家的板凳上。但是现在不行了，人家毕竟也是干部啊，还是不发生正面冲突为好。他强压住怒火，在心里狠狠地说："小子，你等着！有你好看的！"

第二天，黄得志找支书说这事，义正词严地指出，大队会计的屁股坐到"坏分子"那边去了，该好好地跟他谈一谈。

支书笑笑说："黄主任哎，你省省吧！现在是什么时候了？安定团结为重！你不要老惦记着那些老黄历了！"支书不想说具体，但又不能不点一下。

好，你支书不敢管，我找公社领导去！

公社党委书记是新调任的，1949 年前曾教过书，思想觉悟和对政策的把握等都不一般。公社党委书记听了黄得志的汇报之后哈哈大笑道："黄得志同志，请你多学习学习点政治理论，提高思想认识，努力维护'安定团结，抓纲治国'的良好局面！你这做的什么事啊，我不知道怎么说你才好！回去好好学习吧，不然会落伍的！不，你已经落伍了！"

这连珠炮一番猛轰，把黄得志一下子给轰蒙了。但他心不甘，很想发泄，就是找不到发泄的对象。他想拿顾得发出气，想想又不敢，万一老婆的眼睛……他只能打掉牙齿往肚子里咽！唉，太气人了！

顾得发认为"是金子总会发光的"这句格言是无比正确的，自己是不是金子，不凭嘴说，要用事实说话！他全身心地投入到辅导中，对自己的付出能否有回报不去考虑，至于因他的付出会引起他人的不高兴，他也无法知道。

谢天谢地，他辅导的四个考生全中了，包括花为民的孙子。

喧闹过后，人们的议论渐渐淡去，顾得发仍然在养猪场安心养猪。每天伴着日出日落，安稳过好每一天，他以为这就是幸福。

人世间，总是有人忙碌，有人清闲，有人背靠太师椅，有人如坐针毡。

随着人们对接受学校教育的要求越来越迫切，要求上高中的学生越来越多，师资力量不足成了突出问题。但只要肯动脑筋，办法总比困难多，有句很流行的话叫作“有条件的要上，没有条件的创造条件也要上”！最简单的做法就是“袜子做套裤——提上去”。原先教小学的升上去教初中，教初中的提上去教高中，瞎驴子牵到黑磨坊里瞎磨。至于教学质量，谁管那么多。

乔泽公社九年制（小学五年，初高中各二年）学校的校长李清坐不住了，这“杀猫喂猫”的方法怎行呢？能出什么成果？为此他心急如焚，想破脑壳，终于想出一妙招，上山下乡的知识青年中，不是有不少县中的高中毕业生吗？这不是现成的人才资源吗？

就在这时，省里发文了，同意各县市可以面向社会公开招收部分民办教师。教师队伍得到充实，李校长终于可以松口气了。

恢复高考，不少老三届的考生金榜题名了。李校长既高兴又头疼，这不，教两个高二班数学的六六届高中毕业的民办教师考上大学了，谁来接替他的课务？他急得团团转。

有人向他推荐了顾得发。顾得发？噢，就是那个在养猪场辅导考生的昔日县中学的教师？这一点拨，他精神为之一振。但一想到他的成分问题，李校长拿捏不准了，他到公社去请示领导。

书记听了汇报，立即拍板道：“现成的人才不用，那不是浪费？先用起来再说，其他问题慢慢解决。”

书记表了态，李校长当晚放学后就和教导主任及乔东大队的教师一起去养猪场请顾得发。

顾得发得知李校长的来意，心想，代课教师名不正，其言就不会顺，令人尴尬的差使啊，还是不接受为好。他以自己对现状很满意，无意重返讲台为由，婉言谢绝了李校长的一番好意。

不请动“大神”，李校长心不甘。他心想，我请不动你，让你们支书出面，县官不如现管，你还会不给面子？

公社机关部门就那么多，干部之间都很熟，尤以学校与大队干部之间关系最为密切。李校长开口，村支书岂可袖手旁观？二话不说，便与学校派来的人再次去找顾得发。

顾得发深知此情难拂，内心想法又不能说出，他只好用自己现在真的很喜欢养猪为借口，还有代课教师是临时的，一旦不用连养猪场都回不了。支书听了觉得有道理，如再多说，毫无意义，只得作罢。

李校长再跑公社请示，正好马上要开党委会，公社书记表示把这件事放到桌面上，让党委员们谈谈看法。

会上，委员们一致认为，“人尽其才，物尽其用”天经地义，这也是党的实事求是工作作风的具体体现，如果将人才闲置，那是失职。成分问题，上面有规定，改造好的“坏分子”可以变为好分子，可摘掉他们的帽子。我公社已有先例。

最后决定，由乔东大队提出申请，报县公检法机关批准，摘掉顾得发的帽子，推荐其任民办教师。会后公社分管文卫的副主任会同学校及大队主要负责人一起去做工作，让其尽快到职。

第二天上午九点钟左右，他们一行人去乔东大队第七生产队养猪场做思想工作。

蓝蓝的天上没有一丝云彩，和风轻拂。卸掉棉衣的顾得发正在准备猪子的中饭食。他专注干活儿，以致没发现身后站了一排笑容可掬的人。他一转身不禁大吃一惊，什么时候来了一帮人？这中间还有不认识的呢！但他看到支书和校长也在其中，便知来意。

他这一转身不要紧，倒把个公社副主任吓了一跳，这是中学老师？长方形的脸上长着浓密的胡须，微风吹来虬髯如柳丝婆娑，深陷在两只眼窝里的眼睛透出一种坚毅的神色。

支书介绍了副主任并说明来意，未等顾得发应声，副主任首先叫了一声“顾老师”，这使顾得发手一抖，啊，公社领导称我为老师？他有点儿激动，但他马上又点了点头，他想起来了，在赵振华家的宴席上，公社书记也叫他“老师”呢。副主任接着又说道：“顾老师，我们这可是三请诸葛亮啊！你不可能图清静不接受邀请，因为我们知道你内心深处十分思念三尺讲台，放不下那些学生！”

嗨，你别说，这有文化的领导说话的水平就是不一样，一句话击中了顾得发的要害。他愣在那里，张着嘴一个字都发不出来。

副主任接着说：“我受党委委托，来跟你谈有关到学校任教的事。党委同意乔泽学校的意见，请你到学校高中部任教，我们将打报告，请文教局批准你为民办教师！”

顾得发一听“民办教师”，连忙摇头：“不，不行，不行！”

副主任说：“还请你谅解，我们的权力只能申请批准你为民办教师，至于公办教师，连县政府都没权批准啊。”

“不是什么性质的问题，主要是我多年不教学，恐怕难以胜任。再说，我成分不好，难以服众。”

“这个，你就不用多虑了。我们将做材料，向上级有关部门申请，摘去你头上的帽子！”副主任进一步说明。

“摘掉帽子？”顾得发摸摸头，似乎不太相信。

“对！到时你就是公社社员。子女也和贫下中农的子女一样享有入学招工参军入团入党等方面的权利。这，你还不干吗？”副主任说。

“那倒是情愿不得的好事，只是我一到学校上班，我有腿疾的老婆就更难了，我对不住她啊！”顾得发有所顾虑。

站在一旁的校长说：“对你家的情况，我们已进行分析讨论，形成共识。体谅到你们的难处，这样你家属先到学校食堂上班，待批民办工友。”

这个倒是挺有诱惑力的，顾得发听了心里乐开了花，想不到老树还能发新枝，连缠在上面的藤都沾了光。

支书发指示了：“顾老师，下午你就将自己的东西拿回家，我叫队长派人接替你。回去收拾收拾，剃头洗澡，明天到学校去上班。”

顾得发长吁一口气，心头的石头终于可以放下了，他感到挺轻松的。

自从返乡后，这是第二次刮胡子。第一次是结婚的前一天，理发时刮过，第二天自己又刮了一遍，一下子年轻了二十岁。后来他就再也没刮过，一没时间，二没必要，胡子拉碴还有个好处，别人看不出你的实际年龄，总以为你七老八十的，倒是个很好的面具！明天是人生的新起点，他要以崭新的面目出现在众人面前，胡子拉碴的可不行。

他不仅理发刮净了脸，还翻出多年不穿的新衣服。

新衣服穿在身上，陡增几分自信，要不人们怎么会说“人靠衣装马靠鞍”呢。

一番打理后，他想今天也该露一手了，让妻子儿女吃顿自己动手做的晚饭。多年的独立生活锻炼了他的自理能力，所做饭菜还是比较可口的。

晚饭做好后，他背朝外坐在桌旁，边抽烟边看书。

妻子到家时，大吃一惊，心想家里怎么坐了个大男人？难道是来了客人？看衣服不像种田人啊，她怯生生地问道：“这位同志，你找谁啊？”

坐在那儿的人说：“就找你啊！”

“找我？你是……”她边说边迈着她有点跛的腿，踱到那人跟前，那人一转身把她吓了一跳，天啦，这是自己的丈夫？太不可思议了！她不解地问：“你穿成这样，要演戏？”

“不演戏，以后我每天都是这个样子，你高兴吗？”

“高兴是高兴，只是你一个养猪的穿成这样不方便干活儿。”她有点不以为然。

“对啊，从今天起，我不喂猪了。”

“哦，退休了？可咱农民不兴退休嘛。”妻子更不理解了。

“不是退休，而是转到另一战场发挥余热。”顿了一下他又说，“我要为家乡的教育事业尽点儿力。”

他的这番话更使妻子云里雾里，她不解地问：“你说的什么意思？”

“明天我要重返讲台！”顾得发肯定地说。

妻子一听惊喜地问：“这么说，你要重新当老师？”

顾得发说：“是啊，该我展示展示了，也不枉我读了多年的书，只是临时的。嘿嘿……”

妻子也立即附和道：“管它临时不临时，只要能教学就行。我给你当好后勤部长。”

顾得发笑得更灿烂了，说：“你知道吗？你也不用下田干活儿了，到学校食堂上班。”

妻子惊呼道：“真的假的？这不是喜从天降吗？难怪你笑得合不拢嘴。这么多年来，今天你笑得最开心。”

“是啊，这就叫人逢喜事精神爽嘛！”

这一晚欢声笑语充满了顾家小院，孩子们也感到了从未有过的幸福，个个笑得很开心。

第二天，顾得发比麻雀起得还早。从不照镜子的他，在镜子面前照了又照，岁月是把无情刀，毫不手软地在他脸上留下了痕迹，但英俊严肃的面容还没大改变，相反刮净胡须后倒显得年轻了许多。他面对镜子告诫自己，放松，放松，再放松。

早饭后，顾得发挺直腰板，抬起头走向学校。他首先来到了校长室。校长将总务主任叫过来询问办公桌等用品是否准备齐全，然后陪顾得发来到了教师办公室。校长宣布：“从今天起，顾老师将担任高二两个班的数学课并协助教导处工作。”大家噼里啪啦鼓起掌来。

上课铃响了，教导主任送顾得发进了高二甲班教室，简单介绍后离开了。

主任一走，教室里发出一阵阵窃窃私语声。顾得发见状，便做自我介绍：“有同学可能认识我。我从生产队养猪场来。不要笑，我知道这笑声里所包含的内容。你们肯定会怀疑，这人能教学？不过请同学们放心，如果我不能胜任，请你们把我轰出课堂！”

教室里又是一阵大笑，但这笑声很友好。他们相信，领导不拿学生开玩笑。

稍微顿了一下，顾得发说：“我是你们的数学教师。现在我想和同学们就‘教师’和‘数学’这两个概念来谈一谈各自的理解。教师的作用是什么？”

“师者，传道授业解惑也。”刚学过韩愈《师说》的学生张口答来。

“学习的过程，其实就是不断提出问题解决问题的过程。那么怎样解释‘数学’这门科学呢？”

这是一个比较抽象的概念，谁也不能说准确，只能是七嘴八舌，众说纷纭。

顾得发见此情景，笑着说：“同学们，见到你们在下面热烈讨论，我非常高兴。你们肯将自己的想法说出来，是好事！但能不能听我说一句，如果你们稍微改变一下发表意见的方法那将会更好。”他戛然而止，教室里也一下子静了下来。他接着说，“其实倾听他人发言，也是一种美德。我相信大家肯定具有这种良好的品质！”

他一下子成了课堂的主导者。他说：“我听到了，你们刚才说得都不错，只是不太准确。数学是一门很重要的学科，但日常生活中很少用到它！”

“啊？”学生们一片哗然，以前的老师可不是这么说的呀，他们都说生活离不开数学嘛！

"它将应用于社会的生产实践。它涉及的范围很广：会计、预算、财务、金融、军事等。有人说，没有数学就没有科学。"他稍作停顿后说，"只把数学视为一种工具（尽管是一种非常重要的工具）是肤浅的、片面的，也是不科学的。"

学生更加惊讶，就如当时在养猪场，副主任的一番话将他说愣在那里一样。学生们在心里嘀咕道："这老师的话真有点离经叛道呀，可别把我们引入歧途啊！"

顾得发严肃起来了，他说："恩格斯指出：数学，是研究现实世界的存在形式和数量关系的科学。也有人说，数学是研究人类的存在形式和思维方式的科学，它既不能完全包含于社会科学之内，也不能完全包含于自然科学之内。科学的分类，已经不能只分为自然科学和社会科学两大类，还应该有第三大类：数学。"他注视全体学生，见大家一愣一愣的，他若有所悟，于是接着说，"这些有点抽象，通俗点说，学好数学，可以把不聪明的自己变得聪明起来，让聪明的你变得更加聪明。难道你还有理由不把数学学好吗？"

学生们都点头称是，发出由衷的赞叹声："看来这位老师，还真有两把刷子！以前的老师哪讲过这些道理？"

顾得发见时机已经成熟，便说："好了，既然大家都知道数学的重要性，那么就让我们从现在开始，认真学习起来，也让你变得更加聪明起来吧！"

接下来进入到本节课的主要环节——新授。他首先简单回顾了上节课所学内容，然后进行新授，再请学生到黑板前板演，最后总结，布置作业。整个过程是流线型的。

一下课，教室内沸腾了，大家都在议论这别开生面的数学课。

走出教室后，大家还在议论着、评论着，好不热闹。

在校园里巡视的校长见二甲班的学生簇拥在一起，估计是议论上节课的情况，于是他跑过去问上节课上得怎样，学生争先恐后地说："有趣，太有趣；精彩，真精彩！"这回答激起了校长的兴趣，他转身走回办公室，径直来到顾得发跟前说："顾老师，刚才听二甲班同学讲，你的课上得太好了，能不能也让我们开开眼界？"

顾得发坦诚地说："哪里，哪里，好久不上课，生疏了。好在没彻底忘了，还能对付得过去。"说完，讪然一笑。

李校长说："没事，稍微适应一下就行了，毕竟你是名师嘛。"

"名师？以前也许是吧，现在不行了。你们要听课？下次吧。今天是刚跟学生见面，总要打个招呼嘛。所以实际授课只有半节课。"顾得发不好意思地笑了笑。

李校长哈哈一笑说："这正是我们欠学的地方，更值得听。"

顾得发两手一摊，做一个请的手势，说："那就恭敬不如从命了，我们去候课吧。"

他们一走出办公室，办公室里热闹了："真是牛啊！刚来不说，连课也没怎么准备，就敢让领导听课？真是个狂人啊！"

"那也不一定，没有金刚钻不揽瓷器活儿。既然揽下了活儿，就一定是胸有成竹，人家的起点毕竟不一般。不如我们没课的也去听一听。"这个老师一说出自己的见解，立刻得到大多数老师的肯定，很多老师都自带板凳来到了高二丁班听课。

校领导见不少老师能主动学习，感到很高兴，示意大家坐好。

上课了，顾得发照例做自我介绍：我来自乔东大队第七生产队养猪场……

教室内一片哗笑。

紧接着他很自信地说:“现在我是教师,准确地说,代课教师。不管是什么性质，但请放心，我会尽自己最大努力，不让大家失望。”

当他看见教室的墙壁上有“党的教育方针”时,目光停留在“有文化的劳动者”上，他说：“现在我想占用大家一点儿时间，谈一点儿题外话。”他请学生朗读教育方针后说：“这节课我们就从‘文化’二字说起。谁能告诉我什么叫文化?”他在黑板上写下了遒劲有力的颜体字“文化”。然后面带微笑期待学生回答。同学们纷纷发表意见后，他总结道：“文化，是反映人类精神和思想方面的内容。就个体而言，主要表现在四个方面。一、根植于内心的修养；二、无须提醒的自觉；三、以约束为前提的自由；四、为别人着想的善良。”他边说边在“文化”两字右侧写下修养、自觉、自由、善良，并用大括号括起来。接着他又用生活中的事例来说明，听者点头称是，在座的老师更是心悦诚服。

在讲第二个问题“个体差异”时，他说：“法国哲学家莱布尼茨说过：‘没有两片完全相同的树叶，人不能同时掉进两条河流里。’这就告诉我们，人与人之间有着差异性和不平等性，用我们的俗话说，十个指头伸出来有长短。”

学生听了都不由自主地伸出了双手,仔细观看后发出赞叹声:“可不是嘛！”

“所以我们要知道，每个同学都是这世上独一无二的个体，都具有学习性和发展性。”说到这儿，顾得发转过身去，快速地写下了“学习性”“发展性”，然后用具有鼓动性的话说：“世界因生命的存在而变得生动和精彩,国家因有你们而充满希望！”

话音刚落，校长竟忘情地带头鼓起掌来。那掌声飞出了窗外，迎来了许多上体育课的同学观望。

顾得发颔首一笑，两手向下压了压，示意大家不用鼓掌，他说："我感谢大家的掌声，但这还不是我讲话的目的，我要提醒大家的是，不可能每个同学的成绩都一样好，只要你不辜负毛主席的教导，'好好学习，天天向上'就行！你今天比昨天进步了，明天又比今天向前迈了一步，每天都有收获，那不就是挺棒的嘛！'三百六十行，行行出状元'！这就是我要讲的第二个问题。"

顾得发不讲曾经的辉煌，也不讲最近辅导考生有方，他只想提高学生的思想认识。

这些入情入理的话，学生们个个爱听，就连听课老师的眼睛都发直了。

对第三个问题"学习数学的目的"，他讲得更是令师生耳目一新，接着他开始了新授过程。

一条"韦达定理"，从问题入手，在教学中把握重点突出难点，一环套一环，层层推进，最后推导出定理及公式，学生们弄清了一元二次方程两根积和系数的关系，学会了使用公式掌握了解题方法。接着他请三个同学上黑板板演，然后引导全班同学分析比较，总结成绩，找出存在的问题，最后布置作业。临下课时，他指出了上课的注意点，新授十分钟最重要，是一堂课的精髓部分，要眼耳心齐上阵，集中注意力，边听边记边想，要多问几个为什么。他最后叮嘱大家一句：千遍万遍不如头一遍。

当顾得发宣布下课时，教室里又一次响起热烈的掌声。一下课，大家就议论开了，这样的课堂教学谁见过？

走出教室的老师都说这堂课开眼界了，不能不服！

顾得发平时不多讲话，可课上他却像一个进入角色的演员，讲起话来眉飞色舞，还有多种肢体语言，尤其是那具有磁性的嗓音更具魔力，非常吸引人。

他找回了早年的样子。

学生的学习积极性被极大地调动起来了，上课专心听讲，作业认真，正确率高，其效果可想而知。与高二学生相处不到一百二十天，所有的学生都成了他的俘虏。

这一年乔泽学校高考打破了零的记录，有三个考上了大学，四个考上了中专。

摘掉右派帽子的顾得发更是高兴得不能自已。

秋季开学，顾得发仍然教两个毕业班。

学生欢喜，家长高兴，领导放心，但并不代表所有人都满意。

人们都说，社会大舞台，人生一幕戏。你扮主角，他人就得屈居配角的位置。就像跷跷板一样，一头重了另一头就得翘起来。学校本是一方净土，可也是由你我他组成的集体，每个人的想法不可能都一样。

人一旦进入角色，就会沉浸在自我感觉良好的状态中，很容易把别人的感受疏忽掉。

乙班的数学老师孙飞远，秦川师范学校的毕业生，人们都认为他是乔泽学校的数学泰斗，对此他没有不接受的理由。他太像个“知识分子”了。不管跟谁讲话他总是满口标准的里下河方言的“普通话”，有时还会冒出个“嫌搞子”来。走路习惯性地倒剪双手，踱方步，服装整洁，头发纹丝不乱。谁都以为他学富五车，其实他最喜欢的事是照着镜子梳头，对看书兴趣不大。他一直教高年级数学，担任班主任，是“名师”，前不久还被提拔为教导处副主任。

最近孙副主任心里窝了一肚子的火，自从冒出顾得发，社会舆论一边倒，“坏分子”成了香饽饽，你说气人不气人？

埋怨了顾得发还不够，他又责怪起领导来，校长你糊不糊涂啊，还给他申请民办教师，这不是扯淡吗？阶级觉悟和立场哪里去了？你糊涂我可不糊涂，绝不袖手旁观！

顾得发正在为自己的付出有了回报而感到高兴呢，他哪里会去揣摩别人的想法，他要再接再厉！因此，当新学期开学前，领导叫他仍教两个毕业班数学时，他没说个“不”字。

农村孩子要想走出去，将来能有所成就，上大学是最佳途径。而要想成绩好，老师很重要，人们常说，有什么样的教师就会有什么样的学生，“名师出高徒”嘛！

此时有不少家长动脑筋找门路，调到了顾得发所任教的班，同轨班级的老师能没有意见？特别是一些领导干部，部门负责人和社会名流的孩子都流到了顾得发的班上，这更激起其他班任课老师的强烈不满。他们私下议论，矛头直指顾得发。尤其是乙班的数学老师孙副主任，反弹最为强烈。只是没有发泄话题。

机会终于来了。

除了教学，顾得发还协助教导处抓教学，因此有听课活动他得参加。按惯例，上公开课从校领导开始，顾得发的课倍受推崇那是意料之中的事。

轮到教导主任上公开课了，任教高二乙班语文的他，执教的课文是李白的《将进酒》。

听完课，所有听课老师到会议室参加评课，校长也出席了这次评课活动，副主任孙飞远主持评课。

教者声音洪亮，语调抑扬顿挫富有感染力，极大地调动了学生的学习积极性，板书工整有条理，便于学生记住全诗内容。听课老师说了很多恭维话，而顾得发选择了三缄其口，默默地听他人发言。

这首诗主任已教过数遍，驾轻就熟，自认为教起来得心应手，感觉良好，大家的赞扬更使他心花怒放，得意的小舟在欲望之海恣意横行，再加上没有指南针，他一下子找不到北了。为了将效果最大化，他请顾得发评课。他说得很客气，也很诚恳：“顾老师，请您就这节课的不足之处，提宝贵意见。”

顾得发：“不不不，上得很好，上得很好！”

主任说：“你就不要推托了，我真的很想得到你的批评指正呢！”

顾得发知道自己不过是个代课教师，能否成为民办教师还是个未知数,哪有资格批评别人呢,更何况主任！他坚持说:“没什么啊，真的上得不错！”

校长开口了：“大家都希望能听到你的意见，你协助抓教学，哪能不讲话呢！”

大家都说是。

顾得发没办法，他被逼到墙角了，不能不说两句。他指出了这节课的教学特色，分析了学情，总结了成绩，很全面也很中肯。可主任不知出于什么用意，一定要顾得发指出不足之处。

顾得发嘴角动了动，咽喉上下蠕动了几下，没有讲话。

校长也很开心，怂恿道：“你也提两点改进意见嘛，不要一边倒尽拣好听的说。”

主任今天很开心，在校长说话时，他还下去分了一圈烟。

顾得发点燃了香烟，猛吸了两口。这香烟好像是致幻剂，他喷出了浓浓的烟雾后说："要说瑕疵，当然也不是没有。"会议室里变得更安静了。他接着说，"第一，有三个字读错了。"

三个字读错了，不是开玩笑吧？会议室里静得一根针掉在地上都能听到响声。大家张着嘴，瞪着眼，不敢相信。

"首先'将进酒'的将，不能读成'将来的将'，也不能读成'大将的将'，而应读'枪'音，意为请，题目的意思是劝酒歌；第二个是'馔'读'转'，指饭食；第三个是'岑'，不能读成'秦'，是姓氏。第二，关于人名误，丹丘生，应该是'元丹丘''生'是尊称，而不是姓丹，名丘生。此人与李白交往很深，是当时著名的隐士。第三，这首诗不是表达李白旷达豪迈，疏财好客的人文情怀，而是李白借题发挥，借酒浇愁，抒发自己的愤激情绪。第四……"

还能再说第四第五吗？校长见主任的脸红得像喝了酒一样，赶紧刹车道："顾老师讲得很好，实事求是，敢说真话，有利于我们教学水平的提高，应予肯定和鼓励。由于时间关系，今天就先到这里吧！"

顾得发常骂自己："怎么这样蠢呢？为什么要在校长宣布散会的时候，还要补充说，'当然，农村中学的老师能把课上成这样已经是不错的了'。这话细细一分析，问题就来了，那就是说农村学校教师的素质不可能高吗？这不是打倒一大片，是什么？"

顾得发的发言犹如烧热的油锅里滴进了几滴水，立即炸开了。大家面面相觑，迅速离开，私下议论着。有人懊悔，原来我们读了多年的大白字啊；有人想到了查字典，不肯相信这是事实；有人责怪顾得发话语太刻薄，说话太不留情。

主任呆坐在那里，脸上的红晕还未褪去，眉头紧锁，一支接一支地抽烟。他感到不可思议的是，自己的老师是这么教的，自己教了无数遍，可从来没有人说个“不”字，你顾得发到底算老几啊？评课时不便与你一般见识与你争辩，你倒认不得人了？唉，要是自己真的错了再跟人家争辩，那不是越辩越无理嘛！唉，这脸丢大了！当时为什么一定要他说不足呢，要怪只能怪你自己！

快到吃晚饭时，主任才不太情愿地往外走去。一直等候他的孙飞远见状紧跟其后。

本该左转的主任没有拐弯，径直往庄中心走去，孙飞远紧追两步赶上去问：“喂，上哪儿去？”

“买点儿熟菜，弄点儿小酒，消消气。”主任长长叹了口气说。

令人难堪的话谁也不愿提及，但为了斯文，孙飞远还是说道：“唉，‘五花马，千金裘，呼儿将出换美酒，与尔同销万古愁。’不用买，我家里有菜，一起搞两盅！”

主任正愁一个人在家喝闷酒会引起家人的猜疑，现在有人主动邀请，能不赏光？再说孙飞远是在场人又是殷实人家，老丈人是公社副书记，老婆在医院工作，小日子过得有滋有味的，打他的秋风也无所谓。再说他俩平时关系很好，今天就不用客气了，他跟着副主任往其家里走去。

主任一杯茶没喝完，就被请去喝酒了。孙副主任还叫来了团总支书记作陪。

孙飞远拿出两瓶洋河优质大曲。

一见有供销社货架上只有样品，有钱都买不到的好酒，大家立刻来了兴致。三人很快将一瓶酒送下肚子，孙飞远尽显东道主的热情，频频劝酒：“将进酒，杯莫停”这次他把“将”字读准了。

这“将进酒”一出口，就戳到主任的痛楚，他难为情地说：“莫提《将进酒》了，一提就叫人难堪啊！”说完喟然长叹后，端起酒杯，头一仰咕咚一声干了。

副主任、团总支书记连忙劝慰，都指责起顾得发：“一个‘坏分子’，代课教师，倒像个钦差大臣，真是癞蛤蟆爬进戥盘里——自称自贵呢。太不像话！”

愤激的话越说越多，最后归结为一句话：“此人虽然摘去右派帽子，但毕竟是地主分子，从骨子里看不起我们贫下中农子弟，与我们不可能成为一个战壕里的战友。如若长期相处，定生许多龃龉，还是敬而远之为妙。此人的民办教师资格还未批下来，不如现在……对，就这样，八分钱邮票，终结他的梦想。

为了做实，他们想到了群众签名、盖章或按罗印的方法。当晚写好“联名信”，三个人三十个指头，盖个三四个来回，一封按有百十个指纹的“人民来信”，寄到了县政府分管文教卫生的副县长手中。

副县长让人叫来文教局长，一打听乔泽公社确实推荐了这个人，既然有“人民来信”，就应该慎重对待，缓批为妥。

对顾得发任民办教师这个问题，公社和学校都认为是铁板上钉钉的事，没有任何悬念，因为以前推荐上去的初中生也没有不批的先例，更何况顾得发呢？

十月中旬，李校长去县文教局开会，拿到了文教局介绍信，批准一青年为民办教师，顾得发妻子为民办工友。校长感到不可思议，找领导交涉，答复：按批复办。

李校长返校后一直闷闷不乐，不知怎么面对顾得发。公社派人员去县局交涉，局领导如实相告，问题出在下面。

前去交涉的人回来后，李校长只得如实宣布，当顾得发问及此事时，答曰：分批解决。

顾得发听后，虽不乐意，但他很会找平衡，毕竟有残疾的妻子的工作问题解决了，这是天大的好事，自己还想怎么的？再说自己目前的境况很好，除了享受最高劳动力的工分外，每月还有十二块钱的补助，这比在生产队养猪强多了。

顾得发民办教师没批下来，炮制“人民来信”的那些人高兴地聚在一起小酌，但还不解恨，因为他们想要的效果没达到，他们看顾得发并没有像遭霜打的茄子那样蔫头耷脑，相反的是，他的头好像比以前抬得更高，腰板更直，迈出的步子更大，多气人啊！

不乐意、不称心并不能影响地球的运转啊，也许有事情还会让你目瞪口呆呢，你不乐意也没办法。

处于另类阶层的顾得发等人，在寒冷的季节里迎来了人生的春天。1978年底，中共中央做出了《关于地主、富农分子摘帽子问题和地富分子子女成分问题的决定》。很多人乐得合不拢嘴，他们不仅为自己成分为人民公社社员而高兴，更重要的是他们的子女今后不再受歧视。他们喜笑颜开。

“双料分子”顾得发两顶帽子都摘掉了，觉得轻松多了，工作劲头更足了。他总是第一个到校，最后一个离校，还经常给成绩很好的和学习有困难的学生补课。他说成绩好的课上“吃不饱”，成绩差的“消化不良”要“给药”。

1979年高考，乔泽学校创造了奇迹，成绩在全县放了卫星。全校四个班，进线人数达到三十二名，甲丁两班就有二十一人。

数学平均分甲班高出全县二十三分，乙班高出二十一分。

祝贺声、感谢声不断。公社党政领导也亲自到校看望、慰问毕业班老师，对顾得发等人给予重奖，奖励顾得发一千元。顾得发将这钱全部分给家庭困难的学生，他没拿一分钱。

校领导很感动。

顾得发的突出表现，令李校长感动。他再请公社党委出面解决顾得发的民办教师问题。公社领导刚从县里回来，“人民来信”不久又批转过来，顾得发圆梦的希望再次被击碎。

“民办教师”虽然不能与“公办教师”相提并论，公办教师属于国家干部序列，是金饭碗，民办教师的报酬主要来自地方，国家发补助，其工资收入有点儿让人不好意思提及，但又比有些社办企业体面得多，也可以说是稳定的工作。一般人的理念是，穿皮鞋的比穿布鞋的强，穿布鞋的又比穿草鞋的强，穿草鞋的也比赤脚的要好嘛！这工作虽是鸡肋，但也不是想要就能得到的。

社会复杂，生活不易。

顾得发知道，批复民办教师的事屡屡受阻，都因“是非皆因多开口，菜刀砍去石人头”！罢！罢！罢！此处不留我，自有留我处。与其在乔泽学校无名无分遭暗算，还不如另做打算。不要老是给李校长甚至公社领导找麻烦。他决定，不干了！

他找到李校长并通过校长表达他对公社领导的感谢，对解决家属的工作问题，更是感激万分！此情，他没齿不忘！由于常给领导添麻烦，自己过意不去，所以另作打算。

校长再三挽留，顾得发再次感谢，今后如有用得着的地方，敬请开口。鉴于目前这种状况，还是离开的好。

这又是令校长头疼的事，他说：“这着急着忙的到哪里去找个顶用的呢，这课务谁来接呢？无论如何，你都不能撂担子，那样就是拆我的台啊。”李校长此言一出，顾得发不好意思了，他答应再干一学期。

李校长告诉顾得发，现在国家已经开始给相关人员落实政策，他的问题也许不久会有新的转机，顾得发笑着回答道：“是我的跑不了，不是我的乞求不来，一切顺其自然吧。活在当下，过好每一天才是最重要的！”说完转身离去。

李校长知道他去意弥坚是有原因的，他能理解。顾得发还听他劝，他又感到欣慰。

真是金子在哪里都会发光的。邻公社的水廓中学刚创建，其特点也跟乔泽中学差不多，该校长得到这一信息后，立马开挂机船赶到乔东大队，请顾得发到该校任教，月薪每月五十元，寒暑假照发。这报酬太诱人了，大学本科的待遇啊，够高的了。他毫不犹豫地答应下来。

就这样，秋季开学他去了水廓中学，并将两个孩子也带在身边读书。

李校长将顾得发辞职的事向公社领导做了汇报，书记说：“‘木秀于林，风必摧之；堆出于岸，流必湍之；行高于人，众必非之。’这社会什么鸟都有啊。花较小的成本，戳得你遍体鳞伤。”

第六章

分田到户

顾得发做梦都没想到会过上这样的好日子，腿脚不灵便的妻子有了工作，而且是正式的民办工友，国家有补助，还记工分，吃劳力粮；大儿子顾越高中毕业参加劳动挣工分；自己也有了一份工作，虽不是正式教师，但起码不需要起早摸黑下田干活儿，收入还不错。生活充满了阳光，更重要的是，他与所有人的身份都一样了，是共和国的公民！就这一点，他怎能不高兴呢？所以他那张脸充满了笑意！这世间有时也真的很怪，为什么好事总是结伴而行呢？也许真的应验了那句老话："运气来了，那锅盖都扑不住！"

如今的顾得发常挂在嘴边的话就是"共产党是英明伟大的政党，我看得真切！"

他现在不再唱《空城计》了，偶尔唱唱《凤还巢》，还学会了许多现代歌曲，这阵子哼得最多的是《绣金匾》和《社员都是向阳花》。

暑假快结束的时候，刚吃过午饭，沉寂了好几天的高音喇叭又响起了来了，"公社是个常青藤，社员都是藤上的瓜，瓜儿连藤，藤儿牵着瓜，藤儿越肥瓜越甜，藤儿越壮瓜越大……"女演员感情饱满的清脆嗓音，撩得顾得发不自觉地跟着哼起来。

没唱完的歌曲突然被掐断。“下面播送一个重要通知。”顾得发有点纳闷了，今天会有什么重要消息？大队长铿锵有力的声音顺着风传遍了整个乔东大队：“乔东大队全体社员同志请注意，户口在乔东大队的同志也请注意，下面播报一个重要通知！下面播报一个重要通知！”你听听，“重要通知”重播几遍，可以想见这通知着实重要呢！“经大队党支部、革委会研究决定，今天下午两点钟在第三生产队晒场召开全体社员大会，传达上级指示精神及大队决定。今天的会议很重要，很重要！希望全体社员同志以及户口在乔东大队的人家务必指派一人参加。任何人不得迟到，更不得缺席！”他一连播报了三遍。

大家从反复播送通知和领导斩钉截铁的语气中，猜测到可能跟最近的传闻有关。不过这种事不能单凭猜测，这不是民兵营长带人将自留地上的蔬菜翻过来那么简单，要耳闻目睹才为实啊！

时值仲秋，太阳虽没前段时间火辣，但晒在身上也还是不舒服的。可是如此重要的会议谁不关注呢？大家早早地从家里出来，串个门合计合计也好啊。

谁都知道，种田人一年三百六十五天，天天下田，哪怕睡在田里都有做不完的农活儿。自从农业合作社到人民公社以来，从来没有大晴天不下田干活儿的先例，有几年大年初一还要下田应个卯，做做样子呢，1976 年防震也没停工啊，怎么一连歇了七八天？为啥没一个干部喊社员下田干活儿？这是怎么了？据说干部天天开会，打听开什么会，谁也不肯说清楚，支支吾吾的，搞的哪一出啊？竟然有人说，要实行“联产承包责任制”，并说有的地方已经分田到户了。看来这传闻要变为现实了！

不管分不分，天塌下来自然有高个子顶着，这不是哪一个人的事，先找地方坐下来再说了，“不怕会议长，只要靠着墙”，找个可以靠的地方，半坐半倚着也不错。找好地方后，大家都在议论今天可能要发生的事。

果然不出所料，今天社员大会的主题是实行“家庭联产承包责任制”。支书传达上级指示：以家庭为单位，向集体组织承包土地等生产资料完成生产任务。责任到户或到组。承包户根据承包合同规定的权限，独立做出经营决策，并在完成国家和集体任务的前提下分享经营成果。具体做法是土地按人口比例或按劳动力比例，根据责、权、利相结合的原则分给农户经营。承包户和集体经济组织签订承包合同。这是上级指示精神，原封不动传达给大家。

支书继续说，下面说说我大队的实施方案。经过研究决定，户口在乔东大队的，不管你从事什么职业，不管是年老八十三，还是吃奶的手中搀，都有资格分得承包地，按各生产队的总田亩数除以总人数，再乘以家庭人口。

这样一讲，大家都明白了，田要分开种了。支书又说：“现阶段，我们提倡自愿组成合作小组，一个生产队可以组成若干个合作小组。今天散会后，大家相互讨论、接触，各小队晚上开会统计，哪个队落实了，就先给哪个队丈量田亩。”

这震动太大了，很多人不知所措，人们都议论纷纷，有支持的，有反对的，有骂街的，有鼓掌的。

有人说：“早包早富，晚包晚富，不包不富。”

“大呼隆，磨洋工，上工如背纤，下工如射箭。”

如此议论，林林总总，莫衷一是，只是绝大多数人对大集体心存不恭之意。

看书看累了的顾得发走到巷口，见人们三个一群，四个一组的议论着什么，说到激动处还手舞足蹈，他没有停下来听别人说话的习惯，漫无目的地走了一段路，又折回去。

一到家，他看见儿子垂头丧气地板着脸坐在门槛上，他估计，今天的社员大会肯定又有什么对自己不利的事情，不过那么多的沟沟坎坎都走过来了，他还会惧怕什么呢？再说现在的形势这么好，再不利也不会像从前那样了。于是他调侃道：“儿子，咋了？是要地震了，还是天要塌了？”稚气未脱的儿子没好气地说道：“你还寻什么开心，今后自己的田自己种了，你还高兴个啥？”

顾得发搔搔头皮说：“那就是说，外面的传言是真的？我们这里也要分田到户了？今天就是为这开的社员大会？”

儿子答道：“是啊，但不叫‘分田到户’，叫‘联产承包责任制’，现在自愿组合成立互助组，实际上是‘强强联合’罢了，谁愿意和我们一个组？”

顾得发一听，觉得儿子说得有道理，他的担心不是多余的。人们都很现实，谁愿意背个累赘在身上。自己全家五口，只有儿子一个劳动力，自己是个“半调匠”，妻子腿脚又不灵便，下面的两个孩子在上学，没有劳动力，谁愿意跟你组成一个互助组？除非亲娘亲老子，兄弟姐妹又怎样。人们不是常说“儿子顾不到老子”嘛，这是个很棘手又必须尽快解决的问题，儿子不是说了嘛，今天晚上就得组合好呢。

顾得发也没了主张，急得在屋子里团团转，刚才孩子说什么“强强联合”，嗯？他眉头一皱，随即舒展了，他对儿子说：“你刚才说‘强强联合’是吗？有强就有弱嘛，我们为什么不能弱者互助呢？”

儿子顾越眼睛一亮：“你是说我们几个情况差不多的人家组成一个互助组？嗯，这倒是个不错的办法。”

于是父子俩在屋子里挨家挨户地分析比对，觉得自己家的情况比上不足比下有余，毕竟儿子还算是个大劳力，比纯商业户强多了，再说，毕竟忙的时候还可以争取“外援”，想到这里，父子俩终于开心地笑了。

正如顾氏父子所言，很多没劳力的，有工作的，平时都是拿钱称粮的所谓“商业户”都像热锅上的蚂蚁团团转，这分开耕种不是要人命嘛！哪个会种田？要是不要这个田，吃粮谁供应？“民以食为天”，不吃鱼吃肉没事，不吃饭喝粥也行，但没米下肚能行吗？全靠拿钱买“议价粮”那可不是开玩笑的事，谁吃得消？整个庄上这部分人最着急。但他们没顾得发聪明，只知道着急，就是想不到非强强也可以联合互助呢！

顾氏父子俩合计好了以后，准备出去转转，看看有没有合适的。这世上的巧合还就真多！正当父子俩准备出门了解情况，撞撞运气，看看有没有合适的家庭时，三小队有名的“钱串子”，一年当中有大半年在外面挣钱的余满仓来到了他家。一进门“钱串子”就掏出了精品香烟——沪产“牡丹”。他边往外面抽香烟，边说：“顾老师，这是我刚从外面带回来的香烟，送包给您尝尝。”分明是一支烟，怎么能说送包给我尝尝呢？顾得发疑惑地看着。原来“钱串子”先分一支烟，然后手伸进裤兜掏出一包，说：“这包给您。”

顾得发见到好烟，当然高兴，但他一般是不肯轻易收他人的东西的，这些年来他教出了不少大学生，人家要谢师，他一律回绝。送把青菜，一篮萝卜、山芋还可以，礼重不要。对“钱串子”的好意，他照例不肯收，他推着“钱串子”的手说：“这手上有呢，整包的还是你自己留着吧，我不要！”

“钱串子”说：“唉，一包烟小意思，毛毛雨嘛！”到底在外面混的人，时髦话张嘴就来。

“你到我家里来，我应该拿烟给你抽，我坐在家里怎么好意思拿你的好烟呢？”顾得发还在推辞。

“我来是跟您商议事情的，一包烟不是什么贵重的礼物，再说这烟又不是鸦片，您怕啥呢？”说着就把烟放到桌子上，自己就直接坐了下来。

顾得发忙叫儿子给客人泡茶，然后调过头来跟“钱串子”说：“你大驾光临有何贵干啊？是不是关于分田的事？”

“钱串子”何等精明之人，常年在外面混江湖，他不会轻易说出自己的真实想法，他要让这对父子领他的人情呢。他眼光闪烁，说：“我想了解一下你们家的想法呢，其实凭我们夫妻俩身大力不亏的，跟哪个合作，谁会说个不字。”

顾得发既识字又识人，更重要的是他的肩膀扛着的是个善于思考的头颅。说麻雀从眼前飞过能辨雌雄那有点过分，但是你说出上半句，留着下半句，他就能给你补充完整，这倒是一点儿不夸张。他平生最讨厌别人矫揉造作，他看不惯“钱串子”满身商人习气，于是站起来说：“哦，那倒是，你们俩都是种田的好手，不愁没人要，我们还要出去联系一下合得来的人呢。”说完，就要往外面跑。

“钱串子”一看傻眼了，谁叫自己自作聪明呢，他连忙站起来，抢前一步拉住顾得发说：“您不要误会。”说着又从口袋里掏出牡丹香烟，抽出一支敬给顾得发，顾得发不接，反从自己口袋里掏出飞马香烟，说：“哪能老抽你的烟，还是抽我们这不上档次的香烟吧！”

两支香烟碰在一起，就像两个击剑手，手持短剑，你推我挡，相持不下。“钱串子”毕竟是个走南闯北的人，什么场合都见过，他笑嘻嘻地接过顾得发的飞马香烟，划着火柴点燃，猛吸一口，吐出浓浓的烟雾说：“我是觉得您顾老师为人正直，有人缘，但缺劳动力，才来找您商量商量的。”

“还是为‘联产承包责任制’的事吧？”

“钱串子”又重新坐下喝了口茶，接着说：“我想，我们几户组成一个组，然后一分到底，眼闭眼清，不要羞羞答答地做样子！”

顾得发哪里敢轻易接受他的这种胆大妄为的建议，但人家的提议并不是没有道理啊。他试探地问：“你是怎样打算的，准备哪几家为一组？”

“钱串子”说：“你、我两家九个农村户口，再加徐石林父子俩，总共十一个份子，可以单独成立一个‘互助组’。”

顾得发对这个很敏感的问题，不敢轻易表态，他说：“照你这么说，不是单干吗？又回到从前了！”

“钱串子”又分了一支香烟，这次顾得发没有推脱，爽快地接过去点上了火，用狐疑的眼光打量着“钱串子”。“钱串子”解释道：“教学你是厉害，有关政策你就不懂了。我已经打听过了，至于是哪个说的你就别管了，但是肯定是准确的。外面不少地方都是直接分到户呢，我们这里还要做个样子，自己骗自己呢。你不要怕，我没有跟你说过什么，我是跟你儿子顾越商议的。不，不对，我们几个人民主协商的，我们搞的是责任到户、到人，没事，不会犯错误。晚上开会时，我们先报上去，通过了就这样干，不行就再说。”

这种说法倒也合情合理，只要不违反政策就行。

“一朝被蛇咬，十年怕井绳。”由于自己过去没有谨开言、慢开口，交了那么昂贵的学费，现在都活到一大把年纪了，可不能再犯路线错误，还是跟大队领导沟通一下，了解一下情况再说。

他拿了一包大前门香烟往外面走去。他想，还是去找支书吧，毕竟他是“一家之主”，人也很实诚，找他不会有错。

在家写材料的支书，听到顾得发在门口跟家人说话，赶紧跑了出来打招呼：“噢，是顾老师啊，快里面请。”

顾得发边走边掏香烟，支书看见了连忙按住他的手说：“到我家里，理应我分烟，你分烟给我，不是骂人吗？”

接过支书的香烟后，顾得发说：“我想了解一下，这‘联产计酬’到底是怎么操作的，有人说三四户人家也可以组成一个互助组，这是真的吗？”

支书说：“现在是这么提倡的，成立互助小组，但分田时，首先按自愿组成的合作组分，各组可以分到户，也可以合作，一切随社员自愿。你可以放一百个心，只要不抛荒，增产增收就行。”

顾得发心里还是有点不踏实，支书又说：“这事耕不到你耙不到你，你怕什么？社员把田种好，你把学教好，就是硬道理！你不用怕，不是从前了。”

顾得发就是这样的一个人，做什么事都很认真，这关系到原则问题，他哪里肯含糊。

支书又分给他一支烟，自己也点上了。“不瞒你说，我正在给上面写建议，直接掀掉遮羞布，分田到户，人人都是土地承包人、经营人。种好田，人人有责，这就叫责任田！这下你放心了吧！”

顾得发暗暗想，怎么“钱串子”说的跟支书说的如同一个模子里印出来的，觉得有点不可思议，但看到支书也是牡丹香烟，似乎又有了答案。当然这香烟也不是“钱串子”一个人可以买到。哎，管那么多有意义吗？还是赶紧回去，叫儿子按“钱串子”的主意办吧！

晚上第三小队开会时，到场的大队领导同意分成四个互助组，并强调说，各组根据自身的情况决定采用适合自己的承包方式，任何人不得干涉。

全大队用两天的时间分好田，钉好界桩，等稻谷收割完毕，各承包户种自己的责任田。

种小麦任务不重，顾得发一家三个劳动力一天就将五亩田小麦播种完毕，余下的整理田角落内外墒等配套任务就落到了大儿子的肩上。

整个大队前前后后用了二十天的时间把所有小麦全部播种完毕，就连水渠上、田埂旁、河坎上等过去长杂草的地方，现在都种上了蚕豆，栽上了油菜，没有巴掌大的闲地方，应了那句话：“人勤无闲地”。

农民从土地上解放了出来，再也不用天天面朝黄土背朝天。有人“麦一种、手一拱”，坐等明年的好收成，但大多数水乡人都相信“人勤地生宝，人懒地长草”，很多人沿袭老本行，种菜卖钱。

顾越对种植十分感兴趣，上学时农技这门学科学得很好，种菜易入门，他种的菜也长得好，蔬菜长大后，他也学着人家的样子，上街卖菜，一个冬天竟也有了七八十元的收益。这是他分田后的第一笔收入，他说要好好珍藏。顾得发见儿子这么懂事，也开心地笑了。

冬闲，真的很闲。除了挑粪铲墒之外，没多少非干不可的活儿。至于打发日子，各人有各人的方法。有的找个向阳避风的场所，天南海北地神聊；有的讲贩来的故事，大家特别喜欢听稀奇古怪的荒诞传说，或者是英雄救美、忠心护主的故事；有的聚集在一起打牌，不打牌的看斜头。就这样夜以继日日复一日地度时光。虽是农闲时，却比上班的还要忙。

顾得发的儿子上学期间，以为“知识越多越反动”。他不能不相信啊，父亲不是活生生的事例吗？所以他没好好上学，但他聪明伶俐，所以并不影响他接受新事物。打牌，雕虫小技，没有深奥的知识，因此他很快就学会了。麻将、纸牌、扑克，无一不通，无一不精。凭着较强的记忆力和判断力，他经常赢，自诩为“常胜将军”，以致很多人都不敢与之博弈。

顾得发在水廓中学任教，妻子在家疏于管教，所以儿子顾越更加无拘无束。

寒假里的一天，顾越又赢了钱，拿着几张票子在弟妹跟前挥舞，炫耀战绩。顾得发见此情景，双眼湿润，长叹一声：“罢了，罢了，罢了！”连说三声后，扑通跪在家神柜前磕头谢罪：“怪我无能啊！未能教育好孩子啊！”家人一见都吓蒙了，个个都惊呆了，这是怎么回事啊？大家赶紧上前拉他起来，他哪里肯答应，说：“我对不起祖宗八代啊，我书香门第将毁在我手上！儿子未成才不说，到如今却出了个赌徒，我还有什么脸面去见世人，日后还怎么好意思去见祖先！”顾越见都是自己惹的祸，觉得不应该惹父亲生气，原以为不是赌大钱，小打小闹，竟然惹得父亲这样生气，还不如戒了。于是他说：“爸爸，你赶快起来，我保证从今以后不再摸牌。再摸，你把我手剁了，我都不怨你！”

顾得发见自己的苦肉计有了效果，放下心来，轻声地说：“赌资无大小，钱少赌得小，钱多赌得大。赌钱的人，赢钱不禁用，输钱一个洞。赢了还想赢，输了想翻本。就这样越赌越穷，越穷越赌。头脑中只有一个赌字，什么事情都不想做了，那如何是好？”稍作停顿后，他又将目光移至两个小孩子脸上，“还有你向他们炫耀，他们哪里有什么辨别是非的能力，只知道向哥哥学习！”

顾越忙说：“爸爸你不要再说了，我保证再也不赌了，永远不赌！”

顾得发从儿子赌博这件事上再次认识到“闲则生非”的道理。这是个问题啊，大集体上工收工，比较有规律，孩子有事做，现在再也不用那样，每天“日出而作，日落而息”了，没有事做是不行的！还有，沾染了赌博要想彻底戒掉不是那么容易的，必须釜底抽薪，从根本上断了他的念想。万一再有人叫他甚至骗他去赌怎么办？不是有句俗话叫“好婆娘就怕坏婆娘劝”嘛。更何况他赢的概率比较高，一个小青年哪有那么坚强的意志力抵挡赢钱的诱惑？难！

顾得发一下子没了主张，大儿子今后的路怎么走，他靠什么立足社会，这是顾得发经常思考的问题，也是他必须要解决的问题。

今天是周末，一家人团聚在一起，其乐融融，他家还是比较民主的，周末大家可以放松一下，各自做自己喜欢做的事。大儿子想回自己房间看点儿书，可有同学来叫他一起去邻乡看电影，他不想去，还是顾得发劝道："既然你同学来叫你，你就去吧。看完电影早点回来，不要玩得太晚了。"大儿子这才跟同学一起走了。二儿子和女儿也去找同学玩了。

屋里只剩下他夫妇俩。顾得发点燃了香烟，妻子给他沏了茶，他们相对而坐。顾得发吸了口烟，吐完烟雾刚想开口，妻子抢在前面开了腔："你这一跪可吓了我一大跳，孩子们都被你吓傻了，我还不知道你会玩这一手呢。"

顾得发叹了口气说："没办法啊，君子有时也得犯点小贩嫌啊，不这样能起到教育作用？就是教育也不是一次两次就有用的，暂时有效，我相信今后无论如何他都不会再赌，否则就不用教育了。"

妻子不解地问道："什么意思？"

"你想，刚教育过，表过态，调过头就忘了，那就说明中毒太深，没有药救了。越儿还不是这种人！"

"那倒是。"

"现在关键是要让他有事做，不然'闲则生非'啊。"

"做什么好呢？"

"这不是我正想和你商量的嘛！"

"说说你的打算，我知道你肯定盘算过了。"

顾得发又点燃了一支烟，吸了口说："想是想过了，但是觉得都不怎么靠谱，所以想和你合计合计。"

"那你说说看，都想到些什么。"

"嗯，你看他今年刚二十岁，按照以前的教育制度，这个年龄刚好高中毕业，他如果复读个一两年说不定能考上个什么学校，但他对学习兴趣不浓，信心也不足，不好勉强。”

“这倒是，不上大学也饿不死人，只要肯动脑，能吃苦，就有出路。”妻子同意这种说法。

“第二，学门手艺倒也不错，不过木匠、瓦匠太多，前途也不是很好，搞不出多大的名堂。再说，师傅带徒弟可不是教师教学生啊！”

这个“啊”包含了许多内容，也许妻子能理解，因为她在点头呢。

“第三，请人安排进社办厂。”

“有什么好厂啊？”

“第四，搞点家庭副业，例如搞点儿加工什么的。”

妻子连忙接过话头说：“这个不错。哎，我听说有些人家买了踏绳机床，本钱不大，又不离家，卖绳还不欠账。就是脏点、累点，不过我们还可以帮忙呢。”

顾得发点点头说：“越儿这个人，脏点、累点，他不会怕，就怕做出来没有销路。”

妻子解释：“这个你就不知道了，草绳，供不应求呢。可你‘书香门第’尽是草，不是莫大的讽刺吗？”

“怎么，你也笑我？不管什么门第，读书肯定是好事，但凭劳动挣钱，天经地义！没什么不光彩的。但是到哪里去买踏绳车呢？”

“我听人说，供销社土特产门市部收购草绳，也有踏绳车卖，可现在买的人多，要供销社唐春林主任批条子。”妻子知道的信息比他多。

“那明天，我去看看能不能批到条子。”顾得发这次没要妻子做工作，主动去求人，这是破天荒的事啊！

果然，大儿子看完电影就回来了，下面两个孩子玩了不太长的时间也都回了家。全家人安然入睡。

第二天上午九点许，顾得发去找供销社唐主任。

供销系统，干部职工没有星期天，一般都是调休，干部们没有特殊情况必须每天都上班。

乔泽供销社唐主任的大女儿和赵振华一起在养猪场接受顾得发的辅导，从而考上了淮阴供销学校的。为了感谢他辅导有方，唐主任曾多次要酬谢他，都被谢绝，因此对他更加尊敬。今天见顾得发来了，连忙打发走生产资料经理来自己亲自接待。唐春林首先赶上前来和他握手，将他拉到椅子上后，拿起桌上的香烟，敬给他一支，然后相互聊了起来。

聊了一会儿，唐主任问：“顾老师，我知道你无事不登三宝殿，今天来有何贵干？只要我能办到的，你尽管开口。”

顾得发未曾开口脸先红了，他结结巴巴地说：“我想，请你批个条子。”

“噢，批什么条子，你要什么？”主任面带微笑地问。

“我想买台踏绳机。”

“你要这东西做什么？”主任不解地问。

“大儿子，没事做，我想让他搞点儿副业。”

“噢，大儿子不是高中毕业了吗？今年多大了？”

“毕业三年了，今年刚二十。我想，不能让他闲着，我怕他闲出毛病来。”

“嗯，这倒是，不过这踏绳机你就不要买了。”唐主任否决他的要求。

顾得发的脸红得更厉害了，他就怕别人拒绝他的要求。这将是对他的自尊心又一次伤害，所以他更加结巴了：“这是……”

“不不不，你不要误会，你不要让他搞这种副业，我社运货的挂桨机船上缺人手，不如让他到供销社来！既挣工资，又体面，就是经常要来往县城装货，稍微累点，但是小伙子年轻嘛，我看这个适合他。”

这么好的事，顾得发根本没想到，他不敢相信是真的。“三世修不到供销社，八世修不到粮管所”啊。当他醒悟过来后连忙说：“谢谢，谢谢！”他只能连忙说感谢的话，他已经无法表达激动的心情了。你想，人家想谋个供销社的差事不知要费多少劲，这么好的事怎么一下子就落在自己家了呢?

“你不要说什么，大家有目共睹，都知道你的为人。为了教人家的孩子，自己儿子没能考上大学，我们这些家长要感谢你才对！这样吧，叫他后天来报到，叫他自己来，你就不要陪着了。”

“好好好，今后就请你多关照了。”

“你不要多虑，你的儿子我们肯定关照。但是不要告诉他为什么，这样对他不好。工作上我们也能对他严格要求，免得他自以为有了人情，不积极进步。”

“这孩子好就好在，一不懒、二不馋、三不贪。”

“你放心，我相信他会珍惜这份工作的，你回去叫他做好准备吧。”

“好的，那我告辞了。”

“来来来，再点支烟。”唐主任赶上一步又分了支烟，接着又叮嘱了一句：“我们明天开会研究一下，叫他后天自己来办公室找我。一定！”

顾得发快步走回家，全家人都张罗着踏绳机买回来要放在哪儿，东厢房很适合，便于进料也便于出货。他们在盼顾得发早点回来，期待着什么时候能买到机器。

顾得发一到家，家里人便围了上来，顾得发把手伸进衣兜，家人都以为他会拿出批好的条子，谁知他却掏出了香烟。顾越等不及了，急切地问：“爸，什么时候能买到踏绳机？”

顾得发两手一摊：“没有啊，没有批到条子。”

这话一说，一家人像泄了气的皮球，大儿子失望地说：“原来，没找到门路啊。”

顾得发忍不住笑出声来，他说：“真的没有，我什么时候骗过人？”他吸了口烟，卖起关子来说：“不过嘛……”

“不过，怎么啦？”全家人的胃口都被吊起来了，就连在锅上准备做饭的妻子都过来要听个清楚。

“不过，唉，与你两个小的无关，干你们的事去吧。”他笑嘻嘻地打发他们走开，可是谁愿意离开呢？

顾得发说：“越儿，后天早上去供销社报到，上运货机船学驾驶。”

“啊！有这等好事？”全家人都发出惊呼声。

等家人高兴之后，顾得发将唐主任的意思进行了演绎。他说：“今天还就真有意思，本来想去买踏绳车的，谁知暂时没货，但听说人家要招个高中生上船学驾驶，代记账，我估计越儿能行，也喜欢，就帮你报了名。也就是说，你有工作了，要好好干！”

顾越马上说：“这个我知道，谁都不喜欢懒惰的人。我一定会记清来往账目，学好技术。那什么时候上班？”

“明天星期一，人家要开会讨论一下，符合条件的话就后天去。”顾得发回答了儿子的问题。

在企盼中顾越度过了一天半的时间，这一天半感觉比一年半过得都慢，真折磨人啊。

顾得发要的就是这样的效果。

星期二八点一过，顾越便忐忑不安地去供销社办公室报到，那里早有人在等他。

计划采购组长明白领导意图，既对顾越提出工作要求，又暗地委托老师傅对他传帮带，所以顾越进步很快，不久便爱上了这份还算比较吃香的工作。

顾越跃出“农门”，进了“三世难修的供销社”，这是他们家人做梦都没有想到的事，足足让很多人羡慕了好一阵子。但是任何事情都是利弊共存的，儿子有了好的工作值得高兴，然而，田里的农活儿就需要顾得发这个“半调子”来干了。

种田是个力气活儿，在当时农机设备还不太齐全的年代，种田主要靠人力，好在耕作和灌溉已经被机械代替了，否则这田顾得发真没法种了。劳动力的问题先搁一边，种田的经验还是要靠积累的，很多技术都要学习，否则“多快好省”种好田是不容易的。或者说是根本不可能的。如何能化劣势为优势，巧种田，种好田，这些问题顾得发心中并没有数。如何将教学能力化为种田的本领，这才是实实在在的。

他托人到县新华书店代购了《植保手册》《小麦生产技术》《水稻栽培要领》等，他想成为农业生产的“专家”。

春节过后，田里绿了，该给小麦施返青肥了。施什么肥料？顾得发在教学方面都是别人向他请教，今天他得向有经验的农民请教了。

发小“四侉子”从没断过跟泥土打交道，也是种田的能手，是现成的老师。晚饭后，顾得发登门求教。

“四侉子”赵德民见到一般不串门的顾得发，连忙放下碗，站起来说：“哎哟喂，稀客！怎么不早点儿来，哦，对了，早点儿来也没用，你不喜欢喝酒，不像我身上有酒虫子。你是没事不上我门的，说吧，什么事？”

“真是江山易改，本性难移啊，还是这种快言快语的性格。”顾得发说。

“话闷在心窝里就像屁憋在肚子里一样，不难受啊？”

“哈哈，你老弟从小就是这样，我真服了你啦！是的，是有事，我今天是来向你请教的，你要好好教教我这个学生。”

“四侉子”笑得更爽了，他说：“今天太阳打西边出来啦，你还要拜我为师？”

“是啊，‘三人行，必有我师’嘛，我是来向你学习小麦的田间管理方法的。”顾得发说。

“这有什么难的，你把我说的记下来就行了，这比学文化知识容易多了。”“四侉子”一二三地讲了几点，顾得发不敢怠慢，还真的用笔把他说的都记了下来。

“书生种田，能说不能行。”好在大集体年代，“顾少爷”也曾练过，不然这田还真不知道该怎么种呢！顾得发深知自己的软肋，在生产队虽然也当了十几年的农民，但自己只是扮演扛旗打伞的喽啰兵，不是策马奔腾的主力军。虽然也练了点儿力气，或多或少也有了点儿经验，但是跟正宗的社员比耐力不够，爆发力不强，技术也不全面。这不，如今要给小麦施返青肥了，这几亩田的化肥水，自己哪能挑得了呢，再说有力气，也没时间啊，赶紧搬兵吧！

东刘庄的丈母娘被顾得发一家视为活菩萨，有求必应！

正月下旬的一个星期天，娘家来了八个青壮年，他们给顾得发家的五亩麦田浇足了一遍化肥水。

所谓的化肥，农民们叫它“肥田粉”，学名碳酸氢铵，是一种易挥发的无机化学肥料。这种肥料见效快，价格便宜。缺点是易挥发，施得不匀还伤苗。

大集体年代，农田没有足够的有机肥，田越种越瘦，化肥施下去，效果不明显，往往是“草盛豆苗稀”。有农谚说：“肥田长稻，瘦田长草。”田里杂草多，它们跟麦子争肥料。施过化肥的小麦田，远看绿油油的，近看吓你一跳，“看麦娘”俗称“无宫草”，成了绿色地毯的底色。杂草不除，小麦歉收，而且草会一年多似一年。因此，必须早点清除干净。但是用什么办法呢，顾得发没了主意。问了许多人，都说不出有效的办法，顾得发很着急。

晚上八点半广播结束后，公社农业技术推广站的“农情播报”又开播了。今天所讲的正是“化学除草”专题。顾得发听得很认真，用笔记下了：“苯达松加二甲四氯”除麦田单子叶和双子叶杂草。

第二天一早，“四侉子”上门来了，一进门他就唠叨着：“昨天晚上，农科站的人嚼的什么瘟蛆啊，什么单子叶双子叶的，说的什么梦啊？”

顾得发一听，差点将嘴中的稀饭喷出来：“你怎么怪人家呢？要怪，也怪你自己没听清楚嘛。单子叶，就是种子发芽出来的苗为一根头，如小麦、水稻，包括稗类植物；双子叶，就是种子发芽后冒出两个瓣出来，如黄豆、蚕豆、花生等。”

“四侉子”听懂了，但他仍然不服气地说：“他要是像你这么说，不就好了嘛，非要说人听不懂的话，出什么洋相，耍什么斯文，做他个大梦！噢，不对，大清早的不该这么说。好，你吃你的，吃好了去上班，我走了。”说完头也不回地往外走。顾得发觉得好像少做了什么事，忙放下手中的碗，追了出来说：“怎么烟也不抽就走了？”

“四侉子”说：“刚扔了，不抽了。我也要回去吃早饭呢，吃好了去买药呢。”挥挥手走了。

顾得发见老伙计总是有这样的冲劲儿，不由得笑了起来。

农技讲座真管用，农药效果也很好，打了一次药，杂草果真渐渐黄了。大家心里都非常高兴，这第一熟小麦，丰收应该有保障了。

过了个把星期，顾得发夫妇下田看小麦长势。田在生产队手里时，就像一个长期营养不良的人，单靠一两次的葡萄糖补充是解决不了底子太薄的根本问题的，既要治标，更要治本。俗话说：“庄稼一枝花，全靠肥当家。”多养猪积攒农杂肥做基肥是十分必要的。多养猪，造猪脚灰，为第一要务。顾得发很清楚治本要慢慢来，当务之急是要追施拔节肥。这严重缺乏肥料的麦子怎能高产呢？顾得发一筹莫展，难道还要再挑一次化肥水？顾得发急得直搔后脑勺，可就是想不到一个好的办法。

还是发小“四侉子”给他支了招，每亩田追施二十斤尿素，小麦丰收应该没问题。

尿素可是个稀罕之物，到哪里去买呢？

有钱买不到的东西，如果有关系也不是什么大事。

村民的话提醒了顾得发。按理说自己开口，估计在乔泽庄应该不会落空，可是怎么好意思张嘴呢？人家刚帮自己解决了一个大问题，现在再去提要求，岂不是贪得无厌吗？也许人家拉不下脸来，他答应了你这回，下次还好再开口？唉，还是不麻烦人家为好啊！

“不麻烦”三个字好说，可不麻烦人家，你到哪里去买呢？真是说着容易，做起来难啊！总不能为了面子置田里的庄稼于不顾。一旦开口，就感觉这身体矮了一截似的。不，其他东西都可以不要，这脸面不能丢！想到这儿，他将头昂了起来，觉得自己又高了许多。

顾越自从上了船，吃住在船上，难得回家，他机灵又勤快，因此从领导到同事都很喜欢他。他很快就能独当一面，领导很自然地器重他。

今天是星期天，暂时未接到运货任务，大家都休息，顺便回家拿粮食。

顾越不仅回来了，还用船上拉货的板车运回了两大袋尿素。这是顾得发夫妇做梦都没想到的好事。

顾越告诉父母，早上碰到了唐主任，被好好表扬了一番，还被分了一支香烟。顾越告诉唐主任不抽烟，唐主任高兴地拍顾越的肩膀说：“不错！好好干，有前途！”停了一下唐主任又说：“噢，对了，现在正是施返青肥的时候，来到我办公室拿张条子，买袋尿素送回家。”就这样顾越就真的买回来了两大袋尿素。

全家人非常感谢唐主任。

施过尿素的麦田，长势良好，很快就显出勃勃生机，麦田丰收在望。

如果平时能将种田当作是料理花园，那种地确是件愉快的事，要不历史上为什么有好多当官的会退守田园呢！可是一年四季播种收获不是清闲的事，更不是享受！有农谚说："吃了端午粽，牢田不要种。"劳动强度大，气温高，天上太阳晒，地上热浪灼人，不是割麦子，简直是洗桑拿。

六月上旬末，小麦成熟，开镰的时节到了。承包户们，当晓星还挂在天上的时候，就已到了田里，大家都想趁着早凉多干点儿农活儿，中午可以稍微休息一会儿。

刚到田时的那个新鲜劲儿不久便蔫了，男人们常假借抽支烟休息小片刻，女人谁好意思偷懒？一刀一刀割下来才是啊。

顾得发家也是早早下了田，顾越今天也没开船，二儿子和女儿虽然不会干农活儿，但烧饭的事儿就由他们去做了。这样说来，他们家真是"人尽其才"了。

在农业技术方面，顾得发不如妻子，尽管她腿脚不灵便，但不妨碍她手上的功夫。随着"滋啦、滋啦"的声音过后，眨眼间，一捆麦把子割完了。顾越可能遗传了他母亲的基因，在生产队里干农活儿的时间虽然不是很长，但干起活儿来倒也有板有眼，且手脚麻利，不逊于其他劳力。顾得发看看自己可怜的劳动进度，满脸酡色，继续埋头苦干。

午饭过后，在田头树荫下刚休息片刻的顾越被人叫走了。

顾得发妻子调整工种，下午她继续割麦子，顾得发将麦把子挑上场堆好。原计划割剩下一亩田的时候，父子俩开始挑麦把，现在所有的把子只能顾得发一人承担，因此得做出适当调整。

午后的麦把子都晒脆了，得轻拿轻放，有经验的男劳力都用把叉挑麦把子，顾得发有力气，但没技巧，再说距离也不算近，挑少了不划算，用什么办法才能多挑呢？顾得发想了个好主意，用绳子兜起来拿长木头扁担挑，不仅安全还能多挑。

这主意不错，顾得发一扁担能挑十来个麦把子呢，比人家强壮的男劳力还挑得多。

在田里干活儿的承包户们见顾得发一个教师能这样干活儿，觉得真是不容易。但这样干，人能吃得消吗？好心人提醒他悠着点，这才刚开始呢！顾得发自豪一笑，心想，这样干，挑得多啊！

太阳渐渐西沉，顾得发也挑了两亩田的麦把子，不过这都是比较近的，剩下的两亩田距离远多了，任务还很重呢，有腿疾的妻子你能叫她挑吗？

田里的小麦还有两畦未割下，但明早很快就能割完。现在该做的是将挑到场上的麦把子堆起来。

他们夫妻俩配合得很好，一个叉，一个堆，很快就堆好了，这时他们才感觉到累了。喝了口水，撑船回家了。

到家后，顾得发脱下了上身的衣服，扭头一看，这还是肩膀嘛，这分明是肉做的山芋垄子嘛！只见被木头扁担压过的地方陷了下去，两边鼓起来，而且都红肿了。妻子看得眼泪都快下来了，顾得发则轻描淡写地说："没什么，明天就会好的。"

第二天，顾得发不得已，只好请假，他还得把昨天剩下的麦把子挑完。扁担压在肩上，火辣辣地疼，腿也没昨天灵便了，灌了铅似的。可是没办法啊，儿子不在家，谁能帮助自己呢？只能挺直了腰杆，强忍着疼痛，慢慢挨吧！

看着一步一摇的顾得发，妻子心里十分难受，尽管腿脚不灵便，不能负重，但是她还是要为丈夫分担一些，她拿着叉子去挑把。顾得发看到了，哪里肯依，叫她歇着，说马上就能挑完了。

妻子不听还是要去挑。顾得发再怎么阻止都没用，她认为挑一担就少一担，又不可能越挑越多，反正闲着也是闲着，为什么不挑呢？顾得发火了，他说："你再挑我就不挑了，让你挑个够！"这是他结婚二十几年来第一次发火，样子着实有点可怕，像要将人吃了似的。然而要帮丈夫减轻负担的妻子，还是坚持着自己的想法。

争执也好，发火也罢，顾得发能真的撂下担子，丢下老婆，自己回家吗？那怎么可能，顾得发的用意其实妻子很清楚，她用她的柔情，她的细语，回答了顾得发。顾得发猛一回头，看到心善的妻子面带微笑，执着地装担子的样子和她那轻盈多情的话语："先生，你犟什么呀？我知道你的好意，不过我能帮你做点儿事情，心里觉得踏实点，你何必发那么大的火呢？"

这些话，还真的将顾得发说得没脾气了，他不再说什么了，只是担子挑得比刚才更重了。

累得像条死狗的顾得发回到家时，连洗脸的力气都没了，还是怜爱他的妻子懂得此时他最需要的就是香烟和茶。被扁担压弯了腰的顾得发并不埋怨生活，他觉得应该让孩子们也尝尝劳动的滋味，才是有价值的，也是有教育意义的。可是上班的上班，上学的上学，没机会啊。

这田里的活儿，并非做完一样就少了一样，其实种田就如同割韭菜，前面刚割完一茬，后面马上又会长出来一茬。麦子割完要脱粒，晒干了觉着可以松口气了，可熟作物又得忙着准备管下去。

夏收夏插最大的任务是栽秧，最要命的活计是耕作。

从没摸过拖拉机的顾得发，得请人代劳。可这农忙时节请谁呢，请谁都不好意思开口啊，更何况不分白天黑夜的，什么时候才能轮到自己家，没有个准确时间啊。他能做的就是早点将人家请到田里去，先是酒肉相待地等着，耕作好了以后还得再次款待以表谢意。幸好有“四侉子”，只要开了口，都会爽快答应。但有时也会落空，原先答应得好好的，可人家自己也要耕田，你说怎么办？只能干瞪眼，也不好怪人家，难道人家自己的田不种？顾得发为此大伤脑筋。

当然，像顾得发这样的情况，每个生产队都有，人怎么可能什么都会干呢？你叫那机工也去课堂上讲课，他能行吗？不过很多的技术活儿，学学就会了，掌握基本要领，再肯吃苦，没啥可怕的，开拖拉机毕竟不是开飞机。顾得发想试试。

这不，水田破垡，俗称斫田，顾得发就自己操作。尽管在这之前，他也跟学生讲过三机一泵，了解一些基本原理，但是实际操作，还真是大姑娘坐轿子——头一次。

开着拖拉机在水田里深一脚浅一脚地跟在机器后面溜，顾得发起初还感到有点新奇，半个小时不到，他就感到这活儿不好干。拖拉机在田里“突突突”地往前奔跑，可往往都是重复劳动，或者是错过了泥垡，得重来一次。顾得发在田里简直不是操纵拖拉机，而是跟拖拉机打架。他家四亩水稻田，用了别人十亩田的时间。

机工有点不满意，眉头紧皱，但又无可奈何，谁让你自己答应给一个“半调子”去操作呢，再说他又不是不给钱。

焦急等待的承包户不满意了，他们不怪顾得发，一齐指责机工：“你哪是机工啊，简直是机长的爷呀！让人家一个先生瞎折腾，你于心何忍？”话越说越多，语气越来越激愤，好在不管别人怎么骂，机工权当没听到，你急我不急，你磨洋工磨的是你的时间，你的油，跟我有啥关系？最后大家实在没办法，也不说什么了。

愤激的话并不能改变什么，最起码目前的运行模式就是这样，都是一个大队的，话说多了会伤了和气，更何况还得仰仗人家早点将机器开到自家田里去呢。与其发牢骚，还不如自己去把顾先生换下来，这样既提高些效率，也能卖个人情。这本乡本土的，谁没有需要别人帮忙的时候呢？

一向很倔强的顾得发此时只怕没人帮忙，有人相助，他感动得不知道说什么才好，赶紧丢下拖拉机。

人家到底是行家里手，一会儿就把他家的田斫好，再花半小时将田耰了一遍，整个水田就整理得水平如镜了。

一切准备就绪，只等约好插秧的妇女就开工。四亩田，至少要八个妇女，两个挑秧的。男劳力好解决，可这妇女到哪里寻呢？俗话说："一个雷，天下响。"你要栽秧，人家也要栽啊。别的人家一般都是工换工，也就是今天你帮我家栽秧，明天我帮你家栽秧。但是顾得发妻子是有工作的，请假只能一两天，连续八天不上班，谁会批你的假？就算领导没意见，工友也不同意啊，谁家没有田？这时候就算拿钱雇也雇不到人。没办法，还是到娘家搬救兵。顾越刚到田，就转身赶往东刘庄。

晚饭后，顾越回来了，他回报说："外公说了，后天风雨无阻来一男四女，这样我赶早买菜做饭，如果不下雨，我将中饭用小船送到田里去，如果下雨，我开供销社的机器船送饭过去，你们也好坐在船上吃饭。"

顾得发一听，眉头一皱。他说："如果不下雨，你送饭下田，如果下雨，我们就回来吃。你不可以用单位的船送饭下田，你没有这个权利！"

顾越说：“船是我的，没有谁会有意见的。”

顾得发说：“船是你家的吗？小小年纪，好的东西不学，歪门邪道怎么一学就会！”

顾越见父亲生气，吐吐舌头，不敢再争辩。

谢天谢地，两天后没有下雨。皆大欢喜。虽然栽秧身上基本都要被打湿，然而下雨，很多地方都不方便，人也难受。

梅子黄了，降雨相对集中。俗话说：“雨打黄梅头，四十五天无日头。”连续的阴雨天，下得人心烦。今天太阳终于羞答答地出来了，人们的心情也好多了。

上午八点，从秧池里起完秧的栽秧能手们下到田里插起秧来。只听见“唰唰唰”的声音，那是手接触到水面的声音。她们迅速向后倒退，前面留下一行行的新绿。大家都忙着栽秧，完全没有工夫拉家常。这种“唰唰唰”的声音其实就是一曲美妙的音乐。然而栽秧的人们还是感觉有些单调，在大家的推荐下，顾得发的邻居大嫂，领头打起了栽秧号子：

东边那个太阳哎
照在田野上了吆
水田那个茫茫好栽秧
妹打号子哥搭腔，哎嗨
哎嗨哎嗨哎嗨吆
哎嗨呀哈哎嗨吆
哎嗨哎嗨哎嗨嗨
叫你来来，你不来
说动那个小号子来
哎，哪说的啊

哎，他说的
春天里来百花香
哼呀哼啦，号呀好呃，小妹妹来
哎，家家户户栽秧忙哎
…………

这清脆的号子，是里下河流传了近千年的茅山号子。

这号子一打，栽秧的人动作似乎更加轻盈飞快。人们的心情也变得更加愉悦。

这号子中规中矩，味道好像淡了一些。顾得发的舅奶奶，领起头来，她唱道：

哎嗨呀哈，哎嗨吆
哎嗨哎嗨，哎嗨嗨
秧苗棵棵根连根
说动那个小号子来
哎，哪说的呀
哎，他说的
哥哥妹妹情意深
哼呀哼啦，号呀好呃，小妹妹来
哎，手上栽出情和爱。

这些大嫂大妈们平时从来不敢说什么情和爱的，甚至看到电影电视里有拥抱接吻的镜头，都会红脸，把头转到一边，等到洪水猛兽走了，才敢调过头来。可是打起号子来，这情哥哥、情妹妹的从她们嘴里蹦出来，却是那么圆润和清脆，难怪顾得发也听笑了。

他这一笑不打紧，栽秧的妇女们笑得更欢了，她们忘了辈分，忘了场所，放声地笑了出来。

于是那稍带点色彩的号子也就很自然地唱出来了。她们不图别的，只图开心，只图提高劳动效率。

号子声会传染。这里号子刚停下，旁边田里的妇女就接上了。霎时间，空旷的田野上空飘动着愉悦的栽秧号子声，让人听了都以为这面朝水田背朝天的栽秧活儿，是天底下最轻松最快活的活计。

里下河有这么个传说，玉皇大帝为了了解民情，派太白金星下界考察，看看什么人最苦，什么人最快乐。太白金星在半空中巡视一圈，向玉帝汇报调研结果："玉皇在上，据微臣多方巡看，四处打探，觉得天底下最苦的是喝酒之人。您看他们每嘬一口，便双眉紧皱，很费力地咽下去，从他们满脸痛苦的样子可知，喝酒是最苦的事。天底下最快乐的人，要数乡下踏大锣车的人。他们男女组合，敲着锣唱着歌，足以见得十分快乐。"玉帝听了频频点头称是，并表扬了太白金星工作深入实地，卓有成效。

劳动的号子响起来，挑担插秧手脚快。这不，太阳下山，晚霞映红了西边天空的时候，顾得发家的四亩田的秧插完了。

收工回家，顾得发夫妻俩顾不得洗把脸，赶紧奔向厨房，帮着张罗晚饭，款待帮助插秧的女将们。

从不喝酒的顾得发开斋了！他劝亲戚、邻居，能喝酒的来点儿白的，不喝酒的来点儿饮料。

这顿晚饭吃得开心，不是今天的菜肴有多名贵丰盛，而是这是分田到户的第一次插秧。忙过今天，人们像耕田的老牛放下牛轭头，轻松多了。顾得发一家绷得紧紧的弦，可以稍微放松点了。

如果不是那场变故，顾得发的一生估计就只有读书教书这两件事了。不知是现实跟他开了个玩笑，还是命中注定他要读各种各样的书。这不，他又认真读起《水稻高产栽培技术要领》和《陈永康水稻栽培经验》来。

顾得发边读书边琢磨，遇到不清楚的问题就问朋友问邻居。他在田间管理上一着不让，但所投入的人力物力却没有其他承包户多。待到水稻快要成熟的时候，大家傻眼了。他家的“南优”稻，秸青籽黄，每个稻穗都低下了头，压弯稻秸的腰。人们经过他家田埂时，都要停下来观赏一番，发出很多感慨。

顾得发不能多说什么，不是因为他的低调，也不是不肯将“宝贵经验”传给他人，他也搞不清楚是自己管理有方，还是老天有眼，他只是摸着石头过河，他还要继续实践！

收获的季节到了，全家老少齐上阵，又有丈母娘家劳动力的支持，不下一天工夫，便收割登场，等待脱粒。

这秋收的农活儿相对轻松，人们又觉得这田还是好种的。

四亩田的稻子晒干运回家，堆了个大稻积子，从没看到这么多粮的家人乐得合不拢嘴。

第七章

纠结

一

黄昏时分，仇老三终于挨到了家门口。十多公里的路，后面的三四公里，不是他骑车子，而是车子骑他。没电的电动车比板车难推多了。

肚子饿了的人，一用力饥饿感就越强，也就容易生气发脾气。浑身是汗的仇老三，先埋怨车子：怎么这样捉弄人，你多蓄点儿电，我哪会受此窝囊气？再骂自己：偷屎吃的记性啊，停好车子怎么就忘了充电呢？他想骂老板，又不忍心，你捧人家的饭碗，人家又不差你一分钱，好意思骂吗？不过你不出馊主意，我哪会去给吉江文“意思意思”，何故遭此罪？话又说回来，人家也是为我好啊，不该骂！该骂的是副镇长吉江文！在我面前装什么廉洁？你那红的绿的我又不是没有看见，装 × 吧！你以为猪鼻孔里插两根大葱就是大象了？骗你自己去吧！

提起这个副镇长，他就饱了，不骂几句，晚饭都吃不下去。一想到在他家的狼狈样子，仇老三的脸不由得又臊红起来。

未到下班时间，他就将用雨披包好放在老板办公室里的礼物拎上了电动车，兴致勃勃地走了。

仇老三前脚到吉江文家门口，吉江文的车子后脚就到了。仇老三心里乐开了花，又是很顺巧啊！他除下头盔，捋一捋头发，理一理工作服，学着别人的样子，按起门铃来。他有生以来第一次给领导送礼，既别扭，又紧张。吉江文一开门，仇老三便钻了进去。突然冒出个送礼的，吉江文很高兴。可仔细一瞧，此人似曾相识，再一定神，想起来了，乔东村的仇富。看到仇富拎着两瓶海之蓝，黑方便袋里有两条玉溪香烟，他的嗓门大了："仇富，你干什么啊？你把我当什么人啊？谁会要你的东西？快点拿走！"

仇老三耷拉着脑袋，不好意思地说："一点儿小意思，不成敬意……"

"什么小意思大意思的！我怎么可能收礼？你也不打听打听！"

仇老三不好说自己昨天的所见所闻，只是执意要将礼物留下。

吉副镇长声音更高了："原打算跟你村干部斟酌一下，看看如何解决你的问题，你这么一搞，我还敢管你的事？走开，赶紧拿着你的东西滚出去！"边说边拿起酒袋子往仇老三怀里塞。仇老三哪里肯接，求神拜佛得烧香，请人办事哪能不破费？你不收我的礼，还能帮我的忙？就在他犹豫不决的时候，吉副镇长大喝一声："仇富，你再不拿走，我就掼到你的头上去！房地，你也就不要再想了！"

掼到头上并不可怕，挺多挨几天疼，房地不再想，万万使不得！绝不能惹领导生气！他乖乖接过袋子，灰溜溜地退了出来。

他一出门边，后面就是重重的关门声。

"这也是送礼？简直是……"吉江文气坏了，仇老三在门外整理东西的时候，里面电话铃响了，吉江文一边拿起电话，一边嘴里骂仇老三！

二

乔泽庄东首有一条蜿蜒的河流，河水清澈见底，两岸绿树成荫倒映水中，一年四季都有人在此垂钓。

这条河将集镇与农田保护区很自然地分开，一座机耕桥与河西六十多亩的非耕地相连。

非耕地变更为村民建筑用地的审批手续，终于在上年初，完成了五年的长途旅行，尘埃落定了。

接下来的一年多，新建的别墅犹如有了春雨滋润的竹笋，一下子冒出了许多。

早就想翻建旧宅的仇老三坐不住了，“我也要建别墅”！这想法，如这开春的青菜一天高似一天，转眼间便花满枝头了。

仇老三，姓仇，名富。这是一个容易引起歧义的姓名。搞不好被理解为“仇视富人”。“仇”作姓，与“求”同音，意思就是求富求财。高中毕业后，仇老三就一直在努力求富求财。

如今手中攒了点儿钱，儿子二十出头了，好歹要建个窝。没有梧桐树，何来金凤凰？没有好房子，哪家姑娘肯上门？

自从有了建别墅的想法，他除了上班，所有的心思都在这上面。他常梦见自己住在漂亮的别墅里看着电视，品着小酒，有时还来一两句小曲。每天上下班本来有近路可走，但现在他总要绕道而行，从河西六十亩那里走一趟。他觉得不从那里走一下心里就空荡荡的，但每从那里走过，建别墅的欲望就增加一成。

他的妻子崔华琴，是一个手快嘴更快的急性子，人称“萝萝藤”。有时仇老三忘了什么或做错了什么，崔华琴会破口大骂：“你还不要死的，这事情你忘了？”或“你这个要死的，这事不应做好吗？”仇老三不急不躁，淡淡地说：“嗯啦，你跟个要死的人还有什么好说的？”一句话把崔华琴呛得七窍生烟，可就是找不到再骂下去的理由，只好偃旗息鼓了。

这一天仇老三说要建别墅，崔华琴一反常态，没有叫，也没有骂，而是跑到丈夫跟前，盯着他的脸看了又看，又用手在他眼前晃了又晃，然后关心地问：“你，没事吧？”

仇老三一脸疑惑：“你，什么意思？”他随即领会过来，反击一句：“你才有病呢！”

崔华琴狡黠地说：“不是这个意思，我以为你睡着了，在做美梦呢。我们有多少钱，你不是不知道，够吗？”

“你这个‘萝萝藤’，只知道乱放炮，就是不用脑！一天到晚跟我鬼叫！”

“嗯？你是我男人，我不跟你叫跟谁叫去？光棍郎多的是，我去跟人家叫，你肯吗？”崔华琴反唇相讥。

“我们现在手中已有二十七八万，加上今年我们一家三口的工资十多万，就是四十多万。建一幢别墅前后需要一年的时间，明年又有十几万的收入，这样算来，只要不讲究高档，建房所需的款项应该差不多了。”

崔华琴一听仇老三剔骨头算命后，豁然开朗，不禁眉头一扬，咧开了嘴：“你这个哼瓜，原来脑子蛮灵光的嘛！你是说，我们也可以建别墅，太好了！那就建吧，还等什么啊！”

“你以为是画画，说建就建，宅基地在哪儿？没有房地，建在空中？”

“这倒是。那你抓紧时间去申请呗。我看这样，明天下班后你先跟人家问问，了解一下情况，做到心中有数”。

三

傍晚，仇老三耷拉着脑袋，坐在天井的台阶上烧烂烟。崔华琴见他这副样子，估计情况不好。任凭她怎么问，仇老三就是不开口。崔华琴再也忍不住了，说："你这个闷葫芦，一遇到事就像霜打的嫩菜一样，蜷下头。多大的事啊，天塌下来了？"

"我没本事，就你能！你晓得吗，我们手中的钱不够买一进房地！你说气人不？"

"哦，杀人了！哪能这么贵？这钱是偷来的，骗来的，还是自己家里印的？一块胖婆娘屁股大的地方要这么多钱？"

"目前的行情：村里安排，所有费用在内，十一万六；他人转让三十万，好的地段三十五万，还有更高的。要不要随便你，人家不愁卖。你说怎么办？以前我们没申请，现在难度大了。咋办？"

"这就是说，跟个人买，我们积攒了几年的钱还不够？就是买下了，撂在那里，猴年马月才能攒足建房款？那现在申请安排房地行吗？"他老婆问道。

仇老三说："打听过了，找了支书、村主任，他们对咱家的情况十分清楚，一家三代蜷在只有五六十平方米的老房子里，应该安排。要是放在以前就简单了，现在难啊，权力已被分管规划建设的副镇长吉江文摘去了，没有他签字，谁也不敢做这个主，做了也没用！"

崔华琴一听急吼吼地说："那就去找副镇长。你今晚把申请写好，明天去找他。"

"嗯，吃过晚饭我就去找人写。"仇老三点了点头。申请书他本来能写，但他不敢写，生怕出错而误了大事。

晚饭后，他去商店买了香烟。平时他只抽四五元的烟，今天他一咬牙，买了两包玉溪香烟。今晚要用，明天请镇长办事也得用啊。

写申请，村会计是最佳人选。买好香烟后，他直奔会计家。都是早上不见晚上见的人，更何况三年一次的村委会改选还需村民们拥戴呢，会计满口应承。由于熟门熟路，申请书很快就写好了。他叮嘱仇老三，找支书签个意见，再拿过来盖公章。

今天，顺风顺水顺到家了，正当他跨出会计家大门的时候，碰到了来会计家谈事的支书。仇老三喜出望外，脸上缀满了笑容，连忙给支书敬烟。支书一见仇老三今天也抽玉溪香烟来，便打趣道："怎么，又涨工资了？香烟的档次明显提高了嘛。"

仇老三忙解释道："哪里，哪里，麻烦你们办事，三五块钱的香烟好意思拿出手？"

支书马上想到前几天仇老三向他打听的事，于是直接问道："是为房地的事？不是跟你说清楚了吗,现在我们真的无权解决，镇长负责把关呢。"他两手一摊，意思很明白，爱莫能助！

仇老三一听急了，正想争辩，会计拉着支书到门外不知说了些什么，返回后支书说："我们同意你的申请，但能不能得到镇长的批准，不是我们的事。"为了能让仇老三领情，他又说："今天同意了你的申请，明天我们就得挨骂！唉，为了村民多挨一次骂也无所谓。"说着拿起桌上的笔写下意见并签上自己的名字，会计在上面加盖了公章。

仇老三拿着盖有鲜红圆戳的申请书，如同领了圣旨，心里乐开了花。和煦的春风吹在身上暖烘烘的，明亮的路灯照着他回家，他边走边哼起了小调。

四

第二天一大早，仇老三就向所在厂的张老板请了假。

他打听到了副镇长吉江文有三处办公室，一处在政府大楼，一处在开发公司，还有一处在分管的片部，正常情况上午在片部开会、办公。

早饭一吃完，仇老三就赶到了片部。一打听，早上有个会，吉副镇长主持。他想，人家开会，我不如再去别墅区看看。转了会儿，他去了片部。

大门口车子少了好多，应该是散会了吧。镇长的车子还在，人肯定没走。他摸上了二楼，东边第二个墙牌上写着“片部负责人”。

未到门口就闻到了一股香烟味，办公室里有人！仇老三高兴极了。

到了门口，他抬头看到一个面方耳大，五官匀称，梳着大背头，那头发如同淬了火的钢丝，较有力度地弯曲着。一个已经发福的人安闲地坐在椅子上，右手夹着香烟，左手端着茶杯，正在看手机，手腕上的手表金光灿灿的，有点刺眼。他怀疑自己走错了门，跨进去的右腿想缩回来看清牌子。可就在这时，坐在椅子上的人开口了：“嗯，干什么的？”

他有点紧张，结结巴巴地答道：“找吉镇长……办……点事……”边说边重新抬起头来打量着眼前问话的人，他相信，此人肯定不是吉副镇长，那白皙富态的样子，财大气粗的腔调，哪能是人民的公仆呢，典型的大老板形象嘛！但既然来了，就不能不打听清楚，于是他壮着胆子问：“您是吉镇长？”

“不像吗？”那人将身体往前挪了挪，继续看手机。

仇老三抖抖擞擞地从口袋里掏出玉溪香烟，抽出一支，躬身敬给吉副镇长。

吉镇长眼睛没离开手机，说："讲吧，找我有什么事。"

尴尬的仇老三只得将烟放在桌上，说："我想建房。"

"建房找规划建设部门去啊，找我有何用？"

"村干部说，要您签字才有效啊！"

吉副镇长马上警觉起来了，问道："你是哪个村的？"

"乔东村的。"

"乔东村的，你要建别墅吗？"

"是……是的，请您帮帮忙……"

吉副镇长立即截住他的话："不是我帮不帮忙的事，你知道吗？现在严格控制私建别墅，提倡住公寓楼，以节约土地。这是国计民生的大事，你不能叫我违反国家政策吧！"

仇老三此时似乎比吉副镇长还要熟悉相关政策和规定，他知道那一条——不得新增别墅用地，已征用的除外。他于是急忙说："这个我清楚，已批准的除外。乔东村就属于这种情况。"

吉副镇长一听，此人吃透了精神，不好糊弄。他不得不搪塞道："哦，你晓得就好，但有一点你还应该清楚：建房需申请，再核实，然后会办，要走程序。个个都跑来跟我要房地，两眼一抹黑，我知道你是谁？你先向村里提出申请，由他们申报，然后有关部门负责人共同研究讨论确定。"

仇老三来劲了，激动地拿出了申请书说："村委会都同意了，盖了公章呢！"

"盖了章就有用吗？他们是乱作为！乱作为比不作为还要坏！你先回去吧，过两天再说。"说完从抽屉里拿出软中华，抽出一支叼在嘴上，点着了。仇老三的玉溪被晾在了一边。

仇老三脸上燥热起来，拿着申请书的双手有点颤抖，那张纸发出了窸窸窣窣的声音。

吉江文见状，便懒懒洋洋地问道："乔东村几组，叫什么？"边说边拿起桌上的记号笔，准备在记事板上写下来。

仇老三立即回答道："姓仇，单字一个富字，乔东村二组。"

吉副镇长问："哪个求，哪个富？"

"大贪官'仇和'的'仇'，'为富不仁'的'富'。"仇老三说。

吉副镇长听到"大贪官"三个字时，手上的香烟灰掉在桌上了，他连忙吹掉，再听到"为富不仁"时脸色阴沉下来，没好气地说："报你的名字就是了，哪来那么多废话！好了，你回去吧，过几天会有人告诉你结果的。"

"那是那是，我也是为了能说清楚我的这个姓这个名。"仇老三一边躬着腰一边解释道。

"你回去等着吧！"

"好！好！好！"仇老三一边说一边往外倒退着走出去。

仇老三有点不敢相信，两包烟没用完，就可以省下二十万？天底下有这么简单的事？我是谁？可你听听，人家镇长说了，过几天会给答复的。要相信人民的干部！人家受党教育多年呀，素质肯定不一般！

五

吃过中饭，仇老三便去上班。半天班也不能耽搁，耽搁了半天，建房的钱就少了一分啊！

刚进厂门，就碰上了张老板。张老板问仇老三为何请假，他如实汇报。当提到“吉江文”三个字，老板立刻提醒他要重视这件事，不能空口说白话，要意思意思，边说还边意味深长地将下巴往仇老三这里送了送。

“意思意思”，怎么意思？他一下子没了主张。

回到家，与崔华琴谈起这件事，听说这是老板的意思，她便认真寻思起来。是这个理啊，哪能让人家白帮忙呢？今天来不及了，明天回来买好东西送去吧。可他家住在哪里还不清楚，不能送错门啊。对，明天问老板，他肯定知道。

第二天下午五点不到，仇老三就依老板的指点去认门。

他穿着工作服，戴着头盔，骑着电动车驶进了一别墅区。他慢慢转悠，好像贼子踩点似的，人们用警惕的眼光打量着他，他倒借机问清了吉副镇长家的准确位置。于是将车子停稳，一边坐在车上看微信，一边等待镇长回来。

随着一阵汽笛声，车库门徐徐升起来，吉副镇长下了车，按动遥控器，车库门又慢慢放了下来。就这么巧，这时有人按响了门铃。仇老三看到了手拎礼品的刚出来，后面拎皮包的就来了，吉副镇长总是笑脸相迎，将客人请了进去，短短几分钟拎皮包的出来了。送客时吉副镇长笑得更灿烂了，又是握手又是话别，什么“请多关照”“你太客气了，下次不许”“小意思，没什么了不起！”都是些客套话，又像是暗语。

仇老三明白了，怪不得张老板要他给吉副镇长“意思意思”。

可现在，仇老三差不多是被吉江文赶出了门。

他还听到吉江文在骂人，仇老三不明白吉副镇长这是发的什么火。他现在管不了这么多了，他愁啊！一个男人连礼都送不掉，回家如何交差？

挨到家门口的仇老三，像泄了气的皮球，蹲在门外，没精打采地掏出了香烟点燃。

就在他点着烟的时候，家里传来支书的声音："他这个冒失鬼，怎么想起来跑到人家去送礼呢！人家一个镇领导，怎么可能收村民的礼！再说你能送什么给人家！等他回来我倒要看看他送的什么礼！"

崔华琴忙不迭打招呼。

仇老三假装听不见，仍然蹲在那狠狠地抽烟。

支书说："对不起有何用，我的头都被骂掉了，还要连声赔不是。人家发狠了，'这种人给他安排房地，不是助长歪风邪气吗？'你说叫我们怎么办？这事八九不离十要黄。"

听到这话，崔华琴急了，她一着急就容易出铳："他敢！我个赤脚的还怕他穿鞋的？可恨的贪官，我跟他拼命！"

这时，村会计也来了。他发现仇老三蹲在外面不进家，便说："怎么打了胜仗，还不赶紧回去领赏？"

支书听到会计在门外说话，便跑出去看，见仇老三蹲在地上抽烟，说："来来来，让我们看看给人家镇长送的什么礼？"

一切都被点破，仇老三站起来了，拿着未送出的礼物送到支书跟前，支书一看便捧腹大笑起来："哈哈哈，你这个小气鬼，你以为镇长是什么人，会收你这点儿礼，打发叫花子吗？这点儿礼孝敬你老丈人还差不多！"

仇老三白了白眼睛，说："你是说，礼轻了？"

支书赶紧截住他的话："这话是你说的，我可没说啊！"

仇老三疑惑不解地说："你怎么知道我给他送礼的？"

"现在是什么时代？你还没离人家门口，人家电话就打过来了。骂人的话着实叫人受不了。”支书摇了摇头。

会计接过口来说：“可不是嘛，我也刚接到电话，也被他一通臭骂，责怪我给你盖公章呢。”

“嗯啦，话不多说，到时候，你只要证明我们来做过工作就行了。”说完支书便拉着会计赶紧离开。

仇老三夫妇哪里肯依，一定要留他们吃晚饭。支书态度很明确：“山珍海味，我们都不能吃，也不敢吃。不要让我们‘罪加一等’了。至于下面怎么做是你们自己的事。酒留着以后慢慢喝吧。”说完头也不回地走了。

六

早晨上班后，仇老三来到老板办公室汇报昨天情况，张老板一听，笑得前仰后合，把仇老三的脸又一次笑红了。

张老板打了一个激灵，突然就停住了笑，为了扩厂，他几次提出申请，“意思”过多次，可这个吉江文就是拖着不办。这是个契机啊，何不趁机……对，下好这着棋！想到这儿，他的脸上不禁乐开了花。他低声地给仇老三支了几招。

最后张老板说：“你放心，只要按计划行事，‘面包总会有的’。从明日起，你天天去办公室找他，看他怎么回答。”

第二天上班时间一到，仇老三便来到了政府大院，门卫告诉他，吉镇长没来。当他赶到片部时，所有的门都锁上了。

第三天，他再去政府找吉副镇长，有人告诉他，吉镇长到市里开会去了。

第四天上午，吉副镇长在参加党政联席会。这次仇老三再也不肯让机会失去，他一定要等到吉镇长。他坐在楼梯口死等。

两小时后，有人如厕，吉副镇长也出来了。仇老三赶紧跟上去，掏出玉溪香烟敬上一支。这次吉副镇长很赏脸，接过去点燃了，而且真的抽起来。未等仇老三开口，吉江文先开口了："你的事，过两天再说，还没有空跟你村干部碰头。"说完便走进了厕所。

仇老三站在原地琢磨吉副镇长的话，听话音人家并没有回绝，看来还有戏。

吉镇长出来时见仇老三还在，就说："你怎么还在这里？总不可能现在就答复你吧。"

他又一次怀揣希望回去了。

一晃又是三天过去了，还是没有任何消息，仇老三估计吉副镇长玩的是缓兵之计。不管他了，死马当作活马医。他天天早上去办公室找副镇长，多数都是扑空，有时人在，却在开会，不会客。

看来只有下班后去他家了。张老板认为很有必要。

当天下午，仇老三又提前下了班。他骑上电瓶车直往吉副镇长家开去。

吉江文五点多一点儿也就到家了。不久就有一个衣着考究、戴着金表、拎着皮包、容光焕发的中年男子按响了门铃。门开了。开门的是一个中年妇女，仇老三没见过，估计是镇长夫人。她在门口，先向两边望望，再朝前方瞧瞧，当她看到大门对过的仇老三时，不禁双眉紧皱，迅速关上门。仇老三将这些精彩的镜头摄了下来。

刚才进去的那人一会儿就出来了，随手关上门。这次吉江文没有出来送客。十多分钟后有人开车子来了，他将车子停在了大门的一侧，先按响门铃，然后从后备厢里拿出东西，开门的还是那女的，还是像上次那样警惕性很高的左瞧右看，然后再次将目光投向大门对面，还低声地骂了句什么。

进去的人时间不长便出来开车走了。

六点不到，有车子将吉副镇长接走了。仇老三完整摄下前后四批人员来来往往的视频。

次日上班后，他将昨日拍的视频给张老板看，张老板说目前单凭这些记录还不能说明什么，如想达到目的还需要……

当天他又去了，来来去去的人明显减少。

第三天，前来拜访的人更少了，只是吉江文的车子出入车库几次，家里的油烟机也开了。

他不得不硬着头皮前去问一下："镇长在家吗？"答得很干脆："不在！"

他没有其他办法，只有死守。

第四天、第五天，他能听见油烟机的"呼呼"声，偶尔看见吉江文和朋友在庭院里赏花聊天。他想上去问一句，又觉得有点唐突，再说吉镇长对他视而不见，使他没了主张。他不敢贸然闯进去，他期盼吉副镇长能召见他。

大门洞开，仇老三怅然。

仇老三仍然很执着地在吉家大门口蹲守着，他只有消极地等待，跑进去听到的也是恶声恶气声，他只能静观死守。

这些天来，一天比一天清静，静得再无人造访。普通百姓家还有邻居串门，可一个手握全镇建筑用地的副镇长家无人登门，这好像有点不合情理。仇老三想破脑壳也找不到合理的解释。

见不到镇长又没有真凭实据的仇老三十分沮丧，看来自己的指望要落空了。怎么办？

第二天仇老三没有行动。这出乎吉江文所料。

七

这天傍晚，“萝萝藤”来找吉副镇长。

她拉开吉江文家客厅纱门，也不问家里有人没人，径直走了进去。一进客厅，她便被室内的高贵典雅环境惊呆了，室内装潢富丽堂皇，考究的红木家具，超大屏幕的电视机。这些都是她很少见的。整个家里收拾得一尘不染，可见女主人是个爱干净的人。她看着那崭新的真皮沙发，还真不忍心坐下去呢。

听到有人进了客厅，在楼上打扫的镇长夫人，忙走了下来。她一到木质旋转楼梯的中间，便看见一个身穿油兮兮工作服的中年妇女站在沙发旁，身边还放了一个布袋子，便很不舒服，高声责问道：“你是谁，到我家里来干什么？”

崔华琴没好气地说：“这不是吉镇长的家吗，找他有点事！”说完便一屁股坐了下去。唉，你别说，这真皮沙发就是不一样。

镇长夫人说：“有事到他办公室去谈，到我家里来做什么？请吧！我要出去了！”边说边跑下了楼梯。

崔华琴说：“你出去，我也不走，我一定要等到他！”

镇长夫人说：“你不要等了，今晚他回来不会早。等他回来我跟他说一下，明天会在办公室等你。走吧！”

崔华琴说:“不管他什么时候回来,我都要等,哪怕等到天亮。你放心，我一不偷，二不抢，也不会吃你家的茶饭。”说着解开了布袋子，拿出了两桶“康师傅”扬了扬，说，“别担心，我带了晚饭和早饭，绝不麻烦你管饭。”

镇长夫人没法了，只得到天井里打电话。电话里传来吉副镇长的声音：“没事，我已到家门口，我看看哪里来的泼妇！”

听到车库门声，崔华琴估计是吉江文回来了，便给仇老三发信息："人已到家。"

仇老三给妻子打气："不用怕，再狠不敢把你吃了！"

吉江文一停好车子，便直接来会崔华琴。刚到客厅他就大声质问："你是哪里人，找我有什么事？谈工作请到我办公室去！这是我的家，谁让你进来的？你给我出去！"

崔华琴也不是省油的灯，吵架对她来说本是件擅长的事。原本双腿平放的她，经吉江文这么一问，索性跷起了二郎腿，还挑衅似的晃了晃，用生硬的口气答道："你不当这个副镇长，我跑到你家来做什么？我是乔东村仇富的妻子，来请你给我们家的申请书上签个字。"

吉江文一听是天天来蹲守的仇富，便火上膛屋："仇富，就是天天蹲在我家门口的那个吗？怎么没招了，换个泼妇来我就怕了？要知道现在是法治社会，容不得你们这些刁民胡闹！"

崔华琴一听吉副镇长说话太不礼貌，也就不客气了："你个屌副镇长有什么了不起？你当你的官，在我面前摆什么威风？我们找你是因为建房用地的大权被你独揽手中。你将个黄历倒抓在手中，我个老百姓怕你什么？还有，刚才你说的是人话吗？像个干部吗？"崔华琴教育起副镇长来了。

吉江文副镇长哪受过这种言语攻击，更何况是一个农妇，他口气更大了："怎么，我就骂他是条狗，天天坐在我家门口给我看家护院！我骂了他你有什么办法，你能给我把天翻了不成？"

崔华琴还击道："你个贪官，凭什么骂人？你为人民服务，我尊敬你是个干部；你贪赃枉法，我就说你是个屌毛灰！是我大腿两边的污垢！"进入角色的崔华琴越说越来劲："你自己才是条狗呢，拎皮包的捧着贵重礼物的老板到了，你就摇头摆尾，笑脸相迎送；我们老百姓两手空空来了，你就汪汪叫。你是条大狼狗！”

吉江文越听越受不了，他跑到崔华琴跟前，抓住她的手，声嘶力竭地说：“你嘴里给我放干净点，诽谤他人是要负法律责任的！你这泼妇，给我滚出去！”

崔华琴哪肯甘休，回击道：“你别跟我舞鬼，你不腐败，哪来的钱造这么好的房子,买这么高档的家具？你拿多少工资？！”说完便用右手去掰他抓着的手，并努力将身子往后埋。

见此情景，镇长夫人也赶过来帮着拉崔华琴。

天已热起来了，人易出汗手臂打滑；这里一方用力过猛，一方拼命抵抗，崔华琴本是长期从事体力劳动的妇女，按说力气比拎皮包领导小不了多少，她挣脱了吉江文的手时，身体失控，一个趔趄往后倒去。只听见“扑通”紧接着就是“哗啦”，她跌了个四脚朝天，后脑勺撞在了玻璃茶几上，顿时，血流如注。镇长夫人吓呆了，站在一旁手足无措。

见到自家茶几碎了的吉副镇长，没有顾及崔华琴这么重重地摔下去是否受伤了，他觉得早就该给公安分局打电话了，应该将这私闯民宅的不法分子抓起来，最好拘留她几天。他不能再含糊了，一阵措辞十分尖锐的电话后，约莫五分钟，公安分局值班的副局长带领两名警员，手拿警棍，腰别手铐赶到了吉副镇长家。

躺在地上的崔华琴一手捂住伤口，一手在空中挥舞着，嘴里大叫：“救命啊，镇长夫妻两个打死人了……”她的哀号声、叫骂声、求救声引来了许多邻居，也惊动了仇老三。人们都在做说服劝导工作，叫她赶紧去医院。可无论怎么劝，她就是不听，她只认一个死理，姓吉的说了警察来把她铐走，让她坐牢。

人们劝不住，吉副镇长仍然怒不可遏，仇老三在一旁拍照，说要留下证据。拍好后，他指着吉江文说：“你一个堂堂的镇领导，打一名上门请你办事的妇女，你还配当干部吗？你还是人吗？你有本事叫人把我们都抓走坐牢算了，否则，我跟你没完！”

警察拨开人群来到室内，见地上有一摊血，副局长二话不说，连忙下令：“立即送医院！”

崔华琴的蛮劲儿上来了，她不顾后脑勺在流血，满手是血的双手合在一起伸至警察跟前说：“把我铐走吧！我还没带过这么大的手镯呢！”

副局长命令俩警员：“还愣着干什么，赶快送医院！”他俯下身来做崔华琴的工作，“这位大嫂，其他事情暂时不谈，治伤要紧！”

崔华琴哪肯起来，她提出要求：“是姓吉的把我的头打破的，我要在他家养伤！”

副局长说，赶紧治伤。

崔华琴说：“去医院也行，我男人留在他家等我回来，不然我宁可血流尽了死在他家，也不去医院！”

副局长也没跟吉副镇长打招呼，当即表态，治好伤仍送她回来。他边说边去扶起躺在地上的崔华琴上了警车，直奔医院急诊室。

伤口长七厘米，缝了五针，拿了消炎药，医生建议挂水消炎，崔华琴不同意今天挂水，她惦记着还在吉家的仇老三。他们只好用警车将其送回，并做笔录。

看到头缠白纱布的崔华琴，吉江文眉头直皱，心里大骂副局长不着调，这情景犹如家里办丧事啊。可他不能说出口！

仇老三看着受伤的妻子，心里很难过，他实在控制不了自己的感情了，开始破口大骂吉江文。

笔录做完，副局长一再做工作，可仇老三夫妇就是不答应回去。副局长悄悄地对吉江文说，我们已尽力了，还是想其他办法将人劝走吧，毕竟是在你家里。吉江文是听得出潜台词的，那熊熊烈火也渐渐熄了，想办法把人弄走为当务之急。想什么办法呢，他眉头一皱，眼睛一翻，有了！对，叫乔东村的干部派车把人带走，不行再叫仇富厂里的老板也来帮忙做工作。仇富身上的工作服有厂名，他老板正有求于我呢。

他送走警察，立即给人打电话，电话那边回话，马上就到。

乔东村的支书和村主任一到，立即劝仇老三夫妻俩先回去，有什么话过两天再说。他们无论怎么说，就是不能说动她的心，两位村干部感到束手无策了。

吉江文再次跑到门外给仇老三的老板打电话："喂，到哪里了？怎么还没到啊？"

"噢，镇长啊，我在往你家赶呢。刚才堵车，马上就到。"故意停在路边抽烟的张老板装出很着急的样子。

"快点，快点！赶紧给我把这一对活宝弄走！人家村干部早就到了。"

"好，好，我就到，我就到！"说完摇上窗玻璃，发动车子，慢悠悠地往前开去。三公里的路开了一刻钟。此时的张老板十分开心，心想，我就是要磨你的心脏！你平时眼睛总是长在额头上，何时认得人过？求你办个事，意思到了，还总是推三阻四，甩足了派头。今天也让你尝尝求人的滋味！

不久，张老板的手机又响了，他接听键一按"喂"字刚出口，马上传来吉江文的声音："喂，兄弟，你到哪里了，急死我了！"

"快了，转过弯就到了。不要急，没什么大事！"他不忘宽慰吉副镇长一句，然后方向盘一打，车子一转弯，就到了吉家门口。

一进吉江文家门，张老板就吼了起来："好个仇老三，你怎么跑到镇长家里来闹事呢？有什么事不到镇长办公室谈？你看把人家里搞成这个样子，像话吗？"

仇老三辩解道："我又不是不去办公室找他，他总搪塞我。今天这个样子，全是他一手造成的！"

张老板说："你不要再说了，你这个不着调的！"他转过头来对崔华琴说："老三家的，不要闹了，回去吧，不许赖在这里！有什么事，告诉我，我来协调。好不好？"仇家夫妇不松口，只有村干部不住地点头。

张老板给吉江文使了个眼色，两人走了出去。他们低声嘀咕着。

张老板再次回到客厅的时候，底气似乎更足了，他对仇老三说："仇富，我问你相信不相信我？你点头就好，如果不帮你把事情处理好，你不上班，我都发你工资。你若不信，我可以写一笔给你。"说着就要拿笔，被仇老三拦住了。

话都说到这份上了，可崔华琴仍不肯答应。支书急了："崔华琴你真是个'萝萝藤'啊，人家老板都这样说了，你还想怎么样？处理事情也要给人一点儿时间嘛。"

这时的仇老三似乎很通情达理，他跑过去拉起妻子低声说："先回去吧，老板的话，我们要相信！还有，你怕什么，我有视频和照片呢。再说这么多人都在呢。走吧。"边说边用力去拽妻子。村主任、驾驶员一齐用力把崔华琴架上了车。仇老三也骑上了电动车，他不忘回过头来叮嘱一句：“一切都听老板的，我们先走了。”

送走众人，张老板与吉江文握手告别。吉江文要留他吃晚饭，并说：“一直在忙，把你的事都给耽搁了，马上来给你协调。”

张老板一听，马上表示感谢：“过两天把这事处理完了，我来请你喝酒。今天就都不客气了，过两天我请你！”

八

吉江文心里踏实多了，估计“萝萝藤”不会来缠他了。哪知刚到办公室，便看见一个熟悉的身影出现在门口，他问：“有什么事？”来人不答话，只是小心翼翼地摘头盔。吉江文没好气地说：“你找哪个？”

回答声把他吓了一跳：“就找你！”天哪！“萝萝藤”来了！“你以为，把我的头打破了就没事吗？我要去告你！你这个凶手！”

吉江文不像昨日，语气平和多了：“话不能这么说，又不是我打的，是你自己跌破的。”他边说边跑进里面打电话：“兄弟，仇老三的家属跑到我办公室来了。”

“啊，哪能这样呢？我这就叫仇富给她打电话。你不要急。”

果真两分钟不到，“萝萝藤”的手机响了，她问：“你打电话做什么啊，他把我的头打破就没事了？我不找他，还以为我怕他呢！”

手机用的是免提，仇老三在电话里说：“你先去挂水吧，老板答应过的事情你怕什么？没事的，去挂水吧，不然我又得回去一趟。”

崔华琴今天好像很听话，收起电话，不忘戴头盔，临走时撂下一句：“你不给我把事情处理好了，我会天天来的！”

天天来找麻烦，既烦神又丢面子，怎样解决呢？吉江文坐下来，边抽烟边思考对策。不行，对这些刁民不能退让，但你能对她怎么样？事情闹大了对自己有什么好处？还有仇老三那几天有没有看到，听到什么，记下什么？不久要换届选举了，组织部门已考察并开过座谈会，他要进党委做副书记呢。如果把他们惹急了，将事情搞大，那就麻烦了。他有点担心。

一天就这么晕晕乎乎过去了。

第二天崔华琴又来了。他学乖了，上班后他没开办公室的门，而在他人办公室里谈事。

崔华琴在他办公室门口坐了大约半个小时走了。这时吉江文才打开办公室的门。

上午十点多钟，神情沮丧的吉江文从市委常委镇党委书记办公室里出来了。

一边是“萝萝藤”紧盯不放，一边是领导的提醒，双重压力下的吉江文，不得不又打张老板的电话，约好傍晚在厂办公室谈事。

一见面，吉江文就大倒苦水。张老板趁机夸大“萝萝藤”的厉害：“你知道她的诨名叫什么？‘萝萝藤’。萝萝藤的萝劲儿，你我都晓得，树一旦被它缠上，不勒破皮，也拉弯树枝。这样的人何必惹她呢？”

吉江文说：“你不知道啊，有人拿此事做文章呢。常委也要我注意影响。好在我没去镇里办公，否则这面子丢大了。我现在见到她如同见了鬼一样，有时躲都来不及。你看如何是好？”

“是啊，社会很复杂，什么人都有。关键是不能授人以柄。”他停了一下又说，“退一步海阔天空。你大度点，把乔东村房地这个包袱甩掉，把权力下放，你看怎么样？”

“你老兄不清楚啊，前任村干部不上路子，把个很好的一大片土地搞得一塌糊涂。不是我要拿他们的权啊，群众反响强烈，都到大市去请愿了。不抓不行啊。”

张老板道：“事到如今，不解决仇富的诉求难平息事端。过了七天，这个‘萝萝藤’就会要误工费、营养费，再来个头疼头昏的，那麻烦就大了。再说，哪能完全没有对立面，妒忌你的人肯定大有人在，不要落个话把子给人家。还有……”他欲言又止。

吉江文忙问：“还有什么？”

张老板把办公室的门上了保险说：“仇老三在你门口录了几天视频，要给我看。我很严肃地对他说：一，我不看；二，更不许给任何人看！如果你不能做到，那我们就开船解缆，各奔东西。他被我镇住了。”

吉江文心中毕竟有点儿虚，但嘴上仍不服软：“人家到我家串门怎么了？”

“就怕越描越黑啊！关键时期，何必因小失大呢？”张老板语重心长地说。

张老板进一步劝导：“退是为了更好地进。放掉那点儿权，一切都好办。”

“那泼妇太可恶！我咽不下这口气！”他愤愤地说。

“哎，跟一个妇女有什么好计较的？放她一马吧。”张老板接着说，“甩掉乔东这个包袱你就省心了，村干部高兴了会更加服从领导，同意了仇老三的申请，他们会什么要求都不提，这不是一举数得的好事吗？”

“错是不错，就怕留下后遗症，那还是个麻烦。”吉江文有点担心。

“这个你就不要多虑了，我都想到了，所有问题一并解决。明天你委派规划建设部门的负责人先和村干部对接一下，落实你的指示，接着我们三方加上仇老三一方，写个书面协议或者叫仇老三夫妇写个保证书，前面的事黑板上写字两抹，那不就行了？有些话你不好说，由我们来说。”

“事已至此，也只能这样了。”吉江文淡淡地说。

“只要你放得下，一切都好办。没事，今晚搞点儿小酒吧。”

“不啦，等把这件事处理好了，哪天晚上一醉方休！今天我还要布置一下呢。噢，对了，你的事也就这一两天办吧。”

“好，谢谢领导，改日我做好准备，在家里搞个家宴。”张老板很感激地说。

“那就这样吧，我先走了！”吉副镇长颐指气使的神情没有了。

“好，后天晚上见！”张老板开门送客。

九

第二天上午十点多钟，规划局办公室主任来到了张老板的办公室，通报了跟村干部接触的情况，他们都为镇长的大度鼓掌，并考虑解决仇富家的建房用地问题。同时他们约好明天上午八点半到乔东村部现场办公，请张老板通知仇富本人，并参加调解。

第二天上午八点半，大家准时汇集到村委会会议室。处理这起纠纷不难，只要能按集体安排收取相关费用，仇富夫妇包括村干部都不会有什么意见。

很快四方会谈达成共识，不写协议，仇富写保证，不再纠缠已发生的事，张老板、村支书、规划局办公室主任见证。

规划局办公室主任看了仇富的申请书，认为以仇富儿子的名义提出申请，理由更充足。这里不再提及仇富，大家面子上都过得去，也便于村里今后更好地工作。

这个提议很妙，在场的人都认为绝了，仇老三夫妇当然也没意见。

申请书很快就写好了，规划局主任认为可行，可以落实房地。

村会计拿出了别墅群平面图，指出根据有关领导的意见，目前只有两块地可以安排。一块是小区东北角的大缺口，需要打桩，地方较大，投入也就大；另一块在机耕道桥下，这块地不仅地势开阔，东山墙还有点空地可种蔬菜，只是对着桥。这两套房地都按原价十一点六万计算，剩余的八套每套三十一万。会计和盘托出家底，叫他们夫妻俩商量一下。

那块要打桩的地基一半是平整房地推下的虚土，还有一半没填土，也就是整个房子都需要打桩，然后再填土。这两笔加起来恐怕没有十五万搞不了。桥下首的那块，其实很好，只是桥对着围墙，有人认为风水不好，所以至今未卖掉。

风水因人而异。一座房子不是谁住都好，谁住都不好。风水好坐在家里等天上落金元宝？风水再好也要凭自己的勤劳和智慧吃饭！

仇老三脖子一梗说："我就要这块！"他用手指着桥下首的那套房地。

三位村领导面面相觑，迅即碰头，最后由支书拍板："既然你要这块，也好。原价十一点六万，减掉两万，等房子建好后，你买块石头立在围墙外边，等于建个安全岛，这样所谓的风水问题就不存在了。另外六千就当对你的补助，这话此说此消，不得外传，否则对谁都不好。”

仇老三夫妻俩立刻喜笑颜开，表示马上交钱开票，中午请客。

张老板说：“你们应该请村领导喝酒，他们为你家操了不少心，劳了不少神。至于我和主任就不要考虑了，中午我们都不喝酒，下午还有事，开车呢。”

主任接过话说：“我把你的申请书带走，等开会讨论后再发表格，到时请会计帮你填写。你把钱交了开了票就可以准备建筑材料了，到时我派人给你放样。”说完他们走了。

上了车，主任就对张老板说：“去你厂，下午给你量地方，中午吃个便饭。”

张老板一听立刻来了精神，连声表示有情后补，晚上请客。

主任接过话来：“镇长交代过了，今天要耗你的电呢。”

“哪里话，小意思。兄弟我挣了钱，大家都有好处。还望多关照！”

车子在泛黄的麦地里穿行，快速地往张老板厂里驶去。

第八章

春天来啦

一

林德馨捧着省人大的信函，不亚于从前普通百姓接到皇帝的圣旨。他痴痴地盯着抖索的公用信封出神。颤动的不是信封，而是双手，他知道是谁来信了。他兴奋地叫道：“哈哈，您还是没忘了我！”说着用右手使劲地揉了揉眼睛，猛然抬头，大声吩咐道：“秀兰，中午多烧几个菜，我要请人喝酒！”

在鸡舍门口准备放鸡的妻子停住手，问道：“啥事这么高兴？”

“嗨，还真的被你说中了，好事！”

“什么好事，说来听听！”

“柳书记来信了！”

“柳书记，是那个早已离开家乡的县委书记？”

“哎，人家是省领导呢！”

“大清早的说什么梦话，像拾到金子似的。不是他，我们能陷在这里？害人不浅！”妻子生气地说。

“话不能这么说，自己干得不好不能赖到人家身上！”林德馨不同意妻子的说法。

“他不出馊主意，我们怎么会充到这里来，吃这么多的苦，受这样的罪！”秀兰呼啦一声拉开了鸡舍门，鸡子一窝蜂地涌出来，四处寻食去了。

林德馨连忙大叫道："捉鸡，捉鸡，捉只鸡！唉！"他气得直跺脚。放已经放了，再气也没用！

林德馨知道妻子心中有怨气，但也知道不能怪她，这些年来总是筛子做锅盖——有出气没进气。吃苦不要紧，原本有钱，现在手中无余钱，也无所谓，关键的是落了一屁股两肋骨的债，亚历山大！谁能没怨气？怨归怨，要怨也只能怨自己没本事！人家的出发点是好的，老领导没把我忘了，我除了激动就是感谢！

唉，也罢！中午你不给我准备下酒菜，等我把要紧的事办好，呼朋唤友晚上来个一醉解千愁，更好！这些年来他学会了自我安慰。

他掏出手机一看，星期二，今天镇干部一般情况下都在镇政府，何不早点去邀请？

拿着省人大的长长的公用信封，他左看右看，不知该不该折起来。折了似有不恭，不折又不好往口袋里放。他认真想了想后，还是对折起来，谨慎地塞进羽绒衫内的口袋里，下意识地按了按，然后放心地骑着电动车赶往镇政府。

二

怀揣"圣旨"的林德馨，心情好多了，脸上的笑容也比平时多了些，到镇政府的路程也似乎缩短了许多。

到了镇政府，他支好车子，摸一摸那长条形的东西还在，放心地朝楼上走去。

这些年来他简直像只鸟，身边没食就到远处去寻，不停地在外面奔波，镇政府什么时候来过，已记不清了。除了政府大楼没变，过去的领导退的退了，调的调了，大多数都是生面孔，物是人非啊！

他一口气跑到三楼书记办公室前敲了敲门，一声“请进”传来后，他满脸堆笑跑了进去，书记抬起头来问：“有什么事？”他鬓发已衰，乡音无改，仍然操着浓重的老家口音，陈述找书记的原因。书记告诉他这事归镇长管，到镇长办公室谈。

书记的话让他踏实了许多，也许镇长更谦和呢。他暗自高兴。

兴冲冲地来到了敞着门的办公室，见很多人在排队等镇长批条子，他静静等待。前面人的事办完了，室内只剩下镇长和他。他先做自我介绍，再邀请领导亲临盆景园参加剪彩。镇长听后哈哈大笑道：“你盆景园开张要我们去，不是开玩笑？你想全镇这么大，哪天没有店铺开张，我们都得去？我岂不成了剪彩镇长？啊？”

一番话把林德馨的脸臊得通红，他结结巴巴地解释道：“有领导叫我来请你们的。”

“咦，听口音你不是本地人呀。哪里的？”镇长好奇地问。

“我中庄镇人，来乔泽镇搞苗木十多年了。”林德馨回答道。

“这样吧，你盆景园开张的时候我叫绿化站派人去。你先走吧，我还有事。”镇长催客动身。

林德馨不想就这样离开，他磨磨蹭蹭地拉下羽绒衫的拉链，窸窸窣窣地从里面的袋子里拿出柳副主任的信。镇长知道，老一套，肯定是某人的说情信，很不高兴地说：“不是跟你讲过嘛，我很忙，真的很忙，请不要打扰。”此时的林德馨反而不紧张了，认真地把对折的信封抚平，镇长见了一怔，“省人大”？他不敢怠慢，忙接过信迅速浏览了一遍，然后说：“这样吧，参加活动的人员，待我们商量后再定。”

林德馨知道再说什么也没多大意义了，只是他觉得，再大的干部退下来了，也只是“老”虎！你说，“拿着信好办事”，可人家不待见，有什么用？这当干部的啊！他摇了摇头。

三

想当年，你的话多灵光啊！唉，往事不堪回首啊！

千禧年初秋的一天下午，刚从省里开完会回来的楚阳县委副书记柳志清，让人把林德馨叫到办公室 。

林德馨一到办公室，柳副书记笑嘻嘻叫他坐下，秘书赶紧给他沏茶。

柳志清从抽屉里拿出一个未封口的信，说：“你到我家乡乔泽镇去，他们会给你安排好的。今后如何发展就看你自己的了，当然我们也会关注你的。这是我为你写的信，拿着。具体情况由小张跟你说，放心去吧！”

林德馨跟着小张来到了外间办公室，忐忑地说：“以后远离你们，就怕得不到你们的照应啊。”

“怕什么，你又不是到外国去。再说有政策保护，又有领导关心，有什么可怕的？”秘书说。

林德馨的头如小鸡啄食，点个不停，说：“嗯，是是是。”

“知道就好。”秘书接着说，“你老兄占大便宜了。县里规定，培育绿化苗木，每年每亩奖励化肥一百公斤，租用农户责任田按三三四的比例分摊，即县里三成，乡镇三成，承包人四成，连续三年不变。考虑到苗木繁殖周期较长，此合同有效期三十年。你看这不是天大的利好？”

林德馨是踏着哪吒的风火轮回去的。一到店里他就将妻子拽到一旁，简要介绍了承包的诸多好处，夫妻俩沉浸在美好憧憬之中，好像三五年后他们就可以坐在家里等着收财似的。

大树底下好乘凉。拿着信的林德馨犹如拿着尚方宝剑，无论走到哪里，只要他一开口，一切畅通无阻。他有点纳闷，怎么这里的人都认识我？他有点飘飘然。

秋收结束后，镇村干部和林德馨与田主一起丈量田亩，签订合同。果真一切顺风顺水。

林德馨心中的石头终于落下了，但又感到肩上的担子重了。过去赚多赚少无所谓，今后不赚可不行。购买苗木，平时用工，早期投资都得用钱啊。尤其是土地承包费，更是一角钱都不能少的，那可是农民的衣食之源啊！必须好好经营，上对得起柳书记，下对得起农户，更要对得起脚下的土地！他想，凭借自己知识和能力应该能干好。他信心满满的。

入冬后，县镇两级政府分别下拨经费，林场内的沟渠机耕大道一步到位，一条宽阔的大路将林场一分为二，为将来远送苗木做好准备，也将村庄与环镇公路连接起来。

第二年开春，天气转暖后，水渠、公路全用水泥浇筑起来。

林德馨知道这一切都仰仗柳书记的关照。

一晃五年过去了，林场里的苗木长得郁郁葱葱。

柳志清凭着卓越的工作业绩，干部越当越大，从本县书记，到大市副市长。尽管很忙，但他有空还要关照一下林德馨的林场，林德馨的苗木生意仍然很红火。

不久，柳书记调至槐南市担任副书记代理市长，更难得回来一次。林德馨不好意思再去麻烦人家，毕竟不在同一个地区，鞭长莫及啊！一个小孩总要长大的，不能总靠吃娘奶过日子吧，该学会自立，自己要闯出一条路来！

现在的政策好，透明度高，所有政府采购金额超过五万元的都需要招标，绿化工程当然也在其中。“公平、公正、公开”的竞争，没任何猫腻！林德馨心里敞亮着呢，他相信哪个干部都不可能为几个小钱跟自己头上的“乌纱帽”过不去，谁会干违背党性原则的事？更不要说干违法犯罪的勾当！

每次乔泽镇有绿化工程项目招标，他都积极报名，巧的是他总名落孙山。他不怨天，不怨地，更不怨招标办领导！谁叫你不算得精准一点儿呢？

有时败北后，他安慰自己，说不定哪天喷香的面包也会撞到自己的嘴边呢！梦中才有的好事，醒着的时候是不可能发生的，这一点他比谁都清楚。他只有闻别人捧在手上的面包香味的份，连碎末都没尝到过，倒是在外县市，他偶尔还中过几次标，这是为何？他自己也说不清。

时间又过了七八年，当年的小林已成了老林，林场的小树苗都已长成参天大树，伫立在田地里，只有少数被“远嫁”他乡。

这么一扯就扯远了，当年的柳副书记也已从省人大常委会副主任的位子上退了下来。林德馨想，你做大干部时我不找麻烦，退下来就更没必要。麻烦人干什么，自己吃点儿苦受点儿累，又怎么样？挺一挺不就过去了？

如果没有诸多的压力，林德馨对目前的生活状况还是很满意的。然而，看着林子里一天天长大的树，林德馨的心里真是五味杂陈，虽有些许的高兴，不过更多的是无奈。每年的农药化肥人工费得花不少钱，土地流转费无法拖欠，借的贷款的利息更是拖不得的。这些，让他伤透了脑筋。在人前他的个子似乎矮了三分，就连听别人说话也总是唯唯诺诺，这情形叫人心寒。

四

知夫莫若妻。天底下还有谁比秀兰更了解林德馨？时间像一块磨刀石，一个有才气有个性敢担当的人，渐渐磨秃了棱角。想当年辞职下海是何等的毅然决然啊！那二十六年前的事，闭上眼睛就浮现在眼前。

20 世纪 80 年代中后期，农村改革已见成效，“解放思想，搞活市场，发家致富”成为当时的主旋律。大家八仙过海各显神通，涌现出了许多经营能手。中庄镇林业站技术员林德馨坐不住了。看着身边有文化没文化、有能力没能力的都发了财，而自己在镇林业站拿绵薄的工资，每天饱食三餐，一年工作不了几天，除了在家制作盆景无事可做，浪费青春啊！自己才二十几岁，难道就这样老死在槽枥之间？就不能换个活法？

苦闷，彷徨，不忍，无奈！他舍不得辞掉现有工作，但要想下海，哪能不赤脚？路在哪里，前途是什么？他无法回答。

路在自己脚下，前途靠自己去努力，去奋斗！我无法准确告诉你发财的路径，但我认为，做自己喜欢的事情可能会做成，将自己的能量挖掘出来就不枉为人一生！这是林德馨从最崇拜的语文老师中庄中学校长徐力那里得来的肺腑之言。

数天后，他将自己的决定告诉了妻子秀兰：“我要用我在南方林学院学到的盆景技术挣钱。”

起初秀兰不知道他说的什么意思，明白过来后当即反对：“好好的工作不要，吃潮的，捞干的，吃撑了？要过提心吊胆的日子？”

“饿不死，吃不饱的日子有多大意思？不下大海哪有龙肉吃？不走出去，哪能过上好日子？我主意已定，辞职报告已交，不用多说了！”他以不容商量的口吻说道。

从那天开始，好些日子，家里只有小孩的哭闹声和生活器具的磕碰声。

尽管家人反对，但木已成舟，说什么都是多余的。

林德馨知道，辞职意味着什么，该干的事拖不得。他取出婚后几年的积蓄，一点数才七千多元。这点儿钱过日子还可以，做生意咋行？他又一次陷入迷茫之中。

租了门面房却迟迟不进货，亲戚朋友们猜出何故，纷纷送钱上门。短短的几天时间，他筹集到了五万多元，这借贷不少啊！

压力有时也是动力。很快，他从常州的夏溪、南通的如皋等地进了大批苗木、盆景、花盆、山土、花肥、花药等。

“德馨花木盆景”店开张了。

五

水乡最不缺的就是绿色，可眼前的花花草草令人开眼界了。花艳迷人，花香诱人，盆景精致令人称奇，不少人买花回去美化庭院。

规模不大，赚钱还真不少。开业不久，他们就尝到了甜头。

做生意靠的是天时地利人和。“中庄醉蟹”闻名遐迩，很多外地的经销商前来采购，港澳台及外企也来购买。

一天下午，一台企老总订购了大量醉蟹后，不急于返回下榻的县城宾馆，却沿着古镇的街道游玩。交通不太发达的小镇竟然也有花木盆景店！他饶有兴味地走进店门。一走进店里，他便站立不动了，眼前的这盆取名《思乡》的雀梅树桩盆景深深吸引住他，他决定买下它。他问：“老板，你这盆景可以转让吗？”

笑话，放在店里就是卖的啊，这么问不有点怪吗？但林德馨还是很有礼貌地回答道：“您，如果感兴趣，可以。”

“那太好了，我要带回台湾去，送给老父亲，让他看看家乡的盆景！”台商兴奋地对手下的人说，然后转过头来问：“您的转让费是多少？”

林德馨并没有指望在家门口将盆景卖高价，所以当人家问他多少钱时，他反而拿不定主张了，笑着说：“您喜欢，随便给吧。”

“那怎么行，哪能随便给呢？要不这样，我给您一千元吧。秘书拿钱给老板。”台商吩咐道。

一千元不算少，不过还可以再高点儿，可既然叫人家随便给，就不好多说什么了，林德馨想。

秘书将钱递到林德馨手上时，他吓了一大跳。这绿花花的钞票不是人民币，是美元！一美元可兑换八九块呢。他激动得脸都红了。

台商说：“不要紧的，都是一家人。来吧，我们合个影。”边说边拉林德馨站在盆景后面合影。

分手时台商跟他要了通信地址，说过些日子可以收到照片。

一盆《思乡》盆景卖了一千美元，这使林德馨夫妇激动得几天都处于亢奋之中，也使小镇沸腾了好些日子，这盆景怎么就这样值钱？它相当于一个镇干部五年的工资呢，谁不羡慕？小两口更是觉得按照这样的发展势头，过上富裕生活只是个时间问题了。

人真的很简单，当初刚走出来时，家人都以为掉进了万丈深渊，如今这情形又忽如红日高照，万里无云。人的心情一好，脸上的愁云自然也就化开了。

然而生活不是数学题目，不存在照这样计算的计算方式。有时倒像汹涌澎湃的黄河，一路向前奔跑，中途却拐了个弯，撞上了岸边的巨石，不再是飘动的黄色绸带。

六

如果林子里的树能卖掉，哪怕一半，他们家的生活肯定没得说的。而现在却是，守着金山过穷日子。喝了酒的林德馨，有时也梗着脖子说：“我是拥有千万家产的穷人，现在只能弄个海陆空三军总司令当当。”原来林场内的河里水产品丰富，岸上鸡鸭鹅成群，天上有鸽子，林子里有野鸡野兔活动。他企盼着把树卖了，腰包鼓了，与志趣相投的友人游历名山大川。现如今他只能闲来无事时，烧些家常菜请朋友来林场小酌。本来不太能喝酒，一喝必高，一高就发牢骚。近处的不敢骂，那就骂远一点的吧。秀兰时常埋怨，他却振振有词：“何以解忧？唯有杜康！”不过除了酒少话多，倒也没什么。妙的是一觉醒来什么都不记得了。遗忘真好啊！

忘不了的还是杜康！

入冬后，田里的农作物还都趴在泥上，茂密的林场成了野生动物的天堂。

一天下午，看护林子的狗子叼回来了两只肥嘟嘟的野兔，林德馨见了心想，一人独食没有情调，反正鸡鸭鱼都不用钱买，田里蔬菜品种很多，至于酒，大麦烧纯酿造，喝了放心。邀几个好友共享，围炉夜话，岂不更有诗意？

朋友欣然而至。酒至半酣，朋友说：“老林啊，有句话搁在我心里好久了，也不知你愿不愿意听？”

老林听朋友这样说，连忙端起酒杯，宽慰道：“我先敬你一杯，畅所欲言，感激不尽！”

“那好，我就实话实说了！”朋友喝了一口酒后说，“你林子里的树，长得有水桶粗，卖不掉有何用？自己欣赏？那代价也太大了！”

林德馨没搭腔，点到穴位了，疼啊！在座的酒友都支持这说法，他们都替林德馨着急。

“你有没有认真反思过，你在我镇绿化工程中过一次标吗？为什么没有呢？”朋友明知故问。

“我没人家算得准啊。”林德馨叹了口气答道。

“不对！”他话音刚落，朋友便立即反驳道，“我问你，为什么中标的总是那些人？你再看看招标办的人，有几个瘦子？”话重了。

晓得的人都说是，为什么中标的大多数是外地人，外地的苗木贩子都能中标，而你自己田里的却中不了标，这难道不值得反思吗？

有人直接问道：“你有没有给人家意思意思？”

“你们不知道，我给人家送东西，人家都不肯收。人家是‘拒腐蚀，永不沾’呢！”林德馨辩解道。

“做你的大梦吧！你给人家送了什么？送盆景，能吃还是能卖钱？放在家里吧，等于给自己做了个广告，‘这是某某送的’！岂不是抬起屁股让人踢？”大家都说是。

“不，烟酒人家也不收！”林德馨还得意地说，“人家还给我敬烟倒茶呢！”

“你呀，真是黄历拿倒手上，不识正反！你以为人家是跟你客气吗？想想看，为什么？”朋友又问道，“再说烟酒能值多少钱？这年头有几个干部是穷人？”

“那怎么办呢？”他不知所措。

“本地绿化工程你做不到，但现在是信息时代，你可以上网销售，再把盆景园搞起来，带动苗木销售。这样双管齐下，也许可行！”大家建议道。

一席话说得林德馨如醍醐灌顶，他猛然醒悟过来，我现成的盆景制作手艺怎么不派上用场呢？网上销售很多人都在做，我为什么不做？

林德馨醒了！真的醒了！

他请人制作了精美的网页，图片与视频在网上轮番滚动播放。这方法真不错，每天都可以接到大小不等的订单。生意不论大小，做起来就好。

林德馨心中的不快渐渐淡去，他在拾掇盆景。他想，把原先的园子再扩大点，将几处的盆景归拢，那规模也应相当可观了。搞个揭牌仪式，热闹一下，造造声势，扩大影响！该不该把昔日的老领导请来？算了，麻烦人家干什么！

当他把自己的想法告诉朋友们时，大家都认为有名人、领导的参与和支持，效果肯定不一样，该请的还是要请的。

林德馨还是拿不定主张。直至开春后，他才抱着试试看的心态，给柳志清写信。

七

初春的早晨，小鸟在刚发芽的柳枝上唧唧叫个不停，它们在为春天的到来致欢迎辞。明媚的阳光透过玻璃投在柳志清刚写好的书法作品上，新墨散发着阵阵糯米香，泛着耀眼的光亮。笔搁在书写台的石砚上，他右手抱胸，用左手的虎口撑住下巴仔细端详着自己的作品。环境清幽，艳阳高照，柳志清的心情格外舒畅，创作进入最佳状态，“岁老弥壮”四个大字遒劲有力，每个笔画都透出十足的精神气儿。他脸上现出少有的笑容。从省人大常委会副主任岗位上退下来后，他将主要精力都集中在书法上。早已成为书法家的他现在的字更洒脱了，笔力更加浑厚，他很有成就感，甚至有点得意。他认为人生的价值就是在不断改变自我、超越自我中体现的。现在无他求，只图老有所乐，有为无为已不重要了。

“老柳，报刊来了！”一个穿着考究又很得体的老大妈将报刊一股脑儿放在旁边的茶几上。

柳志清觉得好笑，每天都要做的活计为何这般大惊小怪？他眨眨眼睛，笑眯眯地说：“噢，报刊来了还要报告？我的范老师今天为何这么开心，是不是在外面捡到金子了？”

“拾到金子应该交给警察叔叔，不能占为已有，这是戴红领巾时就懂的道理嘛！小瞧人家了是不是？”

“对对，我知道你素质高，人民教师嘛！怎么会将失物带回家？我的意思是你为何这么高兴呢？”

“范老师”是柳志清的结发妻子，林大退休教授。她笑呵呵地说：“有你的信！”

“有信，很正常嘛！念，看看人民群众有何诉求！”他话音刚落，老两口就都乐了，异口同声地说：“习惯使然！”

“老家有人给你写信了，你看。”她用手指了指写字台。

柳志清扫视了一眼信封，见字迹似曾相识，拿起来一看寄信人“林德馨”，不禁抬头朝飘窗上的虎刺盆景和两盆兰花看去，他大叫一声：“你小子，终于给我写信了！”旋即撕开封口，迅速浏览了一下信的内容后，说：“去，肯定去！不仅我要去，还要和部分老同志一起去！”他的眼光又落在了刚写好的书法作品上，若有所思地点了点头，再铺开一张对开宣纸，屏息凝神，运足笔力写下“春织新秀”，题写“德馨盆景园开张志禧”署名加盖印章后，他轻舒一口气。

范老师很适时地送上了刚沏的龙井茶，关心地问：“是那个在老家县博物馆前卖花木盆景的小林的信吗？”

“是啊，就是那个小林，如今他也应该年过半百了。十几年不见，也不知他现在的情况怎样。”

“是啊，真是光阴似箭啊，一晃我们都老了！”

“对这小兄弟，我关心不够啊！”他似在做检讨，叹了口气后坐直了身体说，“现在退下来了，一定要去看看他。该帮的地方我们都得帮。”

“对，我们一起回去看看。”范老师提议道。

“小林来信说，他的盆景园四月一日开园，到时我们回去一下？”

“好，听你安排。”

“巧的是，省里要我们退下来的老同志搞个‘三农’问题的调研，何不趁此机会下去看看？对，就这么定了。我这就给他写回信。”

他提笔写道：

德馨老弟：

你好！

自离开楚阳县后，再未谋面，今收到来信甚为高兴！我肯定践行，并拟邀请相关同志一同前往祝贺。不知你意下如何，唐突。若有此意，请与×××联系，电话：13854561×××，025-822××666。

又：你可凭此信与所在地相关单位联系，请予以支持。

此礼！

愚兄 志清

× 月 × 日

他从抽屉里拿出省人大的公用信封，用小楷毛笔书写完后，交给范老师说："请帮我寄出去。"

接过信封的范老师不解地问："一向低调的你，私人通信怎么用公用信封呢？"

柳志清不好意思地笑了笑，说："咱这回也破一次例。有这信封，我估计他办事容易多了。"

八

柳志清与林德馨因盆景而结缘。在尊重知识、尊重人才的形势下，农学院毕业的柳志清由政府办主任提拔为分管农业的副县长，中文系毕业的徐力任文化局长。新官上任三把火，谁不想干点儿成绩来？

博物馆长向文化局打报告称，为了美化、绿化博物馆内外环境，可以让花木经营户来馆前销售，免费提供馆内花木摆设。

这主意出得好，馆内绿化不花一分钱，业主可获得免费的场地，一举两得！妙！

徐局长看到这个报告立马想到了得意门生，好运就这样不经意间降临到林德馨身上。

林德馨关掉了乡下的店转到城里经营。绿化后的博物馆陡增生机。

博物馆就在县府前，几步之遥，得空柳志清和徐力常到林德馨花木店转转，并建议他应搞些精品出来，力求做到人无我有，人有我优，这样才能吸引顾客。林德馨频频点头称是。

大约过了一个月，博物馆前的院子中央用砖块码了一个两米见方的大坛子，里面填了一半土，旁边还有一堆土，大家不知道卖花人葫芦里装的什么药，这台子干啥用？

几天后的早晨，经过这里的人都惊奇地发现，一夜之间怎么冒出这样一棵大树来？观赏的人，还指指点点议论一番。这是什么树啊，长这么大还没见过呢，树皮都翘起来了，树干瘤瘤踠踠的太有意思了。

有人见了不禁惊叹道："这哪是一棵树，活脱脱的嫦娥奔月啊！"这一惊呼引来了更多的参观者，人们都说确实有几分神似。

根据这棵大树的内在神韵，林德馨觉得造大型盆景基本条件已具备。

他一有空便仔细端详，认真揣摩，不时勾勒草图。他想，倘若造好型，定能成为县城一绝，肯定能产生一定的社会效应。想到这儿，他笑了。

初冬的太阳照在人身上暖洋洋的。星期天逛街的人多，来花木店的人也不少。有妻子照看店面，林德馨可以放心做他的事情。

林德馨正专心致志整理那大家伙，不时近观、仰望、俯视，蹲下来又爬上高处，完全处于忘我的境界，周围的喧嚣似乎与他无关。

"小林，在忙啥呢？"一个声音在高叫着，然而没能打动他。来人又大叫一声："林德馨，在忙什么？"

这声音多熟悉啊，难道是他回来了？林德馨转身一看，险些跌下脚手架，果然是！旁边站了几个人。林德馨激动得要从脚手架上跳下来，来人连忙提醒道："小心，注意安全！"并跑过去扶他。

林德馨借势一跃而下，激动地说："县长什么时候回来的？"

"省党校学习结束后，到许多地方参观学习了一阵子，回来后又赶上换届选举。今天得空，特来看看你。噢，搞了个大家伙？"柳志清说。

"是的县长，好长时间了。"林德馨答道。

旁边的人告诉他："现在是柳副书记，县委常委。"

"恭喜，恭喜！实至名归。"林德馨也斯文起来。

"恭喜什么，不管做什么工作都是为人民服务嘛。"柳副书记说道。

"那是，那是！您的工作实绩全县人民有目共睹。"林德馨给书记戴起花帽来了。

柳副书记哈哈一笑道："你小子什么时候也学会了奉承？"

林德馨听书记这么一说，脸不觉红了起来，结结巴巴地说道："我，我只是实话实说而已。"

"哈哈，今天不追究你的责任。我来看看你，有什么困难或打算。"柳副书记关心地问道。

林德馨正在发愁呢，以为柳志清调到外地去了，优质棉基地的绿化工程正在洽谈，竞争对手较多，一直未能拿下，何不让书记过问一下？可一见面就麻烦人，多不好意思啊。他张了张嘴，没发出声来，只是红着脸笑了笑。柳志清估计他有什么难事，只是不好意思说罢了，便鼓励道："没事，有什么事你就照直说吧！"林德馨仍在憨笑，就是不讲话。妻子秀兰忍不住了，责怪道："你这个死要脸的书呆子，书记问你，有什么不好意思的！让我来说。”旁边的人见柳志清微笑着，知道意味着什么，便代为表态，这事好办。

“苗木有进货渠道吗？”柳志清答非所问，便是答案。

林德馨这时不知怎么这么爽快，忙说：“有有有，如皋、夏溪等地的苗木基地很多，我都熟。进货方便。”

柳志清若有所思，说：“要是自己培育苗木那就好了，既方便又省钱，工程造价也会相应降低，这可是双赢啊！”

林德馨连忙点头称是，其他人也跟着附和。

这项工程结束后，林德馨的笑容更加灿烂，他知道柳副书记非常清廉，只能送两盆盆景聊表心意。一盆是鹊梅《老当益壮》，还有一盆是虎刺。从小喜爱盆景的柳志清这回没有客套，高兴笑纳。

搞活流通，人们的口袋渐渐鼓起来，也催生了花木市场的繁荣。

贵人暗中相助，他的绿化工程做得得心应手。林德馨忙里忙外，忙得高兴。

“谷贱伤农”是个老话题。近年来，国家出台了一系列的保护政策，但毕竟只是保护。

柳志清深知，作为农业大县分管农业的副书记，有责任帮助广大农民找到一条克服单纯种植的新路，努力提高农田的附加值。为了增加农民收入，改善他们的生活，把中央一号文件精神贯彻落实到实处，他四处奔波。柳志清常因工作十天半月不入家门。可一进天井竟发现，所有的花木包括盆景，长得非常有精神。他知道这些都是林德馨的功劳，因此他更加喜欢这位小朋友。

林德馨的绿化工程并不需要柳副书记直接过问，手下人知道该怎么做。

总是到外地购买苗木既费时又费精力，又多花钱 ，林德馨做梦都想有一片属于自己的林场。

一日，得闲的柳志清信马由缰来到了林德馨的店铺，见他们夫妻俩忙得正欢，不禁为他们的生意红火高兴地笑开了。

林德馨今天的眼神特别好，柳志清一踏进大门他就看到了。他跑上前来跟书记打招呼。

柳志清关心地问：“最近生意怎么样？”

“托书记的福，生意很好。刚从外地进了批绿化苗木运到工地，顺带了些花木到店里。”林德馨回答道。

“哦，目前的苗木还是到外地买的？”柳志清问。

林德馨回答道：“嗯，被别人赚了不少钱不算，又费事又多花运费。”

“是啊，如果你自己有苗木基地那该多好啊！”柳志清不无感叹道。

“是啊，难就难在到哪里去找这么多的田啊。”林德馨摇了摇头说。

“哦，有些政策你还不太了解。目前我县正在鼓励农民充分发挥土地最大价值，按政策你可以申请。”柳志清说。

“那太好了，这要省多少钱啊！”林德馨兴奋地说。

“目前，绿化属于扶持项目，有许多优惠措施和政策。但是投资是有风险的，要有思想准备。你夫妻俩好好商量商量，行的话，到办公室找我或跟秘书讲也可以。”

就这样，林德馨到了柳志清的家乡，搞起了林场。

林德馨心里很清楚，妻子说得不错，没有柳书记的鼓动，他是不会搞林场的。事到如今谁也不怪，不应怨天尤人，因为大家都是往好处想的。

不管领导参加不参加剪彩，盆景园肯定要搞起来。他不去想那么多，做好开园前的准备才是最重要的。

九

一转眼到了三月中旬，正在盆景园里面忙活的林德馨听到车子的喇叭声，本能地抬起头来，只见车里下来几个拎皮包的。噢，原来镇长来了。他没想到镇长会来这里。绿化办站长跑在前面亮开嗓门："林德馨，林老板，镇长搞调研来了。"

林德馨刚碰了软钉子，心里正生着闷气，但人家是领导，是为工作来的，可不是来跟你借黄豆种的，没必要给人家脸色看。不过他还是故意打岔道："钓鱼？我这里鱼不好钓，来听鸟叫那倒没问题。"

"都是老朋友了，装什么装？镇长是来了解你盆景园筹备得怎么样的，快来汇报汇报吧！"站长说。

一听到是关于盆景园的事，林德馨便来了精神，赶忙上前将他们领进家。

落座后，镇长首先开口："林总啊，关于这次活动，上级非常关注，镇党委政府更是高度重视，要把你这一块作为新农村建设的一个亮点。可不能含糊啊！"

林德馨对镇长这番冠冕堂皇的话很不满意，回答得有点冲："不管他人重视不重视，自己的事情自己上紧。"

镇长不同意这种说法："哎，话不能这么说，盆景园是你的，也是我镇的一块金字招牌。你的视野应该开阔一点，心胸也应宽广一些，要有开拓精神，要做大做强。今天我们来就是要看看能不能帮上什么忙。”

对前一句，林德馨很不以为然，本想顶回去，可后一句镇长说要帮忙，林德馨脸色好看多了。他说：“我没别的要求，希望镇领导到时能来捧个场，表示支持就行。”

镇长没等他说完就打断了他的话：“不对！要慎重对待，例如会场布置，来宾的接待，仪式程序，中午招待，发放纪念品等等，都应考虑周全，且要尽快落实！”

林德馨一听，更觉得镇长越说越离谱了，搞个盆景园要讲什么排场？又是招待，又是发纪念品，你是来帮我，还是来害我？于是他没好气地说：“我搞不起！”

“搞不起也得搞！”镇长语气坚定。林德馨想反驳，只见镇长满面笑容不让他开口，镇长说：“没有你的事。此次活动以镇政府的名义搞，不需要你花钱，你准备些小盆景给有关领导做个纪念就行了！”

“盆景的价值不是以大小来衡量的，关键在于造型及树种。”林德馨感到好笑，这人怎么总是说些半吊子的话呢。

“这，同样不用担心！你送出去的盆景值多少钱，你准备个报价表，站长在这里，事后找他解决。”镇长指示道。

林德馨一下蒙住了，太阳是什么时候从西边升起来的，怎么会有这么大的转变呢？他不住地点头：“保证完成任务！现在先请领导到园子里看看吧。”

林德馨领着镇干部到园子里参观一番，并汇报说还有一些盆景在如皋花木市场店铺里，到时全部运送回来。

镇长等人觉着盆景园布置没问题，至于程序及活动相关的问题，请林德馨明天抽时间到镇政府办公室开个协调会，落实方案，然后挥手离去。

对镇领导前后态度一百八十度的转变，林德馨百思不得其解，送走镇长，他还像在梦中似的，懵懵懂懂地站在路边。

又有两辆小车从另一条路上开过来了。镇党委书记见林德馨站在路边，以为是在恭候他的大驾，因此十分高兴地说："林老板，你好，你好！对不起，对不起，把你这块疏忽了。"边说边伸出手双手跟林德馨紧紧握在一起。

林德馨更是丈二的和尚摸不着头脑了，这是怎么回事？自己的破园子怎么一下子热闹起来了呢？领导还做检讨？

"林总啊，你为我镇文化建设做了件大好事！实事！我代表镇党委政府表示感谢！"书记高兴地说。

林德馨更是莫名其妙了，说："感谢我？我可没做什么啊。"

"你老兄就不用再谦虚了，盆景是高雅文化，是艺术的结晶。这还简单？你这盆景园的开张仪式，上级非常重视！"书记笑着对林德馨说。

"重视个啥，八竿子打不到一棒呀！我搞盆景园是为了使林子里的苗木能多卖点，不是为了哗众取宠！"林德馨实话实说。

"是啊，以前的干部是怎么回事？本地现成的苗木资源不用，却让外地人来做，这不是乱弹琴吗？"书记很不赞成过去的做法。

"唉，过去的就不谈了！"林德馨反过来劝慰书记。

"对！你有这样的姿态很好！等这次活动结束，镇里要认真考虑你的具体情况。不过，当前我们还是要把老领导接待好！"书记说得不显山不露水，既表了态，又提出了希望。

林德馨点了点头说：“这当然！”

林德馨想，难怪昨天收到南方林大的信函。书记说：“经范老师推荐，您的林场作为林大本科生的试验基地。”

“原来我有贵人相助呢，难道我事业的第二春来到了？”想到这儿，林德馨心里乐开了花，更觉得太阳照在身上暖洋洋的，风儿吹在脸上是那样的温柔。仔细一看，树木已现出新芽，环顾四周，向阳处的油菜花也开了。

哦，春天来了！

第九章

胡立志外传

不是立秋后夜里的风太凉，恐怕手机里的“那家伙又来电话了”的铃声再叫十遍，芙蓉休闲度假村的老板沈秋实也不会醒。

经营度假村太累人！吃喝拉撒玩，“五行不缺”。撇开其他的不说，单是敬酒就十分累人。每天一斤半白酒下肚，那可不是闹着玩的。这不是享受，是受罪！

今天他又将十六个包厢跑个遍。每处三钱，一圈下来准不止半斤，有的包厢一小杯哪过得了关。出访前喝下去的，回到座位上再来点的，这三加四加的，一斤出头了。今天他不敢再战了，说了句，有点小事，跑一下，大家慢用，便撤了。这是托词，谁都明白。理解万岁！

洗了澡，挪到办公室，推开窗户，凉风夹带着泥土和香樟的芬芳味一齐涌了进来，他还嫌不够凉快，随手开了电风扇，这才叫舒服！他斜躺在沙发上看电视。电视不知疲倦地播放着，看电视的人早已进入梦乡。他睡得真香，大呼小叫他照睡不误，那固执的铃声一遍又一遍响起，等于白叫。

立秋后，早凉晚凉。夜风和电风齐吹把他冻醒了，他揉揉眼睛瞄了一下电视，已近午夜，两个小时过去了。他打着哈欠，伸个懒腰，拉开毯子，继续睡。就在这时，“那家伙又来电话了”

的铃声又响了起来。哪个夜猫子这时还打电话？

沈秋实迷迷糊糊地问：“喂，哪位？啥事？”

“哎呦妈呀，兄弟，你把我急死了！怎么到现在才接电话呢？我还以为你钻到哪个洞里去了呢！”

“哦，董事长啊！失敬、失敬！老酒吃多了，睡得沉。恕罪！”沈秋实忙赔不是。

“是不是看上哪个 mimi，早就进入温柔乡了？”对方戏谑道。

“董事长，你怎么想得起来说这话，我能跟你比？在家困沙发呢。”沈秋实辩解道。

“七点左右打了十个电话你都没接，马上十二点了，打牌刚散场。我知道你是个喜欢消夜的人，因此再试一下，打不通，明天早晨再打。”听口音这电话非打通不可。

“董事长，有何吩咐？”

“没大事，老三要我明天送外出旅游的二老回家过中元节，中午到你那儿吃个便饭。”

“就这事，还要打这么多电话？老人家回来，安排中饭还用说吗？”

“不啦，这次他们玩累了，有野生甲鱼，烧个汤补补！我们无所谓，搞点儿蔬菜就行了。”

“知道，放心！就是下河捉，我也得捉只野生甲鱼。若没有，杀我的头都无怨言！”沈秋实打起包票来，借着手机的亮光，他拿起笔在“记事”牌上写下“野生甲鱼汤”。

“你这家伙尽拣好听的说。其实镇长也要安排的，被老三回绝了。”

“哦，镇长知道你们回来？”沈秋实故意问道。

"嗯呢，前天跑到省城来，要老三关心关心家乡的发展，当然晓得二老要回家。"

沈秋实一听，差点笑出声来。原来三天前镇长带团到广州招商引资去了，临走前的晚上有人为镇长等人送行，沈秋实还去敬了酒，什么时候跑到省城去了？但他还是说："这个自然！你董事长是什么人？不愁吃喝，只愁吃不过来。好了，不耽误你休息，明天还要赶车。"

"没事。他们要派车来接，我说大巴空间大，全程高速，两个小时多一点儿就到家了。好，明天中午见！"说完挂断了电话。

沈秋实认真过滤了一下对方的话，发现只有三点是实话，一是烧甲鱼汤，二是大巴空间大，三是两个多小时到家。想到这儿，他不禁大骂道："活鬼，瞎吹牛皮，十句只有半句真的，有时还要打折扣！"

一番折腾后，沈秋实的酒意睡意都减退了许多，他埋怨道："发个语音微信不就行了？三天两天就往回奔，回来了就把我这儿当食堂！一吃就是几千块，谁吃得消啊……"

他边想边踱到自己住的院子外，沿着园内沥青路散起步来。

不太完整的月亮已偏西，给万物披上了一层薄薄的轻纱。清风徐来，杨柳依依，萤火虫还未飞累，在空中忽高忽低地飞舞。他深吸一口清新的空气，顿觉一身轻松，唉，何必计较一个不值得计较的人呢。不用人劝，他心情好多了。徜徉在园中，他为能有今天，感到无比欣慰。

十多年前，沈秋实从金陵饭店辞职回来，在县级经济开发区月亮湾河畔建起了"月亮湾野味馆"。那时还没有诸多的规定，公款消费控制不严，不锈钢生意红红火火，孵化出众多土豪，饭店形势一片大好。沈秋实只恨饭店规模小，不能接待更多的客人。他很想建一个规模较大、格调高雅的园林式饭店，只是，土地是个问题。申请土地划拨根本不可能，只有货币转让。

沈秋实与朋友一起四处寻找可以建饭店的地方。看来看去只有学校旁边的那块有田地有鱼塘还有一片河滩的地方比较合适。这块地旁是交通河，面临省道，交通便捷，又好停车。面积虽不大，可借鉴他人的做法，依水而建，借河而居。

买好地赶紧交建房申请，规划部门不同意的理由太多。沈秋实不甘心，五十万买下的土地哪能闲放在那儿，于是赶紧找人打招呼，可是没有用。在市领导关心下，镇党政联席会上提及沈秋实的申请，先是一阵沉默，因为大家都经常光顾“月亮湾”，不好意思开口。过了会儿，主管书记讲话了，饭店开在学校旁，还怎么叫孩子们安心学习，谁能保证没有香气溢出？占用河床不利泄洪，公路桥下搞建筑，违反常规。省道拓宽在即，上级问责谁担？未等他再说出第五第六，大家就一致表示不需讨论，直接毙了。

此路不通，还有行得通的路吗？沈秋实头疼。美好的梦想怎样才能成真？他在苦苦寻找途径。

沈秋实情绪低落，春明景和似乎与他无关。他躺在沙发上看电视，催了三次还未动身去用午膳，不想吃。

“老板，老板，快点来！”手机里传来牡丹厅服务员急促的呼叫声。

“大呼小叫地干什么！不就是吃饭吗，知道了！” 他以为又是催着吃饭呢。

“牡丹厅里有人吵架，盘子都飞起来了！真吓死！”服务员颤抖地说。

啊，砸场子吗？不好，“杠嗓王”（喜爱吵架的人）在里面！他边跑边说：“我就到！”

“吹牛皮吓唬谁？你兄弟当大干部又怎么样，啊？不巴结他，还不是和我们一样！再说，还好不是省长书记，否则整个省都是你家的！一天到晚到处骗吃骗喝，畜生医生！”老远沈秋实就听到“杠嗓王”放开嗓门大骂！

“杠嗓王”身大力不亏，能吃能喝更敢说，嗓门大得像丢炸弹。此时他好像还没骂过瘾，继续数落道：“三句话不到就撂场子，我家老三怎样怎样，香烟是书记给的，酒是镇长送的！既然每天都有三四家请，你为什么又到处找着吃，混着吃？”

推开包厢门就看到粉身碎骨的盘子，还好没伤着人，喝酒人心里还算明白。

沈秋实劝道：“打人莫伤脸，骂人不揭短。这样伤感情呢！”

“杠嗓王”接过话说：“同他这种畜生谈什么感情！我就是要将他的畜生皮剥了，现出原形！”

沈秋实知道，这个时候再劝“杠嗓王”等于火上浇油，拉走挨骂为上策。

被骂的人脸红一阵白一阵，胡子直抖，没有还击，嘴角边还挂了一丝笑容，显得很大度，只听他说：“他说他的，我才不跟他一般见识呢。骂人有什么用？没事，我就坐在这儿，让他骂个够！”

“走吧，走吧！您大人大量，何必与他们一般见识！”坐在一旁的乡卫生院院长程明劝道。

沈秋实和程明没费多大劲儿便把他拉出了“牡丹厅”。

沈秋实准备请他到办公室喝茶消气。刚走出长廊，那人手机响了，传来一个女人恶声恶气的喊声："你又死到哪儿去了？一天到晚魂落在外面，吃东家喝西家的怎么噇得下去的呢？咋就不喝死你的！"

这话多难听啊！刚受了外人的气，老婆又大呼小叫，太没面子了！他气得一下子掐断了电话，可手机又不依不饶地响了起来。他知道不接电话，回家去的日子不会好过，可一接，对方的机关枪就扫了起来："你有本事，不要接电话！你告诉我，你在哪里，我不去把你的酒杯摔了，就不是人养的！畜生！"他知道，这蠢婆娘不是做不出让你丢架子的事来，还是回去为好，息事宁人！

沈秋实假装没听见什么，说："既然有事，就不留你。不要生气，改日专程请你！"

送走了"怨客"，沈秋实问程明："这个人，就是那兽医站长？"

"是啊，不是他，哪个受得了这番言辞？"程明答道。

"他不是有弟弟当大干部吗？哎，此人度量蛮大的，不简单！"沈秋实很佩服。

"不是度量大，是习惯了！"程明解释道。

"什么意思？"沈秋实不懂。

"'酒杯端，天地宽'是他的信条。"程明接着又说，"谁给酒喝，谁就是朋友。"

沈秋实豁然开朗，脱口而出："哎，有了！"

"什么有了？莫名其妙的！"这时程明不懂了。

"我肚子饿了，有了吃饭的欲望了。你刚才也没吃好，走，我们去喝几杯！"说着拉着程明就向小餐厅走去。

程明拗不过沈秋实，只好与他对酌。

沈秋实半斤酒后，话慢慢多了起来。问清席间不快的缘由后，沈秋实请程明介绍“畜生医生”，说：“对此人早有耳闻，也见过他来店多次，但我毕竟不是本庄人，还请你介绍介绍。”

“你要听他的故事？把你耳朵听脏了可不要怪我。”程明申明道。

“愿闻其详。”沈秋实笑眯眯地说。

“那好，我就讲点他的故事。”程明答应后便讲开了。

此君姓胡，宝号立志，兄弟姐妹六个。有趣的是，上面两个姐姐，下面都是男丁。早年家境不好，重男轻女的父母，没让女儿上学，她们很小就到生产队里挣工分，让男孩上学。两个姐姐出嫁不久，胡立志也高中毕业了。是干农活儿还是学手艺，难以抉择。学手艺，替人家白干三年不说，还要打不还手，骂不还口，不划算又憋屈；下田干农活儿，太苦太累，“四夏”大忙气温高达三十八九度，谁见过农民坐在家里避暑？要成为父辈一样的人，胡立志不甘心！

看看镜中的自己，方面大耳，尤其是那与美国人相媲美的鼻子更添自信，人们不是常说“鼻大有饭吃”吗？

高中毕业加上嘴甜腿勤，哪个不喜欢？他铆上了支书家，有事没事就往他家跑，叔子长叔子短地叫，重活儿脏活儿抢着干，还会烧菜。支书这时候才发现邻居家的孩子是这样的懂事！

有梦想才会有美好的明天，机遇总是属于那些肯进取的人。胡立志不知从哪里得来这些至理名言。

机遇真的来了。大队要选派一名有文化的青年参加公社“农业学大寨”工作组，支书首先想到了胡立志。得志后的他，那兴奋劲儿就不用说了，走到哪里唱到哪里。

胡立志又撞上了好运。国家发出农林牧副渔全面发展的号召，要求公社兽医站要有专门的办公医疗场所。建兽医站，根据惯例，征用到哪个大队的土地，就安排一名土地工。兽医站建在胡立志所在大队，他便以土地工的名义进了兽医站，成了一名兽医。这工作虽不太风光，但毕竟跃了农门，吃的是公家饭。

胡立志真是个懂事的孩子，拿的工资绝大多数都交给母亲，下面还有三个弟弟在上学呢。老二很明智，面对高考，有点寒碜，还是把升学的机会留给弟弟们吧。

胡家不仅减少两个吃闲饭的，还多了一个挣工分的，一个拿工资的，这一反一正变化太大啦！家人脸上的笑容明显多了起来。

有家人的大力支持，两个弟弟学习更加发愤。复读两年后，他们相继考上了专科学校。

那年头，考上大学家里几乎不花钱，公费上学。穷人的孩子早当家，上大学的兄弟俩还有余钱带回家呢。

大学毕业，他们成了国家干部，胡家彻底翻身了，老大也结婚生子。

兽医工作轻松，一个兽医负责一两个自然村庄生猪防疫、治疗和阉割，生产队的耕牛难得生病，至于家禽除了防疫外一般都是听天由命。生猪阉割容易，公猪既好骗又得实惠。公猪的睾丸，夏天炒青椒，冬天炒大蒜，是不错的下酒菜。有菜不来点儿小酒，就对不住美味了，胡立志慢慢学会了饮酒，渐渐喜爱上令人兴奋甚至飘飘欲仙的琼浆玉液。

下酒菜有了，但酒要钱买啊。这笔支出，细细算起账来也不小。当年媒人给人家姑娘介绍对象，家长首先要问的是，那男孩儿会不会抽烟喝酒赌钱，三样一字不沾方可考虑。而今，胡立志一个字不少，老婆哪能没有意见，除非不是过日子的人啊，因此战争不断。

为了喝酒，常在家里吵架丢面子啊。他也想戒了，可那酒虫子到时候就出来噬咬你，从喉咙到心里爬来爬去，难受死了。强悍的雌老虎与要命的酒瘾，难调和。他情愿饭前被人叫去给猪看病，厚道的人会留他吃顿便饭。吃饭，地方性惯称，是搞点儿小酒的代名词。他是个很随和的人，从不拂人面子，只是端起酒杯不肯放下，直喝到“墙走，我不走；我走，地颤抖”，跌跌绊绊摸回家，倒头便睡。如果没人叫醒，一般都要睡到四点钟。他常发誓，再也不喝那“昏迷汤”了，可从来没兑现过。老婆骂他，上午还像个人，下午是个鬼。酒鬼，醉鬼！

分田到户后，农活相对集中，平时闲人多，打牌的多。他上午打牌，中午总要吃饭喝酒的。

一天，他又像往常一样左臂挎包，漫无目标地转悠着，发现庄上几个“有身份”的人在打牌，他站在旁边观战，俗称“看斜头”。到吃饭的时候，人家便留他一起用餐。打牌的人不会喝太多酒，“胡医生”初次光临，碍于情面会喝酒的硬着头皮陪他喝了几杯。瓶中酒已干，他未尽兴，从那张望的眼神中，主人读懂了他的意思，说：“喝的酒没了，只剩下烧菜的了。”谁听这话都会主动说好了，可他说：“没事，只要是酒就能喝，不那么讲究！”人家不好不拿。

当他踉踉跄跄跑出去后，大家说，真是个“畜生先生”啊，只要酒，其他什么都不要。唉，客气不得啊。

尝到甜头的他又得到一点儿启示，只要肯粘，能粘的地方多的是。要知道撞到枪口上的老虎，毕竟是个案，不能守株待兔，要主动出击。每天上午十点多，他都要拎着黑皮包在所辖的地方转转。不知情的以为他忠于职守，知道的都说他在巡逻，奔着香味去的。从拎包的姿势可以看出他在外的时间的长短。刚出门时他右手提包，时间一久就变为左手挎包，右手夹烟。

他出名了！他的出名就在于那张嘴。他不是听不出弦外之音，而是他的见解与众不同，吃下肚子才是真家伙。

俗话说："人怕出名猪怕壮。"这名声一般都是负面的，这不"胡立志有话，吃百家饭"的口头禅至今还常被人借用。

以前他也喜欢打牌，只是老婆管得紧，口袋总是瘪的。打牌他赢得起输不得，求胜心切的他难免做出一些出格的事来，这样的人有几个乐意跟他打呢？有人说："跟他打牌？手痒痒，不如往墙上掼掼！"一般情况下，他找不到合适的对象。

程明抬起头来看看天，说，"天都过午了，午觉也睡不成了。"

沈秋实似乎对所有关于胡立志的话题都感兴趣，便劝道："睡什么呀，喝喝茶聊聊天也不错。"他吩咐服务员泡茶。

程明呷了口茶，继续说下去。

还是因为家境问题，胡立志好不容易找了个在公社食堂烧饭的姑娘。俗话说"宰相门里七品官"，公社炊事员的身份也是比较特殊的。虽不属干部，但也是红人，一些人眼睛都长到头顶上去了。遇到这样的女掌柜，要想无所顾忌，没那么容易。胡立志十分清楚，要想吃好喝足，唯一的办法只有"三点水加一个昆字"！

秋高气爽菊花黄的一天，胡立志"巡诊"比往日早些。走到村主任家门口，往里扫了一眼。运气不错，他看见天井里有人在杀鸭子，又看见捕蟹的渔民拎了半网兜螃蟹进去。他想去帮帮忙，免得别人说吃白食。就在他抬腿往里跑时，一老哥拖住他，说："哎哟，果真在这儿，我找你半天了。快走，我家猪皮肤发红，不吃不喝，赶紧给用点儿药！"不容分说，拉着他就跑，胡立志老大不快地跟在后面。

诊断打针，前后用了半个小时。他手都没顾得上洗，拔腿就往村主任家跑。还好，好多菜还是生的，没吃呢。他们等我来炒菜，他想，我的面子还不小嘛。他不跟任何人打招呼，也没人跟他打招呼，拉张板凳继续"看斜头"。

都快一点了，打牌的没一个提吃饭的事，他忍不住地问："哎，你们怎么还不吃呢？肚子不饿，饭都饿了！"

不说倒罢，他这么一说，大家都忍不住笑出声来。村主任解释道："中饭简单，吃了。这些菜是为晚上准备的。"

"是吗，我还以为……"余下的话咽了回去。

"晚上六点后吃饭，到时你来喝酒。"村主任想打发他动身。

"好，好！"他嘴上答应，屁股并没有挪动，也许还要找个台阶吧。

就在这时，传来一个令人不太舒服的声音："晓得你就在这里，还不回去！你老子要死了，已经送医院抢救去了！"胡立志听到叫喊声，知道谁来了，赶紧跟着老婆往外走。

老头子老毛病——肺心病。这次病得着实不轻，张开的嘴巴合不起来，嘴唇发紫，双眼紧闭。当胡立志夫妇赶到医院时，医生已经在安慰众人，没大事，用了药病情会好转的。

三四个小时后，病情的确有所好转，呼吸已经匀称，脸上也有了红晕，大家悬着的心可以放下了。两个姐姐、二弟家的人都在场，他一时脱不开身。一边是香喷喷的美味，一边是生病的老头子，他想跑，但不合适啊。唉，真要命。

太阳快落山了，看看手腕上走时还算准的“钟山”表，时针和分针快成一条直线了，胡立志猫爪抓心，坐也不是站也不是，眉头拧成一股绳，又不好说，除两个姐姐外自己毕竟是长兄，这种情况怎么可以离开呢！大姐知道他可能有事，便说：“立志，你有事忙你的去吧，有我们呢。”

胡立志听了忙说：“嗯呢，人家有个猪病了，答应六点钟去打针的。”

“你去吧，没事。有我们在，你还不放心？”大家都这么说。

“我是吃百家饭的，服务不到位，人家会说闲话呢。我去去就回。”说完，他右手拎起黑皮包，往外走去。

他直奔村主任家。刚到门口他就感到不对劲，一股浓郁的醋酸与螃蟹的混合香味直往鼻子里钻。他心里不禁咯噔一下，这味道是吃过螃蟹后留下来的，难道他们……他不肯相信这是事实，硬着头皮往里跑去。到了天井，他傻眼了，人家正在洗碗盘。满面红光的村主任装出过意不去的样子说：“乡领导要开会，提前开饭了。不好意思啊，下回再说吧。”

唉，村主任你们也太不够意思了，你们吃了，就没一点儿剩菜？螃蟹爪子也应该留几只嘛！唉，这人啦！

他老大不快地往外走去。习惯性地转了一圈往回跑。一到家，难得喂猪的老婆便大叫道：“你怎么在外面这么长时间？猪在翻圈呢，还不快来喂猪，我要到老二家去帮着煮晚饭呢。喂好猪你也早点去！”

胡立志父亲不是什么大病，给药后症状明显减轻，又过两天也就好了。

老父亲病愈后，胡立志仍像往常一样，午前外出“巡诊”。他发现，现在的人都变得刁钻古怪起来，赌钱的躲起来了，即使找到了，敲门也装没听见，真不厚道。

一天晚饭后，胡立志准备到商店去跟人聊天，遇到熟人，叫他一起去给人家老人守灵。胡立志嘴上说不高兴，可脚不听大脑指挥，迈着步子跟去了。

死者亲属见有人来守灵，忙收拾桌子给他们打牌。守灵是好活计，妻子不叫，孩子不找，有牌打供应茶烟，夜里还招待喝酒。这次真过瘾，一直到天蒙蒙亮才散场。在回家的路上，胡立志为有这么好的场合却没发现而懊悔。从那以后，不管什么人走了，他都去守夜。庄上不少人夸他随和不拿大。胡立志还是那句话“吃百家饭的，修个人缘”。

“照你这么说，胡立志真是个贪吃的主儿？”沈秋实问道。

“是的，他这个人，‘茶壶把子打掉，只剩下嘴’。庄上没几个人愿意跟他搭讪。”程明说。

“现在不是很风光吗？”沈秋实不敢相信所说是真的。

“不是有个成语，叫‘一人得道鸡犬升天’的吗？就这么回事。”程明说。

“是这个理儿。”沈秋实点头称是，眼珠子转了几转说，“这样好不好，隔天你把他约到我这里来，我开饭店的不怕肚子大。”

“请他肯定没问题，但是他这张膏药贴到你身上，要想撕下来可费劲了。俗话说‘请神容易，送神难’，到那时你可别怨我。”程明给他打预防针。

“没事，吃着玩的。再说我也喜欢喝酒，情愿有人来玩，人多热闹。”沈秋实很认真地说。

“那好，过两天我叫他来。”程明答应道。

“越快越好！”沈秋实显得很急切。

“行。今天就这样，隔天叫他过来。我走了。”程明说完挥手告辞。

胡“医生”还真给面子，上午程明邀他时还有点推三阻四的，说镇长约了，马总几天前就说今天请客，还有几个我没高兴理他们。

程明打电话告诉了沈秋实，沈秋实搞不清楚胡立志的场子到底有多大，这模棱两可的话又怎么理解，便问：“院长，那这晚上的饭局，是准备还是不准备呢？”

“你开饭店的什么时候都有菜，准备不准备还不是一样？”

“不，如果他答应来，我得请几个人陪一下，搞些捧得上台面的菜。不能拿村主任不当干部啊！”

“哈哈，你不要把他想象得那么高级，找三五个不跟他顶牛，最好能给他戴高帽子的就行了。”

“你是说他晚上会来？”

“他不来，什么赌我都敢打！我就怕他五点不到就会到我这里来呢。”程明说完又是一阵大笑。

胡立志平时喜欢说大话，大多不能自圆其说，拉大旗做虎皮，却不能将自己裹起来，熟悉的都知道。自从三弟干部做大后，他的日子越来越好过，越来越风光。原本是一个蹩脚的兽医，现在成了站长。他只管大事，更办实事，一块钱的发票没他签字不好报销。业务上的事副站长负责，他每周去站里转一下，镇里有会到个场。他到了镇政府，像上级领导来指导工作的，那派头一般人学不来。

胡立志上午接到程明邀请，午休后便去摸情况，如果是开玩笑的，还得另作打算。

程明一看胡立志这么早就来了，忍不住笑了起来。上午吹牛有几个场子，现在四点多就来了，多搞笑啊！当然，受人之托请他就不得怠慢，因此他笑着说："哎呀，来了好。刚才秋实还打电话来问，站长给不给面子呢。"

"你院长开口，我还能不尽量满足？那些场合可去可不去，我统统回掉了。还是弟兄们在一起喝酒舒服！"胡立志说。

"是啊，还是熟人一起热闹。"程明答道。

"就是嘛，这话我要听。"说完掏出一包软壳子的"九五之尊"边拆边说，"这烟市面上没得卖，前天到书记办公室，他给的。"

程明接过烟说："嗯，这烟难得见到。"

"就是，去喝酒不带点好烟，有点掉架子啊！"胡立志说。

程明点着烟，吐出一团烟雾，咧了咧嘴，没笑出声来，心想，你一天到晚就知道撂场子，这烟说不定又是摸的老头子的，烟盒上还有熟菜味呢，也许捎的老头儿冰箱里的。他既不能点破，就说点儿奉承话："是啊，你考虑周到从不丢分。那，现在我们就到他店里去打牌吧。"说完也不管胡立志愿意不愿意，起身往外走。

"我们跑过去吧，活动活动对身体有好处。"胡立志提议道。

"行，也不是太远，走走好。"程明知道他是怕人家嘲笑，这么早就赶去了，好像这辈子没进过馆子似的。

晚宴气氛很融洽，胡立志又掏出一包未拆封的"九五之尊"和长嘴短枝的"黄鹤楼 1573"。作陪者都知道胡站长是个人物，都称他为"老大"。这称谓很流行，也令他受用。这一晚沈秋实像个守纪律的小学生，没有离席，尽心尽职陪客，所有人都开心，酒也喝到位。

散席后，沈秋实要人开车送胡立志等，被胡立志挡了回去："不需要！生命在于运动，跑路有益健康！"说完抱拳致谢。

人家如此认真，再坚持反而不好，只能悉听尊便。临别时，沈秋实又约他："明天如果没大事，来玩儿。小酒有得喝，只要您赏光。"

胡立志见沈秋实不是开玩笑，灯光下的脸上写满诚意，因此答应道："没有特殊情况，再说。"

第二天晚宴上人们更加恭维他，胡立志更有成就感，摆出"大将风度"吆五喝六，陪者频频敬酒。就在他们喝得痛快的时候，"杠嗓王"来敬酒了。他一进门就说："晓得我院长哥哥在这儿，来敬杯酒！我干了，看得起的就干了！"胡立志尴尬了，天不热，额头上却冒出汗来。喝，前几天刚被他骂过；不喝这梁子就挑大了。老江湖了，什么大风大浪没经历过，满满一大杯白酒一饮而尽。"杠嗓王"见了忙说："谢谢大家看得起！慢用！"说完转身离去。

今天这酒喝得有点猛，"酒经沙场"的胡立志又喝高了。临别时，面对沈秋实的真诚相邀，他没有迷糊，尽管说话不太连贯，但场面上的话还是要说的："你老弟，这么客气，叫人过意不去！"

沈秋实说："站长有空，天天来，天天陪你喝。"

这时的胡立志倒警觉起来了，他说："兄弟，是不是有什么事情？如果有，早点告诉我，只要不是杀人放火投毒的歹事，其他什么事都不是大事！"

沈秋实忙摆手说："没有没有，将来如果有什么事，肯定要请你帮忙，你不能甩袖子啊！”

“不管多大的事肯定尽力而为，相信我的能力！”胡立志胸口拍得咚咚响，觉得力度好像还不够，又来了句，“天大的事，有我呢！”

话说到这份上，沈秋实能不高兴吗，他忙不迭地说：“谢谢，谢谢！抽空来玩儿，小弟欢迎您随时光临！”

“那好，恭敬不如从命！今后有空肯定来玩儿。”他从不把别人的客气当玩笑。

“好，好，欢迎光临！”沈秋实表现出十二分的诚意。

“好，再见！”胡立志说完挥挥挥手，迈着舞步一纵一纵地往前走去。

第三天下午，太阳还有八丈高，胡立志便到了月亮湾野味馆。他在园子里转了一圈，以前虽来过多次，但都是匆匆来，踉踉跄跄地走，从没认真看清她的芳容。今天这一看，不得了，桃红柳绿，杜鹃茶花竞相开放，还有那叫不出名来的花，在明媚的阳光下楚楚动人，谁不喜欢这样的环境？他不由自主地叫出声来：“啊，不错！真不错！”见到沈秋实笑眯眯地跑出来，胡立志搜肠刮肚，把能用的形容词都用上了。

沈秋实谦虚地说：“哪里，哪里，过奖，过奖！请站长多多指教。”

“指教谈不上，但想法还是有的。”胡立志答道。

“请站长多提些宝贵意见！”沈秋实等待指点。

“我想，你为什么不把店搞大点儿呢？”其实胡立志已听说沈秋实买了块地，镇里不让建，他这话也是有的放矢。

沈秋实高兴地说：“您这句话，说到我心坎上去了！”

“找块好地方嘛。”胡立志说得很轻松。

“唉，一言难尽啊！”沈秋实叹了口气答道。

“噢，遇到什么难事了？说给我听听。”胡立志似乎很感兴趣。

沈秋实大倒苦水。

“让我来，多大的事！”胡立志又显“英雄本色”。

“这，就不麻烦站长了。”沈秋实话中有话。

“就这么算了？那怎么行呢！也是钱买来的啊。” 胡立志更不能理解了。

“这块地暂时先撂在那儿，我另有他图。”

“什么意思？”

沈秋实和盘托出自己的打算，请胡立志鼎力相助。

胡立志听后，眉头皱起来了，说：“哎，你别说，这不是小事，有点难，再加上现在反对建楼堂馆所。”

沈秋实也是天天看新闻读报纸的人，对一些政策法规还是了解的，他说：“反对的是公款建楼堂馆所，对个人没提这方面的要求。”

“这五十多亩田的土地，还有挖土做砖坯留下的塘，少说也有四十亩，就是我自己的想给你，也得回家跟老婆孩子商量一下吧？”这话实在。

“不是难事，哪敢劳您的大驾？”这话胡立志爱听。

“办法肯定有，就是有点儿麻烦。”胡立志若有所思地说。

“我相信，只要您将屁股埋下去，没有办不成的事。”沈秋实继续给他戴高帽子。

“我去争取一下，肯不肯给面子，是人家的事。”胡立志一下子又矮了下去。

沈秋实一听也着起急来："您不帮忙还谈什么？您放心，事成后，不会让您白忙！"

胡立志一听这话有点不高兴了，事成后能怎样，谁知道？现在呢，唤鸡还得一把米，哪有空口说白话的道理？好，你不兑现我也就给你悠着点儿，可嘴上还是说得挺好听的："哪里的话，你沈总为人这么厚道，我岂能不尽力而为？响雷打头呢！你放心好了。"

正当他们"打太极"时，朋友到了，讨论的话题只得放下。

酒足饭饱，握手道别，朋友在侧，他们的谈话似哑谜："放在心上""放心"！

静候佳音的沈秋实坐不住了，几天来既没见到胡立志的人影，手机也打不通，去他家邀请却遇铁将军把门。潜水？这是怎么回事，沈秋实理不出头绪。

程明指点道："你既要相信他的能量，也不能'不见兔子不撒鹰'，应该先买票后上车，而不是先吃饭后埋单。这样吧，等他'出了水'，我们一起去找他。给他银子，怎么花你不管，只要把事办好就行，你看怎样？"

沈秋实听了连称正确。

胡立志深谙此道了，不使点手腕，你沈秋实能乖乖就范？因此，当有人邀请他去'新马泰'七日游时，想都没想便答应了。

一周后，胡立志回来了，但没有光临月亮湾。沈秋实请程明号脉，程明说，啥都别说了，带上真金白银登门拜访吧。

"嗯，不谈多少，将事办好就行。你的钱不会白花，可以在租金上做点文章。"胡立志边说边拍了拍胸口。

沈秋实听了喜上眉梢，再请胡立志全力以赴拿下土地，租金如能少点，那就更好了。

又是皆大欢喜。

镇里开会研究通过了沈秋实的申请，并记录在案。接下来的事情就好办了。令沈秋实意想不到的是，租赁费还真只有五万，并写下，只要不改作他用，可无限期经营下去。

沈秋实太激动了，平时只喝洋河大曲的他，宴请镇村领导，上了“梦 6”。

从这天起，胡立志又多了一个称谓：“董事长”。

拿下了这块地后，沈秋实真真切切体会到了什么叫作“有人好办事”。以前总以为自己路子广，能力强，狗屁！胖婆娘屁股大的地方，你搞定了吗？人家都说我“耳大福大”，做梦吧，鼻大才有饭吃呢！

合同签了，钱交了，司法公证过了，赶紧找专家规划设计吧。

同济大学园林设计专家被请到，现场勘探测量后，不到一个月，图纸就拿出来了。

设计、建造者巧借废窑，加土成小山丘栽树种草，将取土留下的大塘两头用数个大涵管与外河相连接，变成活水湖。湖里种上荷花睡莲，养上锦鲤及鹅鸭，使整个池塘变得充满生机。四时花木扶疏，曲径通幽处粉墙黛瓦，飞檐翘角，雕梁花棱的仿古建筑蹲守其间，廊桥与回廊相接，将亭台楼阁连起来，走进去头顶不见天。餐饮、住宿、娱乐等相对独立。这里取名为“芙蓉休闲度假村”，那就简称为“芙蓉村”吧。

白天进了芙蓉村，人们误以为到了苏南水乡；晚上绕在每座房屋边角上的彩灯齐放，勾勒出房顶的形状，霓虹灯映照水面，将“芙蓉村”投进水里，连成一体，活像漂在水上的画舫。难怪有人说这里是人间仙境。

开张志禧，诚邀各界人士光临。镇领导为利用民间资本提升镇形象高兴，破例参加开业典礼。席间，书记或因自豪，或因酒多，见沈秋实拉着“董事长”来敬酒，站起来说：“老大和你为提升我镇形象，做了一件好事，实事！嗨嗨，镇里也很务实，酒没喝你们一杯，烟没抽你们一支，就给你们把事办了，怎么样？这是双赢的好事，祝贺你们！好好干！”

不明就里的书记在表功，胡立志听了心里发虚，几次欲打断书记的话，可酒精在作祟，他像没听见似的。沈秋实静静听着，啊，原来如此！他不悦，但只要把事办了就好，何必事事较真呢？

时间一长，发生龃龉实属常事，沈秋实能化解，可胡立志越来越把“芙蓉村”当作自家的厨房了。沈秋实不高兴的是，胡立志在众人面前动不动就说：“如果不是我，他有什么本领能拿下这块地方？不是我家老三打电话，做梦吧！”胡立志说大话不奇怪，三句话后不提及老三反而不正常。

现在他底气似乎很足，动不动就说：“怎么样，高兴到我们度假村去喝两盅？”

一次两次也就罢了，可隔三岔五这样，哪个吃得消？两人间的缝隙就这样渐渐大了。

时光年轮转了一圈又一圈，沈秋实已经不堪其扰，这时他才想起当初程明所说的“膏药贴上去容易，撕下来难”“请神容易送神难”是那样的精当。

不过佛面要看，僧面也得关顾。河虽过，桥不该拆。宁可人负我，场面上的热闹还是要的。因此，当胡立志说，二老回家要喝野生甲鱼汤时，便一口答应下来。

第二天上午十点钟，沈秋实亲自挑了两只一斤多的甲鱼，宰杀后，剔清脚黄，用开水烫了又烫抹去黑皮，汰净，加清水放入作料，先用急火烧沸，然后改用文火慢煨。

中午十二点，胡立志在沈秋实左一个电话右一个电话的催促下终于移动大驾。

老父上座，支书次之，对面坐着老母、程明，村主任和主人坐一条板凳，胡立志独坐。八仙桌上坐了七人，不知主人出于怎样的考虑。

凉菜已上。凉拌豆腐、咸鸭蛋、腌水瓜、黄泥螺、海蜇拌白萝卜、水煮河虾、鲜羊、水牛肉。胡立志见主人搞得这么精致，忍不住批评道："搞这么复杂干什么！关照你吃个便饭，你看你，叫人过意不去嘛！"

沈秋实连忙打招呼："没啥菜，遵照指示，以蔬菜为主。甲鱼汤煲在炉子上，待会上。"

胡立志说："跟你开玩笑的，还当真炖了？"

"那当然，董事长的话就是最高指示，必须执行！"沈秋实一副恭敬的样子。

说话间，一大盘红烧臭咸鱼上来了，接着又上了一盘青椒炒鹅蛋。

不知是真嫌菜多，还是故作谦恭，胡立志又说："不要多少菜，吃不掉浪费呢！"

沈秋实嘴角轻抿道："没事，知道。"

接着是杭椒炒百叶、青椒炒丝瓜皮、酱炒山芋藤、红烧茄子……

这么多蔬菜放满了桌子，村主任忍不住问："沈总，你以为我们都是和尚吃斋的，啊？哈哈哈……”

沈秋实嘴又是一抿，诡秘一笑，说：“按董事长指示办，以蔬菜为主！”说完跑进厨房里去了。

在座的以为他进厨房安排上荤菜，只见他用托盘端上了两海碗甲鱼汤，大家觉得有野生甲鱼汤喝也不错。沈秋实轻轻将甲鱼汤分别放到老人家面前，说：“你们慢用，锅里还有！”

程明看出了端倪，但这层纸不能捅破，为了活跃气氛，他站起来说：“大家一起，为董事长的回来干杯！”

放下酒杯，支书调侃道：“夏秋之交，吃清淡点好。蔬菜不错，和尚不是都吃素吗？人家长寿呢！”话音未落，大家就忍不住笑出声来了。

沈秋实站起来要给老人家添甲鱼汤，但他们都执意不肯，说吃得够多的了。

沈秋实又给大家斟满酒说，菜不好，但纯天然无公害，都是自产的，当然牛羊肉鱼虾除外，不嫌菜不好，那就把酒喝足。

谁好拒绝，大家知道今天都是沾的“董事长”的光。

胡立志喝了一肚酒，吃了一肚子蔬菜，当然牛羊肉他吃得最多。

下午，他给人发微信，说今天中午吃了一只大白鹅。看到微信的沈秋实觉得中午的小伎俩起了一定作用，但还不够。于是他拿起了手机，拨通了胡立志电话：“董事长，中午我太实心，少礼了，不好意思。晚上我们人少，搞几个好菜，再弄点儿小酒，是否赏光？六点准时，等你。”

胡立志还不想断了这条路，他抵达时，程明已到。

场面的确很小，目前只有三人，三瓶茅台，多了三字“小王子”，放在桌上，但放了四副餐具。胡立志坐首席，他俩也都坐了下来，沈秋实开始倒酒。胡立志说等会儿还有一个人没到呢。姗姗来迟的是“杠嗓王”。胡立志一见此人，身上就起鸡皮疙瘩，他想借故离开，可哪容他开口。“杠嗓王”未落座，端起酒杯，满脸堆笑地说：“董事长，以前如有冒犯，还望海涵，一切都在酒中，干了！”胡立志早已领教过此人的厉害，不干行吗?

气氛融洽，三杯喝完，“杠嗓王”拿起酒瓶，下位斟酒。胡立志不肯斟，“杠嗓王”有的是方法，硬是给他斟满。“杠嗓王”又站了起来，说：“你董事长现在也不常来，我在这里帮忙，随时欢迎你来撂一下，谁不干！”这话中明显有了荤味，还能再战吗，惹不起，我躲得起吧！你走你的阳关道，我走我的独木桥！拜拜，没那么容易，四杯下去，“杠嗓王”还不肯罢休，胡立志扯起了白旗，他拖着两条不一样长的腿，往家飘去。

从那以后，胡立志再也没去“芙蓉休闲度假村”，更没什么指示了。

几天后程明再遇沈秋实，说：“你这家伙太坏，两场酒，终结了董事长的许多念想。”

他们相视一会儿，忍俊不禁，便哈哈大笑起来。

第十章

胡立志后传

胡立志在省城待了两年回老家了。这次与以往不同，他心里不是滋味，因为小两口硬生生将他和老太婆分开了！

他想，这些人真不给脸面啊，以前老子回乡总是“夫妻双双把家还”，走到哪里都风光无限；如今被棒打老“鸳鸯”，有委屈还不好意思跟人讲，真憋屈！天地良心，我每天掏钱买菜，择菜拖地晾衣服，什么事不做啊？为什么容不下老子呢？他猛吸一口烟，咳嗽两声，用尽全力吐出一口痰，呸，别城里乡下的，我不稀罕！回家一样潇洒！在乡下过了大半辈子，我还不习惯住鸽子窝呢！乡下家里什么菜都是新鲜的，根本不需要往冰箱里塞，多半蔬菜还不需花钱买。省城怎么了，在哪里一天不是二十四小时，一年不是三百六十五天？最可恶的是那犟驴一样的老太婆，他们小两口连老头子都容不下了，你、你、你还有什么好留恋的？老子是有工资的人，腰包鼓鼓的不求人。省城再好，两眼一抹黑，睁开眼净是生人；在外闲逛半天遇不到一个熟人；想约同乡喝点儿小酒，要打好多电话，先约再聚。大家跟我一样苦啊，生怕哪里做得不到位，惹那些小东西不开心。处处提防，事事小心，简直过的是以前“小媳妇”的日子。大家都有一肚子的苦水没处倒啊！哎，算了吧，不谈这些了。

如今也好，你们逼我回老家，真是“瞌睡送来个枕头”，求之不得呢。回来多好啊，轻松、自由、洒脱。以后我可以跟我自己的娘老子过，二老一定很高兴。

当然，这些都是胡立志闷在肚子里的牢骚话，自我解嘲，是不可以告诉别人的。

这次回来可以叫作“落荒而逃”，在省城发生那些破事儿，并不涉及“道德”，不过是在乡下养成的习惯进了城没改掉，就像旱鸭子遇到水，只能照样子扑腾，终有点别扭，也难免反弹。说了半天，其实就是一句话：他被赶回来的真实原因，虽不属家丑，但也不宜外扬。若在餐桌上说出来，难免令人喷饭。他不担心别人，就怕有人问“老胡哪儿去了”，老婆未必能守口如瓶。

他，时刻惦记着。

既然回来了，就得过好自己的小日子。现在可不比从前了，一不可蹭酒席，二不能将就。他不再是拎包的兽医，而是镇兽医站尚未退休的站长，其他就不用多说了。无须想得太多，每天三次修五脏庙，一次不能少，菜市场天天到。

在菜市场遇见熟人，相互寒暄，“回家住两天？”“嗯呢，住两天。还是乡下好，鱼虾野生的，肉是放心肉，要吃蔬菜下田弄。多好啊！”

别人一听，都夸胡立志不忘本，根在家乡。这话他爱听，听了心里舒服，脸上也光亮了许多，因此也就主动跟人打招呼了。

买好菜，到附近的药店去买降压药。药店老板看到多日不见的胡立志，便站起来打招呼，让他坐下来歇会儿。他礼节性回应了几句，流露的都是对省城不屑一顾，在城里过日子没意思，坐家牢，吃了睡睡了吃，简直就是头猪嘛，哪有家乡好啊，哪里都是熟人，说上半天话。你说是不是？

买完药，他扬了扬手上的袋子，说："买了野生长鱼，大鲫鱼，割了肉，宰了鸡，回去跟老头子老娘碰个头。"

"哦，那你忙，以后没事来玩玩。"

他哈哈一笑，说以后常来耍耍。其实他不是要买药，而是来做广告的：我胡立志回来了。

二老见大儿子买了这么多菜回来，责怪他不会过日子，瞎花钱。他说孝敬二老是应该的。老人笑得嘴都合不拢，"还是老大懂事，懂我们的心。哎，儿孙一大帮，可都飞了，头疼脑热的，只有两个老香瓜相互照应。不指望他们来帮忙，也不给儿孙添麻烦，只要他们过得好就行了"。

胡立志年轻时就学得一手好厨艺，不过手艺还不及老母亲。今天他要下厨，手脚还算麻利的老人不让他干，他只好择菜、洗菜。老头子坐在锅堂前烧火。老两口坚持烧土灶，铁锅烧饭炒菜。虽然现代化的灶具齐全，就是不用，不是为了省钱，而是土灶烧出来的菜好吃。俩老人，一个烧火一个烧菜，习惯了"二把不离伴"。再说，儿子回来了就是客呀，我们能动，怎能要他动手呢。

洗完菜的胡立志见吃饭还早，枯坐家里不是他的风格。俗话说得好："走动走动，三分财气。"

到哪里去呢？沈秋实的度假村是不能去的，那里是丢架子的伤心地，不能再自取其辱了，万一遇到那个大喉咙叫人尴尬呢，不去为好。老熟人、老朋友家也不能去，万一人家盛情挽留，又怎么好推却呢？他有点纠结。

想来想去，还是去镇上转转吧。

不是冤家不聚头！这不，刚转了十来分钟，在离度假村不远的地方，一辆琥珀色的奔驰迎面而来。他拿眼一瞟，是沈秋实的坐骑，浑身的毛孔不禁竖了起来。他忙低头佯装没看见，可开车的人早就看见了他。喇叭声声，叫你没法再装下去，他只好抬起头来。早已开了车窗的沈秋实满脸堆笑说：“哎呀，董事长什么时候回来的啊，看不起小弟了，也不给我来个电话？”

胡立志本是个玲珑人，见人说人话、见鬼说鬼话的本领打穿开裆裤就会了，再加上这些年来，什么场合没见过？他立马挤出笑容：“沈总忙啊。刚回来，住两天。”沈秋实下车拉住他说：“正好，整了几样硬菜，去搞两盅。”

胡立志抬头看看天，低头看看沈秋实，心想，自从那次受辱，再也没去度假村摸过你的酒盅，今天这太阳是从哪边出来的？他搞不懂。商人无利不起早，无事不烧香，还是提防点好，免得再受人奚落。还没从阴影中走出来的他，笑笑说：“感谢盛情，今天要陪二老，哪里都不能去！要是让老三知道了，更不好交代。”“那还不好办，将二老一起请过来不就行了吗？难得遇见你。”“不行，今天肯定不行，老妈在家烧菜，估计差不多要好了，改天专程拜访你。”说完胡立志抱拳道别。本来还想再闲逛一会儿的，现在只能调头往家走。

沈秋实见胡立志这么坚持，有点不相信自己的眼睛，这真是士别三日当刮目相看啊！看来以后不能不把他当回事了。

二位老人家见大儿子跨进了大门，都笑了。快人快语的老母亲说：“盐巴草都绊得住的人，今天怎么这样上规矩啊？我怕你又被哪个劫去了呢。”“妈，你别说，还真有人死命拉我呢，就是度假村的小沈，我硬是没答应他！陪你们为大！”尖酸话胡立志张口即来。老父亲听见了忙跑进房间，俯身从床底下拖出纸箱，拿出陈了多年的茅台，说："家里有好酒，何必蹭人家的饭，吃别人的眼珠子不值得啊！"胡立志面带酡色辩解道："有时也是盛情难却啊！""人家三天前就约你，那是真请你；路上遇见，邀你吃饭，那是客气话。不能把客气当真。不说了，我了解你！"父亲点拨道。老妈忙打圆场，说："行了，回家就好。吃饭了。咱爷三都喝点酒！"

二两酒下肚，气氛活跃了许多。老父亲问："在城里还习惯吗？反正我是不能久待的。要么在外闲逛，要么在家睡觉，没意思！""是的，我也一样，不习惯，还受气！"胡立志愤然道。"受你老婆的气，还不是因为你不勤快！"老妈说。"只受她的气也就罢了，那两个小东西，说的话太叫人心里不顺畅！花钱给你们买大房子，到头来却容不下老子！让我们老两口离婚，这是什么道理？"胡立志左手端酒杯，右手拿筷子在空中挥舞，越说越激动，突然放下酒杯，筷子往桌上一拍，骂道："这城里的姑娘，到底有没有家教啊？畜生！"他舍不得骂自己的儿子，却埋怨起儿媳妇来了。听他这么一说，老两口吃惊不小，异口同声地问道："离婚？开什么玩笑？！""我们分开了，不等于离婚？"老父亲点了一支烟，说："老三告诉我们说你打道回府了，但没说原因。还有，我那孙媳妇不是挺文静挺贤惠的吗？不能单说人家的不是，你是什么人，我能不清楚？说给我们听听看，到底为什么？""哎，其实根本就不是什么大事。"胡立志习惯性地捡芝麻大的事说，丢面子的事是不会说的。

上次回来，邻居送了一瓶苋菜馉，这东西在省城是难得吃到的。苋菜馉炖豆腐既下饭又下酒，闻起来臭吃起来香。他要带去给孩子们尝尝。临走又跟饭店老板要了两瓶麻虾酱，如果送一瓶给亲家，说不定还能骗顿酒呢。他想得很美好，相信亲家翁一定会感谢他的。

夏天的傍晚，室内空调呼呼作响，凉风习习，胡立志夫妇已将一桌菜忙好。他最中意的苋菜馉炖豆腐还在电饭煲里炖着，蒜瓣也拍好，只等小两口回来开饭。

小两口回来了，走在后面的儿媳妇一进门，忙用鼻子嗅了嗅，问："什么味，这么臭？""没有啊，饭香菜香呗！""不对，你仔细闻闻，我还从没闻过这么臭的味儿呢！"

胡立志听了小两口话，忙跑进厨房打开油烟机，总算将那臭臭香的味道排了出去。小两口换了鞋洗了手，双双走进餐厅。胡立志满脸堆笑，不无得意地说："今天做了老家的风味小吃，让你们尝尝。"说完转身揭开电饭锅，放上蒜瓣，然后将苋菜馉炖豆腐端上了餐桌。苋菜馉特有的味道随着蒸腾的热气袅袅上升，又因油烟机还开着，那味道直往坐在背对油烟机的儿媳妇那边飘去，浓烈的香臭味也就直往她鼻子里钻。也许她长这么大从来没闻过这味道，也许她真的受不了这奇怪的味道，歇斯底里大叫道："这比大粪都臭的东西是什么呀，也能往桌子上端？你们怎么什么都吃？"边说边往卫生间跑去。这是什么话，这不是骂我们吃屎嘛！胡立志再也忍不住了，反击道："怎么可以这样说话，你是在骂我们吃屎吗？你们家才吃屎呢！吃屎的父母才会生出你这个没有家教的东西来！"儿媳妇见老头子骂自己家人，心里不是滋味，虽受过高等教育有一定涵养，但还是忍不住说："粗鲁，到底是乡下人，没素质！""谁没素质啊？乡下人怎么了，没有乡下人种粮食，你真的要吃屎了！不，屎都没得吃！"胡立志气得胡子抖起来了，脸都白了。老婆赶紧灭火："来劲儿了是吗？

好听吗？哪个叫你带这东西回来的？孩子没吃过，不习惯，错了吗？”她调过头来跟两个小的说：“你们出去吃吧，下次不做就是了。”

小两口出去后，妻子狠狠地将他数落了一番，直说得他无话可回。剩下来的苋菜馉和麻虾酱用保鲜袋裹好，深藏在冰箱里，也不敢送亲家翁了。

老父听到这里，长叹一口气，说：“哎，俗话说得好，养得了小，容不得老，老不合少嘛！你在家松散惯了，就不用再去城里。图名声，图风光？狗屁！”

老父的话一针见血，直中要害。胡立志无言以对。人心都是肉做的，所有的父母都一样，舐犊情深啊！老父抿了口酒说：“但话说回头，一方水土，养育一方人！你是这块土地上长大的，根在这里，何必挪窝呢！我看你就多陪我们几年吧！”

胡立志头点得如鸡啄食，忙说我也是这么想的。

胡立志相信自己不是落荒而逃，而是龙归大海，虎归山林。

喝了六两茅台的胡立志，回家做飞天梦去了。

这些天，酒后的胡立志头脑里总产生一些奇怪的想象，他既羡慕官当得大的人，又渴望自己能成为一个腰缠万贯的富翁，更想成为呼风唤雨的神仙。酒醒后，他知道这些都不是自己的菜，现在唯一能做的，就是利用他人的需要去满足自己的需要，这样的日子照样会堂哉皇哉。

带着酒香，胡立志进入梦乡。梦里他再次遇见了沈秋实。沈秋实押着“大喉咙杠搡王”来见自己。“杠搡王”已没了当年的霸气，在胡立志面前像个孙子，连声检讨自己的不是，说自己简直是有眼不识泰山，还望老大高抬贵手，放小人一马。话未说完，双手着地，额叩地面，发出咚咚响。“折煞人也！”他不禁大叫一声，从睡梦中惊醒。他打了个哈欠，揉揉眯眼，只见房内很明亮，天已转晴。突出重围的太阳在西边放射万道霞光，也将他的房间染成金色。难道刚才是南柯一梦？就在这时，又传来咚咚声，仔细一听，那是大门被重拳擂响的声音。他爬起来，拎着裤子直奔卫生间蹲坑去了。解决了“大问题”，惬意地站起身，敲门声再次响起。他嘟嘟囔囔跑去开了门。

胡立志吃惊不小，原来敲门的不是别人，正是令他发怵的“大喉咙”。他张着嘴不知是否应该打招呼，呆立足足有三秒钟。“大喉咙”也是满脸挂着不自然的笑容。就在双方尴尬时，传来沈秋实的声音：“原来董事长真的躲在家里睡大觉啊！手机也关了，敲了半天的门！”“哎哟喂，晓得沈总有吩咐，就不关机了。”胡立志答道。“今天带‘大喉咙’登门谢罪，还望海涵！晚上斗酒！”胡立志还想假意推辞一番，站在一旁的哼哈二将搭住他的手臂，硬拉他上了车，沈秋实随手替他关上大门。

到了度假村办公室，沈秋实调侃：“董事长，你回来不到我这儿指导工作，是对我不关心呢，还是对我有意见？你一来我的生意自然就会好，你咋就不能让我沾点光啊！”此时的胡立志是清醒的，他估计这家伙肯定有事，否则不会主动找他。他想看看他葫芦里卖的什么药。

果然，沈秋实告诉他，有人要拜访他，顺便有点小事情请他跟老四说说。胡立志连忙推辞，绝对不利用老三的权力谋取私利，坚决维护老三的形象。沈秋实说，一不跑官，二不违法，只相当于将坐在教室里后面的学生往前挪一下而已。胡立志还是不答应，沈秋实说我已应允下来了，人家明天就赶过来请你帮忙。潜台词胡立志听得懂，也就顺坡下驴，说："既然你沈总已经答应，这个帮忙肯定是要帮的。"沈秋实装得很感激的样子说："请多关照。都是很好的朋友，有事不找您找谁？"然后告诉他是什么事，胡立志听后点头说力争办好。

接下来便是酒桌鏖战。如果不是中午的底子，胡立志不会买哪个的账。不过为了明天的正事，沈秋实也不会将他灌醉。

第二天午后，一辆大奔开进了度假村。

午休后，沈秋实打胡立志的手机，然后带着三个陌生人跨进胡立志的家门。紧跟着沈秋实的是个年近五旬、大腹便便、满身名牌的男人，一进大门，他便用那东部沿海口音对胡立志的四合院恭维了一番。

胡立志有个特点，谁称他房子好，那距离就近了一尺；谁请他喝一顿酒，那关系就铁了一分；谁送他名烟名酒，那就是哥们儿；至于……，那就不用说了，谁不喜欢？来访者正合胡立志的口味，所以他跟来人握手后，连忙请进客厅，从冰箱里拿出"狮峰龙井"。

一落座，沈秋实便说："严总专程赶过来请你帮忙，昨天我已跟你说过了。这两份见面礼，一份给你，一份请你带给领导。"说完手一招，拎东西的两人便走进来。

胡立志瞟了一眼，想这礼物不菲，一箱茅台，两条黄金叶，一份海鲜大礼包，出手蛮阔绰的，再敲一份岂不更好？于是他咧开嘴说道："嗯，不是太大的事啊，何必这样客气。"来人一听有把握，便笑着说："小小心意，不成敬意！""不过我想，如果让老头子给老三打个电话，然后我再催催，肯定没问题。"

这话谁听了都觉得太有理了，而沈秋实却听出了弦外之音，为了能把朋友的事办好，也就顺势说道："对、对、对，本来就想先拜访您，再去看老人家的。"来人也附和道："这是必须的！都准备好了，什么时候送去好呢？""让我来打电话联系一下，很可能在外面打牌。"他拨打了老头子曾经用过的号码，扬声器里传来了"已关机"。他解释道："可能打牌时怕受干扰关机了。没事，等会儿，我送过去。就说沈总亲戚家的孩子有点小事，务必帮忙。你们放心，肯定能成！"边说还边用右手拍打着胸脯。

沈秋实是石灰船里翻眼睛的角儿，什么花样经识不透！他眨了一下眼睛后说道："不，马上找到老人家，我想晚上请二老一起吃个晚饭，正好严总也在。"胡立志白了下眼睛，找不到更好的理由搪塞，只好领着一帮人去老头子家。

以往四时八节，老人总能收到沈秋实的礼物；有时沈秋实还派人送来可口的菜肴。二老很喜欢他，只要沈秋实有什么需要老人帮忙的，总是有求必应。今天沈秋实一说来意，老人就表示这个事一定能办好，酒不收，海鲜留下，晚宴也不参加。最后关照，尽快将孩子的资料送过来。

有了这个承诺，谁不高兴啊，不去饭店也说不过去，沈秋实好说歹说，才将二老劝上车。

这活计做得顺当。老头子开口，没有办不成的事。说老实话，在老四面前我从来没有敢为他人说过情，说了也无用，不如不说。有老头子在，怕啥？什么东西不能吃，什么礼物不敢收？胡立志暗暗得意。过了几天，二位老人搭乘开往省城的班车来到大孙子家，打电话告诉老三，我们来了。

听到父母来了，老三当然高兴，只是近两天会议太多，无法抽身见面，准备大后天晚上为二老接风洗尘。

该打的电话都打了，闲下来可以跟大媳妇聊聊天了，二老很想知道老大回老家的原因。

大媳妇撇了撇嘴说："你们不问，我也不想说。他是个说不上口的人，这点你们是知道的，平时在家散漫惯了，不上规矩，好说大话，好像当大干部的不是他三叔，而是他自个儿。不，比四叔的干部还要大！这些嘛，也见怪不怪，孩子们无所谓了，要命的是他的坏习惯！"

老头子说："这些我们自然知道。我想知道的是，他为啥一个人蹶回去，而且发誓再也不来了呢？"

"哎，您老不提则罢，一提这个，我的脸都不知道往哪里搁！"大媳妇垂下眼帘，不开口了。

二老一再催，她长叹一声说："还提它干什么，丢人啊！"

二老更不放心，一定要知道所为何事。

被逼无奈，她只好将那天下午发生的事儿，原原本本复述了一遍。

听了之后，二老又好气又好笑，虽不是什么原则性的问题，但还是有点出格了，便叮嘱道："家丑不可外扬。我们知道你心直口快，但对此事绝不能对外界说。"她支支吾吾地说："这，这个，我知道。"

晚上下班回来的孩子见爷爷奶奶来了，自然非常高兴，丢下包便直奔二老。老人家见到如此懂事的孩子自然高兴，本想批评他们赶走老父是不对的，此时却开不了口。他们知道，不是孩子们赶爸爸走，而是做爸爸的不好意思再待下去。最后老头子还是问了一句，什么时候把你爸接回来？他没看清楚他俩是点头还是摇头，最起码没有明确反对，那就算是默认了吧。二老来省城的第一桩任务已完成。

第三天上午，两位老人和大媳妇被老三接到家。住了两天，二老便嚷着要回去，说在城里住不习惯，不如乡下自由，无论怎么挽留都没用。没办法，只好给他们打好票，送他们回家。其实大家心里都很清楚，老人家是惦记着老大啊。临别前，老头子又一次提起那孩子调动的事，得到明确答复后，他们高兴地上车了。上了车的老头子又下了车，再次关照大媳妇，家丑不可外扬，家和万事兴！

解决了沈秋实拜托的事，胡立志洋洋自得地踱到度假村报喜讯，说孩子的资料已发给老三，不日将落实到位。

自此，胡立志又觉得身高八尺，走到哪里都将头抬得高高的，胸膛也挺直了，喉咙也大了。哪里热闹他就往哪里钻，必要时掏出“黄金叶”撒一圈。

容光满面的胡立志，早饭后，照例来到农贸市场转一圈。买好菜，他想去桥北边的药店坐会儿，吹吹牛。已经几天不来了，该来显摆显摆，这里是有身份人的聚集地。

他进来时，退休老教师正手舞足蹈说着什么笑话。他儿子也在省城工作，巧的是与胡立志儿子家不仅在同一个小区，而且是前后栋，推开窗户就说到话。两家走动频繁，关系挺好的。这时，有个背朝门口的人打断了他的演讲，说：“怎么会有这么劣质的马桶，这马桶白送给你会要吗？”老先生发挥想象解释道：“来，你听我说。他家装修材料全是他买的，为了省下钱，便以次充好。他是个什么人，大家又不是不清楚。”为了让听者相信，还赌咒道：“谁骗人，就不是人！我家里打电话告诉我的。他婆娘前两天到我家串门时说的，还要我劝劝他呢。”

人们不再怀疑真实性，还想了解得更详细些。有人打破砂锅问到底：“照你这么说，他那没把子的‘黑茶壶’被儿媳妇看到了？”“那还用说，哈、哈——”第三个“哈”字还没送出口，一记清脆的耳光声已响起。大家掉头一看，胡立志不知什么时候进来了。人们被这突如其来的变故惊呆了。被打的人张着嘴巴三秒钟没合上，红着脸愣着，头脑似乎短路了，不知怎么冒出句：“不信你们问他自己！”话音未落，胡立志又一个反巴掌猛抽过去。

原来一脚跨进药店的胡立志，听到谈笑声还想去凑个热闹，可一听到“马桶”这个词便一激灵，猛然醒悟，难怪这几天有点不对劲儿，有人看他时，脸上总有一种似笑非笑的表情；有人好像很关心他，问不在省城享受天伦之乐，跑回来干啥？甚至还有人问他大便时蹲坑还是坐马桶？更有说话粗俗的人问他的“茶壶”有没有压碎，屁股上的伤好了没？他只装着没听懂，但他估计那件事泄露出去了。他很生气，他知道二老不可能说，可老婆说了又能把她怎样？他没法跟远在省城的老婆吵架，即使在一起他也不敢吵，因为吵不过她。但在家乡传播“丑闻”有损形象。他便发誓，哪个再说，绝不客气！

被打的人两记耳光后醒过来了，挥起拳头朝胡立志面门扑来，胡立志左手一挡，右手揪住对方的头发顺势往下一按。“啪”的一声，老先生跌了个嘴啃泥，胡立志朝他屁股上猛踩了几脚。老先生口头上的功夫还可以，可打起架来就不行了。众人见此情景坐不住了，一拥而上拉开了他俩。

胡立志脸色惨白，喘着粗气，一个字也骂不出来。接过别人递过来的香烟猛吸几口，喷出浓浓烟雾。

胡立志揍了老先生，出了口恶气，心情也好了许多。可从此，他在城里发生的事儿老少皆知，成了人们饭后茶余的谈资，有不少人热衷于传播胡立志蹲破马桶的故事。

那件事发生在一个星期六的傍晚。

胡立志的儿媳妇与闺蜜闲逛了大半个下午，也憋了大半个下午的尿。一进家门赶紧换了鞋，将小包随手往鞋柜上一放，来不及跟厨房里的婆婆打招呼，径直冲向客厅里的卫生间，“呼”的一声推开虚掩着的门，却被眼前的情景吓呆了。原来胡立志平时不看书不看报，但如厕时总要拿份报纸，点着香烟，悠闲地享受着轻松惬意的时光。此时他正蹲在马桶上，抽着烟读着报，根本想不到有人会破门而入。伴着“咣啷”一声门响，儿媳妇怒骂道：“老流氓！臭不要脸的老畜生！”这一大声大叫不打紧，却把蹲在马桶上的胡立志吓得魂飞魄散，失去平衡仰面跌下马桶，头撞到右侧墙壁上，手本能地在空中乱抓，就像不会游泳的人，一旦落水抓到什么都不肯放松一样。谢天谢地，挥舞着的手终于抓住什么了，可猛一发力，随着“咣当”一声响，水箱盖和人重重摔倒在地上。

儿媳妇的叫骂声，卫生间的碎裂声，胡立志的惨叫声，惊动了胡立志的老婆。她刚从厨房奔出来，见到儿媳妇满脸怒容，也顾不了许多，赶紧跑到卫生间。到了门口，一股臭气直往鼻子里钻。只见胡立志四脚朝天，裤衩拉在膝盖处，两手试图抓住什么要爬起来，慌乱之中按在碎瓷片上，手被划破，鲜血直流。老婆吓呆了，忘了数落他，上前去要帮他把裤衩提上。他叫道：“屁股还没擦呢！”

老婆叫他按住马桶边，自己再拽住另一只胳膊使出浑身力气，他才爬起来了。他还未站稳，老婆便张口历数他的种种“劣迹”，骂他不注意形象，总要惹出些事端来才高兴。他辩解道：“你不知道我坐在马桶上拉不出屎来吗？蹲在马桶上又犯了哪家王法？我哪知道她什么时候回来？谁又会想到她进这个卫生间？”“你就不会把门锁起来？锁起来会闷死你啊？”

正当他们在卫生间争吵的时候，儿媳妇拎着大包小包回娘家去了。

接到电话后儿子回来了。他们坐下来心平气和地商量下一步怎么办。最后儿子说，以前发生一些龉龃都是些小误会，这次本来也不应怪爸爸，但与以往不一样了，我们怎好叫人家与爸再待在一个家里？就目前情况来看，我认为爸爸还是回去住些日子比较好。在老家生活惯了，到城里肯定有点不适应，我们也不想改变您的生活习惯，您还是回避一下吧。

胡立志一言不发，娘儿俩都知道，他不想回老家一个人生活。儿子只好发出最后通牒：“您要是不走，她就不回来了。您看着办吧！”

没法再坚持下去，此处不留爷自有留爷处。所以，过了两天，养好伤的胡立志拎着大包小包回来了。他万万没想到的是，这件“丑事”竟也如影随形，跟着他一起“回乡”。

第十一章

人杰地灵

一

淅淅沥沥的春雨使得庄稼地不再沉寂，村民们冒雨在田间劳作，最有声势的要数土地流转后的种粮大户，每户都有几十个中老年男女在田间施撒化肥。

种田人都不会忘了“一年之计在于春”的古训，然而幸福河南岸的大片麦田直到惊蛰也未见一个人影，这就不正常了。许多出让土地的村民聚在一起探讨原因，但坐在家里哪能找出缘由呢？

大家商定，派代表去承包土地的老板厂里看看。

三五辆电动二轮车，载着七八个人走了。

一小时后，等待结果的人还没有离开，打听消息的人回来了。他们脸色凝重，大家忙问怎么啦？回答是：大门紧锁，连狗都不见了。

不锈钢制品厂到正月底还不开门？奇怪！不能大意，教训太多：前几年有个种粮大户因田间管理不到位而歉收，硬说灾情严重，想打赖皮；去年河北边的那个承包户，将镇里的补贴和田里收入赌输了，到了农历腊月二十九还是镇里垫付的……

不能被人家砸了我们的饭碗，找村领导去！大家就往外跑。

有人提议，先派三五个人跟村干部通个气，如果他们不作为，我们再到镇里去说不迟。

合情合理，人人赞同。

选派的人来到村部，见到了总支书。他们说明来意，起初总支书还不肯相信，一想此事涉及面广，直接关乎村民的切身利益，处理不好激起众怒，对哪一头都不好交代。他立即给土地承包方打电话，所有电话都无法打通。怎么回事？不甘心的他再拨承包方朋友的电话，回答，不清楚。

总支书急了，支部书记坐不住了，得信后的村主任赶来了。他们想，宝马奔驰等名车好几辆的大老板，是家遇不测，还是其他什么原因？派人去找，结果毫无线索，厂里“铁将军”把门，问邻居也无准确说法。

这涉及五六百户，近两千人利益的事，村委会不敢当儿戏。但村领导也很纠结，遇事绕着走，或隐瞒不报，或将矛盾上交都不是办法。他们紧急磋商，觉得还是将此事立即反馈给相关领导为好。他们分别打领导的手机，没一人肯接。今天怎么了？他们坐不住了，总支书带领一帮人立即赶往镇里。

到镇政府大门口打听，门卫说，副镇级以上的干部都在四楼开会，谁肯接你的电话？你们暂时也不要去打搅。

打搅，借九个胆凑成整数也不敢啊！这位到任不久的书记是市委常委，铁腕人物，说话从不拐弯抹角，办事雷厉风行，目前正在抓干部作风建设，已通报批评了一些工作浮而不实的干部。平时他总是下基层搞调研，今天怎么打破常规，下午开会呢？

上四楼去等吧，一散会就能遇到人呢。

他们刚到三楼转角台，就听到会议室里传来一阵断喝：“跑！

跑！跑什么跑！跑到哪里去？”正拾阶而上的村干部不禁打了一个寒战，立在那不敢动了，他怎么会看到我们上来呢？紧接着洪钟般的声音再次响起：“携款而逃，留下巨额债务，谁给你擦屁股？想逃之大吉，做梦去吧，只能是逃之大劫！要组织精悍力量，将这些人一个个劝回，必要时公安介入！”

谢天谢地，不是冲我们来的。他们定了定神，总支书像玩民兵捉特务游戏，手一招，大家轻手轻脚尾随而下。

不久散会了，领导们各自回到办公室。

刚跑到一楼的总支书的手机响了，分管农业的副书记叫他和村主任及各支部书记立即赶到镇里。

一进办公室，他们立马被带到常委那儿。常委见他们已到，露出了难得的笑容，开门见山地说：“噢，你们也已知道‘逃之夭夭’的消息了？那我们长话短说吧。请你们立即回去，做好宣传、说服工作。请相关村民放心，土地租金，一分不会少，保证按时足额进账。我代表党委政府很负责任地承诺！”

无须多说，赶紧打道回府。

二

淳朴的村民的工作不难做，只要你跟他们交心，一定会把你当朋友，尤其是村干部。很快沸腾的油锅，被人从锅底下抽掉了柴火，大家的心安稳了。

春耕生产时节到了，田间管理应该跟上，否则会影响收成。现在虽然责任到人，但粮食大面积减产不是件小事，新的承包人应尽快落实。

谁是最合适的承包人？党委政府在征求大家的意见。推荐的人选不少，报名接包的也很多，但都被否决掉了，领导不得不小心谨慎，仓促拍板，万一再冒出个“空手套”怎么办？不能不防！

谁是合适的接包人，他们在努力寻找。

具体负责物色人选的农业局长，为此事头都大了。闷闷不乐的他踱出局长室。走到集体办公室门口时，他抬头朝里看去，见到正在办公室埋头写材料的高峰，不由得眼睛一亮，这不是最佳人选吗？

高峰被叫到局长室。局长试探性地问道：“如果让你去承包千把亩田，愿意吗？”

这，他从没敢考虑过，可又是他迫切希望的事，到哪里去承包呢？土地不是你想流转就能流转得到的，这点高峰是清楚的。他摸不准领导的意图，只是笑答道：“哪来这样的好事？”

“如果你愿意，说不定还就真有呢！”局长仍似开玩笑。

“我愿意！”高峰毫不犹豫地说。

“那好，听通知。”局长的语气中带有几分肯定的成分。

局长将高峰及家庭情况向常委做了汇报。常委听了认为这是个不二人选，南方农大毕业的村干部，有真才实学，有理想抱负，父亲经销不锈钢废料，这些年赚得盆丰钵满，虽不能说是富甲一方，但可以肯定经济实力雄厚。这样的人选，打着灯笼也难寻啊！

镇党政联席会一致同意，高峰家庭接手承包。常委叫分管农业的副书记将农业局长和高峰一起叫来办公室，给年轻人交个底，打打气，鼓鼓劲儿！

常委代表镇党委政府给高峰交底：“这一千六百亩田转给你家承包，土地承包费上缴的方式和金额按前期合同执行，交款比例上四下六，在规定的时间内交镇农经站。现在正是春耕生产时期，请你代为管理好在田小麦，所有费用建立专有账户。如若亏损，镇农业局负责解决，盈余归接包人。”常委走到高峰身边说：“好好干，相信你能干出成绩来！”边说边用手拍了拍高峰的肩膀。

他像接受任务的战士一样当即表示，请领导放心，绝不辜负信任！

高峰心里那高兴劲儿没法形容，他大学学的就是“植物栽培与管理”，学以致用，天遂人愿！高峰咧着嘴回到了办公室。

站在办公桌前的高峰，冷静一想，一下子跌坐下去，在心中暗暗叫声“不好”。父亲那一头能通得过吗？他生意做得顺风顺水的，哪能同意我回家承包土地呢！他只指望我早日考上公务员，早点结婚生子，享受天伦之乐！他常叮嘱：“当干部不要想捞取什么好处，犯法的不做，药人的不吃！”他希望我能升官，但不希望我发财！唉，现在如果将接到手的“皇榜”退回去，领导能高兴？答应了，回去怎么说呢？

他没了主张，不停地抓头，不停地在室内转圈。“嗨，这是个办法！”他情不自禁地大叫一声，办公室的同事被这莫名其妙的高叫吓了一跳，忙问怎么回事，他不好意思地答道：“没事，没事。打搅了。”

高峰知道凭他本身的力量是无法说服父亲的，就是十分疼爱他的妈妈也不可能支持他这冒失的行动，唯一能帮助他的只有外公。这个做了多年卫生院长的内科副主任医师，是位德高望重的老医生，也是父亲心目中真正的“泰山”。现在只能指望他为自己撑腰了。

三

高峰来到外公家，外公笑眯眯地说：“哎呀，什么风将大学生村干部刮到我家来了？”

高峰卖乖一笑道：“外公也挤兑我一个小学生吗？来看您还不是应该的吗？您是批评我来少了吧。当然我是不敢来打搅你们的，就怕你们为我张罗吃的。不过今天还真是‘无事不登三宝殿’，真的有事！”

“噢，是吗？多大的事，说来听听。”外公说。

高峰将镇领导的意图和自己的想法如实说出，外公听后略加思索，说：“这是好事啊，应该支持。我看没多大问题。你爸爸的工作我想办法做。”

高峰说：“没那么容易吧，现在我能想到的唯一办法，就是请您出马！”

“你这小家伙，总把我推向风口浪尖，难事由我来做，是不是？”外公笑道。

“不不不，绝对不是这个意思，我真的只能指望您了。您不知道，我已无退路！”高峰急了。

“好，好，好！谁叫我是你外公呢！我来想办法。”他稍加思考后说，“再过三天是我的生日，你还记得吗？”

外公这样问，高峰连忙说：“这怎么可能忘呢！”

外公一听乐了，说：“我生日那天，按惯例你舅舅、姨父、你们家，三家人都会来我这里吃晚饭，这个你是知道的。到时，你就说我请你们分管书记和局长一起来吃晚饭。我们来个联合办公，怎么样？”

还能怎么样，这是绝妙的主意了，高峰连说外公英明。

四

出现了这么一点小插曲，对全镇而言就像一个人身上生了个小疖子，无碍大局，但毕竟生在身上也疼呢！主要领导哪能不重视呢。这两天没信息反馈，常委有点不放心，便打电话给副书记，了解工作进展如何，他如实汇报。常委听后很高兴，说："这是个契机。老院长过生日我们去祝寿，顺便蹭顿饭。他让高峰传递这一信息，透出老人家的本意。只是我们不要过早说出想法，免得人家太费事。"

农业局长得知此信息哪敢怠慢，他把常委的想法告诉了高峰。

这天下午，高峰提前下了班。父亲高振兴见儿子这么早就回来了，有点儿不高兴，高峰忙解释："今天外公过生日，我看能否帮上忙。""都是惯例了，要你帮什么忙！好好上你的班才是正事。"高振兴仍然不同意他的说法。"既然没什么事，那我俩聊聊。"他边说边给父亲加满水，自己也倒了一杯，然后坐在父亲旁边，小心翼翼地试探他对土地流转的态度，"我家也能弄些田种种……"话未说完就被父亲截住："哪来那么多花花肠子？好好上你的班，干出成绩，争取早点考上公务员，这才是正道。其他不靠谱的想法不要有。""镇领导有这个意图呢。"高峰进一步挑明。"不管镇里、市里，总不可能强迫人承包土地嘛！不管怎么说，种田这碗饭我是不想吃了！"深知种田辛劳的老高表明了态度。"镇里想让我回来承包千把亩田呢。"高峰把想要说的话努力挤了出来。"怎么，犯错误了？"老高一听"腾"的一下站了起来，盯着儿子问。高峰赶紧解释道："你想哪儿去了，不是这个意思，不要误解。""那是什么原因？"高振兴还是不能理解。"现在流转土地，可不是以前回乡当社员。我想办家庭农场，想考研。"高峰进一步解释道。"不行！我再重申一遍，踏实工作，好好做人，认真学习，早日考上公务员。考研没人拦你！至于其他，就不要多想，也不要多说！"老高加重了语气。

高峰知道，再争辩也没价值，反而不利于问题的解决，不如冷一下。再说，还有人帮着做工作呢。他不再开口了。见儿子不再“强调”，做老子的也就见好就收，说“我过去看看，准备得怎么样了”。

五

晚宴准备充分，以家常菜为主。听说常委要来，老院长特地从床底下拖出一箱放了有些年头的酒。

菜都准备好了，孩子们都到了，本该入座，可外公却说再等等。

不久，常委、镇长走进了客厅跟寿星握手，副书记和农业局长每人夹了一个箱子紧跟其后，驾驶员放下蛋糕爆竹走了，留也留不住。外公说：“你们看，酒我都准备好了，还烦你们带酒？小看我老头子了。再说又不是整生日，还买什么蛋糕爆竹的，你们太客气了。”边说边拿出酒。常委见了，忙摆摆手说：“您老今天生日，我们理应来祝寿，哪能喝您的陈年好酒？这酒先留着，等高峰考上公务员再喝，岂不更好？”

这话谁都爱听，也有说服力。

晚宴正式开始了，领导、家人纷纷敬了寿星。

这时，高振兴站起来敬常委的酒，台词都想好了，常委笑呵呵地说：“你先别忙敬我们，我们四个先敬你一杯！”高振兴连忙摇手说，“折煞人呢，我哪能受此殊荣，还是我敬你们吧！”“不，我的提议肯定是有道理的！”常委说有道理，高振兴哪能不洗耳恭听呢。常委见他没反对，便说：“首先你诚信经营赢得客户，是经营者的典范。第二，你生了个好儿子，你应该高兴。第三，对这个青年才俊我们是十分看好的，该好好培养！你说该不该干杯？”话一说完，酒杯往高振兴跟前碰了碰，然后头一仰，杯底朝天，大家齐声说：“干！”

坐下后，常委又跟高振兴聊了起来，好像今天他的主要任务是与高振兴聊天，这倒让老高有点激动。

常委说，做生意要抓住机遇，人的发展更应抓住机遇。高振兴听了连连点头。

常委为了能使自己的观念让高振兴接受，便用身边人的例子来说明：“譬如你老泰山，无论是医术还是医德或领导水平，当卫生局长也完全称职，但年龄大了，这家常就不谈了。我们还是说高峰吧，青年人要进步，也应抓住机遇，对吧？”

高振兴的头点得如小鸡啄食，脸上挂满了笑容。到这时候他还不能揣摩出领导的意图，但他肯定他们绝不是单纯来祝寿的，也不是找自己聊天的。

“哎，看来我们还很谈得来，来，再干一杯！”客人这么说了，高振兴不会拒绝。

“现在就有一个机会，不知你感不感兴趣？”常委引入正题了。

好机会谁会拒绝，可常委说出来的是让高峰回家种田，高振兴就不高兴了。要种田这大学上了做什么，过去白大肚子不是照样种田？

常委说：“你老兄误解了。一，田是以你的名义承包的。二，高峰只是你种粮大户的技术指导，他还是村干部。三，这田种好了，高峰就不只是考不考公务员的事了，前途大着呢。四，你不能轻视文化的作用，没文化，理念就会落后，田就种不好，种大面积的田更需要高层次人才。”

高振兴说：“种田这碗饭不好吃，我们都品尝过种田的滋味。”

常委进一步开导道："新旧种田不一样啊，如今'插秧不弯腰，收割不拿刀；下田不用船，上水有电灌；机器一响，粮食到场'。现在种田主要是管理，不是全靠苦力，观念要更新。你生意照做呀，有空到田里看看就行了。"

高峰插话了："平时管理，让姨父负责。他以前是种田能手，田间管理肯定没问题。这样我们不需要天天下田，又解决了他的工作问题，岂不两全其美？"

老泰山拍板了："我看行！高峰的技术，你的经济后盾，大姑爷的管理，真乃最佳组合也。就这样定下来吧！"

一屋子的人都支持，高振兴虽不情愿，但抹不开情面，常委都来做工作了，你还想怎么的？他是精明的生意人，大脑较灵活，知道事情发展到这一步，不是领导头脑发热心血来潮的决定，是谋划已久的决策，可能还有儿子的参与。请你上轿不上轿，那意味着什么？他很清楚，就是赶鸭子上架，这架子也得上。再说也不是绝对没有好处，经营得好，有利可图，尤其对儿子今后的发展会起到一定的助推作用。想到这儿，他咧开嘴拍起掌来。知情人也都深深松了口气，纷纷举杯庆贺起来。

六

政府牵头，村委会具体负责重签合同，考虑到办农场周期性长的特点，附加一条，只要土地承包政策不变，可长期租用。

合同签好后，他们立即加强田间管理。施肥、排水、病虫害防治步步到位，绿油油的麦苗儿一个劲儿地往上蹿，谁见了都从心眼里发出赞叹声，这田种得就是不一样。

转眼间，收割季节到了，高峰向局长提出申请，成立一个临时组织参与夏收工作，以便做好接包后至收获期间的所有费用的结算。

夏粮收割销售，全部在政府相关部门的监管之下进行，所有支出与收入有专门账户。在纪监部门的监督下，核准账目，结果每亩结余七十三元，实际结余十一万六千八百元。按照合同，这应为高振兴所得，但高峰认为自家只是在后期管理上出了点儿力，剩余的钱一分不留，交镇农经站代为管理。这样清爽，以前的债权债务与新承包人无任何关系，镇里用会议纪要的形式记录下来。

都说“知子莫若父”，但现在高振兴已不太了解儿子了，前期运作将自己“逼到田里”，现在又“仗义疏财”。不简单！这步棋下得真妙，既显得大度，同时也为日后省去很多麻烦。

秋天到了，沉甸甸的稻穗低下了头，等待收获。高峰站在田埂上看着丰收在望的稻田，想到了一个很现实的问题，丰收靠的是什么？怎样才能降低成本？

这，一年两熟，小麦水稻，水稻小麦的单一种植模式将田种板了，土地已不太听话。他曾提出间作轮作，多用农杂肥，可毕竟刚参加工作，人微言轻，谁愿意听？甚至有人说，教条主义，站着说话不腰疼，哪来那么多的有机肥？那时，他就暗暗发誓，将来如果我成为种粮大户，一定要改革。现在终于有了自己的一亩三分地，在自家地里种什么和怎样种，自己做主！要调整产业结构，改善生态环境，努力打造农业生态链，为市场提供更多更好的绿色产品，逐渐由种粮大户向家庭农场过渡。

家庭会议完全同意高峰的设想。高峰告诉家人，这些不是他的发明创造，是中央一号文件的精神。只要我们沿着这条道路走下去，前景一定会很广阔。

七

第二年春，“振兴家庭生态农场”的经营许可证批下来了。不久，“振兴农场”的仓储、办公楼以及猪舍准建证也到手了。“振兴生态农场猪场”诞生。

高峰知道，任何事情都是利弊互生的，就像养猪，搞好了能为农田提供有机肥，搞不好，就是孳生蚊蝇的场所，成为污染环境的源头，而环保不达标，是很难生存下去的。因此，猪舍要建得科学合理实用。

猪场建在生产管理区的下风口，大小车辆均可出入。

这地方是天然的养猪场所。西面是“一水护田将绿绕”的小河与外面的大河相连；北面是绵延数公里的圩堤，上面长满了郁郁葱葱的大叶女贞、香樟、水杉，圩堤脚下是筑圩取土留下的五六米宽、近两米深与圩堤一样长的沟；南面八米宽的机耕道两边各有一大方塘，灌溉沟渠就在塘边；东边是早已干涸的生产河，也在圩内。猪舍建在圩堤南边，将圩堤脚下的长沟建成发酵池，既护坡，又便于粪便排放，再将沟渠塘连接起来，施肥时通过排灌系统运送到各片田地。

生态养殖，为大田种植提供了优质有机肥料，回报率高。俗语“养猪不赚钱，回头看看田”道出了种养结合的意义。

入冬后，高峰安排专业人员将蓄粪池里的猪粪用水泵抽送到水渠里兑上水，再用泥浆泵喷洒到麦田里。厚厚的猪粪覆盖在麦苗上，如同给麦子盖上了被子，抗寒增肥，促进分蘖，一举两得。

春节后，趁雨天给每亩麦田均施二十斤尿素。春回大地，麦苗受春雨的滋润，牢牢扎进泥土的根吮吸充足的养分，一个劲儿往上蹿。此时可以看出，施过发酵肥的麦田像铺上了绿毯，根稞壮实，叶色发乌；没施发酵肥的虽生长正常，但分蘖不足，叶色虽浓但苗不壮。

在田里察看小麦长势的高振兴觉得大集体时代，除了吃大锅饭磨洋工，有许多地方仍值得借鉴。过去所说的“深耕细作，绿肥沤田，轮番间作”都是科学的，现在的种粮大户，为了省事大多数固守“麦稻稻麦”模式，靠的是“化肥当家”，真的将田种得不太听话了，化肥施少了不叫应，这怎么行？

秋季摆布茬口时，高峰决定来年少安排一百亩稻田的秧池。

小麦还没收完，最早割完的那百亩麦秸田里开来了中型拖拉机。这拖拉机有点怪，后面还有个拖箱，干啥用？机器一响大家开眼界了，原来种黄豆也可以用机器，这得省多少人工啊！真是“农业的根本出路在于机械化”啊！

八

就在“振兴农场”走上正常运转轨道的时候，那位采取“战略转移”的老板在追查的高压态势下，灰溜溜地回来了。自从离家，他心中就一直惦记着自己还有一熟麦子没收，能卖不少钱呢。俗话说木头上无眼也能钉钉，更何况有现成的眼子呢！不行，找他去！

他想请亲戚帮他出面，人家一听，这不是捞起裤子让人踢光腚吗？还是你自己去说吧。人家婉拒，他还真的自己去了。出差刚回来的高振兴问明缘由，觉得很搞笑，长这么大还真没见过这样的人。高振兴努力克制，没有跟他多说什么，只是告诉他，有什么事去找政府，一切与己无关！来人见此君不是省油的灯，硬板地上扒不到烂泥，再说自己也站不直腰杆子，哪好意思跟人家纠缠，他红着脸走了，再也没来过，据说镇里派人找过他。此时，高振兴才觉得儿子当初的决策，是何等的高明！

一波刚过，一波又起。本地有个自媒体，看到“振兴农场”搞得风生水起，找上门来，深入田间又是拍视频又是拍照片，还采访了高峰本人。人家说宣传正能量，高峰深信不疑，采访结束，他挽留人家吃饭，人家说，我们也是为了生活而奔波，得到下一家去采访，吃不吃无所谓。高峰没听出人家的弦外之音，更无任何表示。

第二天网站发了一篇有关“振兴农场”配图文章，犹如扔下了一颗炸弹，产生了不小的冲击波。《另一种贪腐——拿公家的钱做自家的事》，这题目有点抢眼球。事情一发酵就大了。市纪检部门给镇党委打来电话，询问是怎么回事，请立即调查，如情况属实，尽快将处理结果报市纪委备存。

舆论从来都是一边倒的，传谣更是不用负责任，传播者还可以自由发挥，总是传得有鼻子有眼睛的，不明就里的读者纷纷跟帖，矛头直指政府和高峰。高峰愤怒得像个小豹子，可有什么用呢，只能越描越黑，越洗越不清。

镇纪委、组织科、文广新、农业局等单位组成联合调查组，其实没什么可查，事实清楚有会办纪要，高峰没有错！党委指示，立即跟发文的网站见面，谴责他们不负责任的报道，必须撤帖，发文道歉。

市纪委深入实际调查后认为，高峰没错，镇党委政府考虑到当时事情的特殊性，让大学生村干部下到基层也没错，是自媒体将事情搞黑了。

不久市电视台对“振兴农场”做了专题报道，彻底消除了负面影响。

高峰向镇里提出，不到农业局上班，回农场工作，不拿公家一分钱。镇里同意了他的请求，组织关系留在农业局。

九

近年来不锈钢生意不如从前，竞争激烈，利润被挤干，高振兴没有进货，决定“水缸里捞菩萨——定定神”，过段时间再说。

他是个闲不住的人，农忙时节正是用人之际，他想应该到田里帮帮忙。

没有多少水的田里仍显得很平整，八台插秧机在田间穿梭来往，插秧机走过留下一片新绿。看到这儿，高振兴不由得想起常委的话，“插秧不弯腰”，倒是大实话。

既然来了，就该干点什么吧，于是他来到姐夫跟前，要求安排农活儿。姐夫笑着说：“你以为这是生产队啊？一个萝卜一个坑，都安排到位了。你随便转转，照应照应就行了。”虽然碰了个“软钉子”，不过他还是比较高兴的，农活儿安排得井井有条，不费工，很好！他抬起头看见一个头戴宽檐草帽，颈项搭一条蓝毛巾，穿一身牛仔服，脚蹬沙滩鞋的青年向他走来，哦，这模样不是自己高中毕业时的翻版吗？只是我们那时穿的是草鞋，衣服是“的卡”春秋衫罢了。看到儿子的样子，他开心地笑了。他要求儿子安排农活儿，儿子跟他逗起趣来：“你是场长，是我的老板，能到田里来看看，就是对我们的最大支持，要你干什么活儿？”高振兴听到这儿，忙说：“别、别、别，我只是挂牌的，真正的场长是你。说吧，让我干什么？”高峰知道父亲不是说着玩的，便说：“你就到食堂去看看，督查督查，帮助买买东西。”高振兴高兴而去。

放眼望去，田野里只有两种颜色，未插秧的黑土地，插上秧的绿田。一千四百多亩的稻田，只用了五天时间便关上了秧亩门。这又让高振兴感叹了一番。

这熟水稻种得真叫人舒心，化肥用量明显减了下来，而且发稞早，分蘖多。看着栽后未到一个月就搁田控制分蘖的水稻田，高振兴又一次笑了。高振兴高中毕业后曾种了二十多年的田，由于肯学习，不久便成了种田能手。他知道一个月内的分蘖是有效分蘖，能成穗，而立秋后的分蘖，则为无效分蘖，农谚说“苗到不等时，时到不等苗”便是这个道理。苗数足了，就得及时搁田。

田间管理有条不紊，水稻长势很好。

十

收割黄豆时再次让村民们开了眼界，没想到收黄豆也用机械，有意思。

这百来亩的黄豆田，墒沟完好无缺，不用耕翻，一半散播一半条播黄花草。在田间劳动的人笑着说，大学生种田就是不一样，你不知道他玩的什么关目山，猜不透。

猜得透猜不透不要紧，能让土地上长的庄稼多卖几张红彤彤的票子才是要紧的。很显然，目前这种做法似不能多产生经济效益，是折本账，高振兴当然不高兴了，你不栽水稻种黄豆，黄豆收了又不种小麦却种黄花草，收益呢？账，不能不算！

高峰父子离多聚少，交流不便，当初曾说过自己的规划，只是父亲没当回事，事到如今他也就不急于说明，他想，事实可以证明一切。

黄花草管理比较粗放，只要有水有肥，就能迅速生长。

不久黄花草放大叶了，高峰安排人在条播地的空隙处栽上一种叫“上海青”的青菜。这是近几年刚引至里下河地区的青菜，它叶子少茎多，梗短宽，形似瓢羹，青绿色。适口性好，深受消费者青睐。

中秋节前后，黄花草和青菜同时上市，每日都有进项。这既令人高兴又使人头疼，这么多的青菜、黄花草，如果靠摆摊设点零售，卖到何时？恐怕到开花，也不一定能卖掉啊。怎么办？高峰认为只有走出去，寻找市场，批发给人家，让利经销者，才能双赢，才能没有后顾之忧。

与多家农贸市场、大中型超市、学校食堂、饭店酒楼洽谈，免费供应三天，如果受欢迎订合同，反之不强求。

现采的蔬菜新鲜，品相好，无公害，好卖。但人家不只要青菜、黄花草，还希望品种多一些的安全新鲜的有机菜。经销户坐在家里享受批发价，谁能不高兴，不欢迎呢？然而他们不愿意一桩生意两法做，既要买你的，又要跟商贩进货，数量没以前多，供方也会不高兴的。说来说去，人家既要货好，又要货全。经过交涉，高峰再压低了价格，人家终于同意收他的菜。

高峰初探市场取得了较好结果，他十分高兴。

他很快规划设计出“振兴农场蔬菜生产基地”的生产方案，聘请有蔬菜园艺经验的人为组长，雇佣中老年村民为组员。

深秋的黄花菜，采老了吃不动，采嫩了又可惜，摘一点儿自家吃可以用剪刀，而大量采摘就不能这样做了。深谙农事的姨父提出，可以用钩刀割。

十几把锋利的钩刀可真派上了用场，提高了工作效率不说，还极大减轻了劳动者的负担。

寒露后，昼夜温差变大，条播地搭起了简易大棚，蒙上了塑料布。塑料布不落地，留半截以便白天散热。

第一茬青菜卖掉后，马上上足基肥，栽上第二茬。

天更凉了，放下塑料布保温保湿，确保长得既快又鲜嫩。

第二年谷雨时节，黄花草真的成了草了，茎叶上缀满了小黄花，即使上市也无人问津，它要发挥本来的作用了。

趁夏收夏插前的短暂农闲期，高峰叫会计盘点一下这片茬口的收入与支出。小麦黄豆加蔬菜，每亩毛收入七千二百元，减去租金、肥料种子、人工、水电、材料费，净得四千元。这是一笔可观的收入，一百亩田可挣到三十万呢。

这账细算起来还真叫人心动呢！“种养结合，轮茬种植”的优势已经显现，你看田里的杂草少，化肥少，人工少，这省了多少钱啊？这些账不能不算，但仅算明账、小账没太大价值，也不是高峰的初衷，他要让黑土地发挥其潜在的价值。他决定种植有机稻。这一百亩绿肥田就是试验田。

十一

刚开春，农业局就为“振兴农场”请来了环保专家进行环境评测。由于上年没有喷洒有机磷农药，也没施化肥，更无工业污染，因此土壤检测没问题，蓝蓝的天空下散发着泥土的芬芳，清清的绿水在大河小沟里流淌，可以看见游鱼，三项指标完全合格。

立夏一到，翻耕黄花草田，晒垡后，浇足发酵肥，上大水沤制半个月，再用大型拖拉机旋耕，墁平，插秧。

有机稻与常规稻的种植方法上有很多不一样的地方：一不能施一粒化学肥料，二不能喷洒一滴农药，三灌溉用水没受污染，即使河里养鱼也不能用药。平时田间管理更是谨小慎微，追肥用的是有机稻专用肥。为了防治害虫，耕作前高峰便让瓦工浇筑六十厘米见方、八十厘米深的水泥基础，夏插结束后立即装上了太阳能诱虫灯。

高温高湿水肥供应及时，水稻长得茂盛，这期间也是病虫害高发期。面对一天比一天严重的病虫害，高峰束手无策，喷洒农药能药到病虫全除，可一用农药就不再是有机稻了；如不用药就会严重减产。他想通过过水的办法控制病虫害，可收效甚微。是自己所学的知识过时了，还是本来就知识贫乏？他将自己埋在书本里，可找不到答案。他气馁了，开始怀疑自己的能力。

这一年，常规稻收成还不错，可有机稻平均每亩只有三百九十四斤，而且抗生素超标。经反复寻找原因，罪魁祸首是购买的有机肥出了问题。这有机肥里掺和了鸡粪，鸡饲料中加入抗生素，被水稻吸收了，结出的稻子必含抗生素。这些粮食统统作了饲料。这一棒将高峰打蒙了。

外公知道青年人抗挫能力不强，应给予关心、鼓励并做好心理疏导。他找到高峰说："'失败是成功之母'，挣钱是不容易的，否则人人是富翁了。经验不足应多向他人请教，知识不够就多学习。"

话虽这么说，但这时高峰仍然没能想出解决问题的办法，他只得带上有机稻去母校向老师请教。老师听了他的介绍后说："问题出在你把有机稻当作常规稻来种，而又不使用农药，怎能不减产呢？"老师还告诉他："有机肥要买免检产品，有些厂生产的有机肥安全性难保证。你可自己配制，再应采用稻鸭共育的方法来种植。"接着老师具体介绍了稻鸭共育的方法及好处，还提供了许多资料。

老师解答了高峰提出的许多问题，他满载而归。

第二年秧一插完，高峰就从镇江某家禽研究所买回了两千只麻鸭，并请了两个有经验的老农饲养。姨父搞不懂了，种粮、蔬菜本来就比较烦琐了，还有那么大的养猪场，现在怎么又养起鸭子来了？还请专人服侍，是养宠物还是为了热闹？不能为了面子而亏了里子！

高峰跟姨父开玩笑说："这不是很好吗？这样一来你可是海陆空总司令了。"

姨父听了很不高兴，说："嗯，我可成畜生头了！"

"不是这个意思！都怪我没跟你打招呼，误会了。这鸭子作用大着呢！它只吃草不吃稻秧，鸭粪是肥料，还吃虫子，更重要的是，鸭子不停地游动，增加水中的溶解氧，疏松了表层土壤，促进水稻强根壮孽，刺激生长，增强抗性。这就是鸭子的作用，您不要多想啊。"

高峰吸取了去年的教训，记住老师的话，自己制作有机肥。麦收前将进的几吨豆粕饼投进发酵池密封发酵，搁田后复水施撒田间。鸭子渐渐大了，活动能力增强，它们在田间寻食，将糊状的豆粕和鸭粪踏进泥土里。这些被稻根吸收，水稻叶色变乌，稻秆挺拔俊秀。看着长势良好的有机稻田，姨父笑着说，这鸭子的作用还真的不小呢。

他们面对不仅仅是有机稻田，常规稻田的管理同样是一着不让。

水稻进入拔节孕穗期，姨父建议要施拔节肥，高峰没有采纳。姨父又不高兴了，他想，我种了半辈子的田，还不如你个学生娃？不乐意的心情在脸上显露出来。高峰并不急于解释，只是笑嘻嘻地邀请他一起转田。

他们将整个农场的稻田看了一遍，又看了人家的稻田，高峰说："我为什么不同意施拔节肥，这两相对比你就清楚了。"他进一步解释道："拔节肥要施，但要看苗情，不能一概而论。脱力的不施，就会穗小粒少，产量自然不会高。我们的田由于施足了基肥，后劲儿足不能再施。肥力过足，处于孕穗和颖花分化阶段的稻穗会增长，穗颈部位的谷粒就形成瘪粒甚至空粒，白白消耗养分，从而影响收成。以前有的人家的稻子长势喜人，但产量不高，就是这个原因。"

高峰这一解释，姨父恍然大悟，高叫道："怪不到有的年份长势好而产量不高，原来是这么回事啊。服了！"他心中的结解开了。

到了抽穗期，高峰吩咐常规稻田每亩补施十斤尿素，落黄田块增加到十五斤；有机稻田补施三十斤有机肥。此肥叫"接秀力"。

这一年水稻生长阶段前期水肥充足，后期田间管理措施得力，穗长结实率粒重都很高，常规水稻亩产一千二百五十斤，万万没想到有机稻产量翻了个番，每亩八百斤。

有机稻经权威部门检测，二百多项指标全部达标，他们捧回了质量信用 AAA 级示范农场的铜牌，获得了市场准入资格。经媒体和官方推介，再加上营销团队的营销，晶莹剔透，清香四溢的"绿禾"有机粳米，很快占有市场，成了里下河有机米的主打品牌。现在需方主动登门签订合同，预付定金，稻谷都碾成米，小包装发出，春节前所产稻谷全部卖完。

现在人们要说明某个事情的时候，大家都会说"用事实说话"，而数据是最有说服力的事实。

小麦收了种黄豆，黄豆收了种黄花草，第二年初夏时节，花草肥田种水稻。哎，这账有点绕人不好算，还是简洁点好，单算有机稻的帐。每亩八百斤有机稻谷，出米率百分之六十九，净出米五百五十二斤。市场零售价，每市斤十二元，按每斤十元批发给经销商，照此计算每亩可得五千五百二十元。减去一千元土地租金，收割耕作豆粕饼有机肥水电人工费等二千二百元，每亩净挣二千三百二十元。一亩田二千三百二十元，一千四百亩可挣三百二十四万。哎，账能这么算吗？种田可不是小学生做数学作业。说话办事还是“靠船下篙”才靠实。

有机稻种好了，效益不错，不能不使人心动，大家都认为扩大有机稻生产面积理所当然。

高峰没有急于表态，他请父亲、姑父一起去建湖、宝应等种植有机稻较早的农场参观学习。回来后他们分析研究得出结论：稳步推进，不盲目扩大面积。不能关起门来算理想化的账，待市场进一步拓宽，需求量增大后再扩大种植面积不迟，现在只能扩种五十亩。

十二

在农场与市场来回奔波了三年的高峰，更加成熟与自信，农场经营已见成效，众多的荣誉表彰接踵而至，这年深秋他们获得了“省优质生态田园示范农场”的称号。一时间掩映在里下河水乡深处的这朵小花竟名扬省内外。领导重视，媒体关注，“振兴农场”走到了前台，他成了一颗冉冉上升的水乡明星。

“喜鹊门前叫，喜事连连到。”这世上有些事情真的说不清道不明，开春以来高振兴那张嘴就一直笑得合不拢，他搞不清楚，为何好事总是扎堆的来。

在众多的喜事当中，最值得高兴的是，从省里领奖回来的高峰，又接到了南方农大研究生院的录取通知书，多年的梦想成真了！拿到通知书后，高峰一家人都觉得，应该感谢那抹黑的报道，否则不会痛下决心留场工作，也才有时间复习，真是坏事变好事了。

地级市委宣传部要在“五四”期间表彰“十佳创业青年”，派人下来收集整理高峰创办农场的优秀事迹。县委组织部下基层又是开座谈会，又是征求意见，还找高峰谈话，要他接受组织考验。“四夏”大忙刚结束，高峰就接到通知，八月初省农业工作流动现场会，“振兴农场”为必到之处。

面对各级领导对农场的重视，面对自己所取得的成绩和由此而来的荣誉，高峰没有沾沾自喜，面对人生又一次重大转折，他毅然而然地选择了读书深造。他以为自己的血管里流淌着农民的血液，无论将来走多远，登上什么样的高度，根仍在农村，心仍系农村，他愿意一辈子从事农村农业工作。

卷着裤脚赤足走在湿漉漉的田埂上，太阳像个大火球将西边的天空映得通红，金色的霞光将高峰的身影拉长。他认为事业不能像这影子，太阳落下去，影子会不见的；事业应该像脚踩在田埂上，人走后会留下一串串脚印。

太阳下山了，明天又从东方升起。新的一天会更美好。

第十二章

都是雷雨惹的祸

一想到那年夏天的雷阵雨，乔泽庄的大小人等，即便在大热天也会打寒战，老人们说，这么响的雷哪见过？

那天上午，知了拼命大叫“热……热……”，人即使不干活儿，不出十分钟也会热汗涔涔，不少人家早早开了空调。中午，树头纹丝不动，农作物都垂下了头，知了把嗓子都喊哑了也没喊出一丝风。下午，太阳还有八丈高，空中拉上了一层灰色的布幔，太阳发红，气压低得简直让人透不过气来。有经验的人都说，今天这雨是逃不了啦。

约莫过了半个时辰，乌云像奔腾的战马从四面八方包抄过来，迅速汇聚在一起，似乎扯一把就能挤出水来。

天黑下来了。天和地重合在一起，分不清哪里是天哪里是地，黑暗笼罩着大地。不少商家关门打烊，只有超市和饭店还在营业。

闪电不时在天边划过，传来擂响破鼓的“嘭”“嘭”声，那沉闷的声音像一块块巨大的石块从山顶滚落到山脚。

雷渐渐地轰散了，雨没来，风到了。人们都为这灾害性的天气离自己远去感到庆幸，要知道这雷暴雨下到哪儿都是一场灾难。

天稍微亮了起来，人们从家里走到庄中心的大桥上乘凉。他们可能在说有趣的笑话，不然为啥有人笑弯腰？最惹人注目的是那个身材适中、面庞俏丽的年轻妇女，她捂着肚子笑得蹲了下去。她是名叫“靓丽一生”时装缝纫店的老板。讲笑话的是个身材魁梧穿着体面的人，他头发纹丝不乱，堆满笑容的国字形脸上镶嵌着一双骨碌碌的眼睛。他两眼直勾勾地盯着女老板，见她那么开心，因此说得更起劲了。

老天爷似乎不能容忍人们无视它的存在，于是指挥着千军万马“直捣黄龙”。刚才那从山顶滚下的石头，突然转身直砸向乔泽。一道闪电过后，撂下一个响雷，像丢在身边的炸弹，震得人耳朵发痛，把站在桥上纳凉的人直吓得溜回家去。讲笑话的那人胆子大，他并不着急走开，他在邀请女老板一起去吃晚饭。她说：“我不好去，你也少喝点儿，还有事呢……”说完发射着带电的眼神。他微微一颤，觉得这人真不错，一下子又忆起她的许多长处来：有嘴有手，人漂亮心眼儿又好，还会关心人。自己的老婆抵到人家一个小拇指就好了。

闪电不断，雷声不止。路上行人稀少，人们都蜷在家中吃晚饭。

闪电像火龙狂舞，蹿至人们的头顶上，“咔”的一声过后，紧接着像抽鞭子似的“噼啪”响声，随后是持续许久的像推响空石磨的隆隆声。人们吓得赶紧关上门窗，拔掉家电的插头，只留电扇在扇风。

电闪雷鸣的时间太长，强度越来越大，胆子再大的人听了都会心惊肉跳。就在这时，一道闪电在天空中划过，迅速钻到地面，接着就是一个更响的雷扔了下来，窗户上的玻璃都好像被打碎了，吓得老人一把拉过小孩揽进怀里。雷声过后她又牵着孩子给其“叫魂”。她用食指尖揩地上的尘土，然后点到孩子的鼻尖上，连声说：“宝宝不怕，宝宝家来跟奶奶睡觉啊！”孩子跑开后，她自言自语地说：“这雷神要到下界来捉坏人了。”话音刚落，又一道闪电来了，那发红的光在漆黑的夜空一闪而过，紧接着是撕裂天幕的爆炸声，这雷穿门破窗直往屋里钻，那“咔嚓”声似乎就在耳边。屋外“咣当”一声巨响，什么东西被打中了！就在这电闪雷鸣之时，家里与外面的灯一下子全灭了。老人们更加坚信菩萨发怒了！尽管闷热但是没人敢开窗户，更不用说出去看看什么东西被打坏了。

惊雷过后，先是铜板大的雨点掉下来，不久变成了瓢泼大雨。一个时辰后，风停了，雨住了，月亮出来了，但电没有来。人们打开了窗子，让凉风吹进屋里，老人拿着芭蕉扇拍拍打打走出了屋。就在这时，一颗流星拖着长长的尾巴向西南方向划去，老人连忙吐口水道：“呸、呸，晦气！不知哪个丧门星被菩萨捉去了！唉……”

天亮了，太阳从东方升起来就火辣辣的，今天又是一个大热天。

吃早饭时，整个乔泽庄都传开了，乔泽庄庙会会长死了！死得不明不白，估计被雷打死的可能性比较大。

这消息不啻昨晚的惊雷！为何一向自诩对佛尽忠、为民祈福的会长会被雷劈死？难道菩萨也善恶不分？一时间这成了街谈巷议的主要话题。不少人像看西洋景一样涌去看个究竟。

会长毙命于人家未竣工的化粪池中，这是千真万确的事。要命的是，他的死相不太雅，头朝下，两手前伸面朝下，脚朝天，半个身子淹在水中。拉上来的时候人已僵硬，往冷藏棺放时还是用白布捆住手才放进去的。这与他生前很注重个人仪表的反差太大。

让人想不通的是，他家在集镇的东北角三面环水的小岛上，如果说他因饮酒过量落水而亡，人们都不会产生什么疑问。问题是，他怎么反其道而行之跑到通往庄外的西南角？有家饭店老板说，他亲眼看见会长往家走的，因为经过他店门口时相互间还打过招呼的，千真万确的事儿！

这不是一件小事，有议论很正常，问题是议论的内容叫人脸红。传着传着就有人嫌不够味，就像有的人吃惯了放了味精的菜，对原汁原味反而不习惯了，那就得随个人的口味加佐料吧。那三一群四一堆的，有的在兜人家的老底，将那些陈年旧账翻出来晒一晒，有的捕风捉影，移花接木说得活灵活现的，直把会长搞得像戏剧里的反角。

这是怎么了？

要说清楚，得四两棉花八把弓，细弹细弹（细谈细谈）。那我们还是先说眼前的事吧。

事已发生，本家亲戚朋友七手八脚将死者搬回家并及时通知了在盐阜开家具厂的儿子徐明回来料理后事。

上午十点左右，会上的几个人才硬撑着爬起来，一步三挨地来到了会长家。徐明一见还喷酒气的会头们，联想到父亲紫黑色的脸，心里就不是滋味。他毕竟是一家有百十人的老板，三四十岁的人，沉得住气。他挤出点儿笑容对会头们说："这大热天的还麻烦你们来帮忙，过意不去啊！"随即分给每人一支香烟。分烟时他想，怎么才这几个人？于是他问道："还有些会长忙什么去了？"

二百五的"快嘴三子"也在其中，他脱口而出："嘻嘻，那几个啊，怕要睡到太阳偏西才爬得起来呢！昨晚跟会长拼多了。"

他说得痛快，对同行使给他的眼神，站在旁边的人拉他的衣服的提示，全然不顾，然后又来了句：“哈哈，像他们这麻雀酒量也蛮喝，不喝出事来上天吵！”此言一出，他自己也感到不对劲儿，走火了，在场的人都显得很尴尬。会头们在心里暗骂，你这个人，你说点其他什么的哪里不好啊？

徐明本来想含含糊糊地处理好父亲的后事，可不断反馈过来的信息告诉他，如不找个合理的解释，父亲死了也得留下不光彩的一页。听刚才他们这么一说，他断定父亲的遭遇与昨晚的酒肯定有关。于是，他马上冒出为父亲挽回最后颜面的想法。他猛吸两口烟，稳定了自己的情绪，说：“我是这么想的，我父亲跟你们会上的人不管怎么说，共事这么多年，请你们所有的人都来帮着照应照应，送他最后一程，行吗？”说着拿了一条玉溪牌香烟，交给副会长，请他分发。

能在会上混的人绝大多数都是“石灰船里翻眼睛”的神气把子，见徐明并没有责怪他们的意思，心存感激，现在要他们收下香烟着实不好意思，因此一推再推，谁也不肯拿。还是徐明会说话，他说，这是帮忙的烟，你们不收，就是不肯帮忙了，于是他们只得收下了。副会长即刻让人去叫还躺在床上的“战友”。

父亲走得突然，走得蹊跷，刚接到本家的电话真犹如晴空霹雳，尽管他生前做的些事情不着调，甚至惹了很多麻烦，但毕竟是自己的父亲啊，血浓于水，哪能不伤心呢！徐明知道，来帮忙的都是处得好的，至于为父亲挽回面子那是另一回事。他相信自己这些年不是白混的，有人会出来主持公道的。他不能薄待来帮助料理后事的人。

下午两点钟，村干部、镇司法科长、派出所所长等数人陪着操外地口音拎着箱子的干警来到死者家。他们既不磕头也不鞠躬，徐明不仅没有怨言，反而迎上前去分烟，而且是软中华。这好像不对劲儿，会头们不能理解，怎么回事？他们心中打起鼓来。

天井里，烧纸钱的火光映照着会长五十大寿时拍的彩色照片上，火光闪烁，那微笑着的脸活泛开了，好像在跟他们说着什么。他们神情恍惚，也不知道该不该跟会长谈点儿什么。

没容他们多想，村主任（此村主任不是彼村主任，当年跟徐树德竞选的村主任已不在村里工作了）请他们到西厢房去谈点事。

天井里搭了敞篷，虽然太阳不直接晒在人身上，但闷热，烧纸钱又加了温，热上加热；纸钱加多了火被压灭，冒起浓浓的烟雾，呛得人眼泪直流；那不时响起的鼓号声震得人耳朵发痛。这种情况下村主任叫他们去谈点儿事，真是瞌睡送了个枕头，因此没问做什么，他们便跟着他过去。

他们一到就有人分烟倒茶，挺客气。这样子不像谈事，也不像开会，倒像找个相对安静凉爽的地方拉家常。

南里三北里四的拉呱，一切显得风轻云淡。

司法所长面带笑容说："听说，你们会上的人都挺能喝啊。"

"快嘴三子"不等他人吩咐，抢着答道："瘸子打架——硬撑。昨晚撂倒几个呢！嘿嘿……"在场的会头们恨不能用毛丈纸（纸钱）塞住他的嘴，可此时谁也不好站出来说啥，只能耷拉着脑袋。世上没有不开口的罪。

这时村主任站起来说："请大家过来，主要是将徐树德会长的死因，做个通报，下面先请派出所所长通报一下刑侦结果。"

所长说："先让我局检验科的孙法医孙科长介绍法医检验结果吧。"

孙法医郑重其事地介绍了司法检验结果，非他杀，窒息而亡。派出所所长也宣读了死亡鉴定书：“接警后我们第一时间赶到现场，市局刑侦大队也派员到了现场。经勘查，死者无明显外伤，排除外力作用造成死亡因素。系过度饮酒，昏迷后跌落未竣工的化粪池窒息而亡。”

司法所长说：“我强调一点，徐树德的死亡与昨晚过量饮酒有直接关系。刚才我们在谈话时有人已经证明了这一点。我们认为，昨晚参与喝酒的都有间接关系，当负民事责任。”

没人搭腔。

司法所长继续说：“既然你们无人反对，那我就来商量一下处理意见。”

还是无人搭腔。

唉，喝了这么多年的酒，喝出民事责任来了！什么是民事责任，不就是说要赔钱吗？在社会上混了这么多年，还从来没掏过腰包呢，谁怕钱多？他们坐在长板凳上小声嘀咕，虽说百个不同意，但谁也不是呆子，哪个肯说话？“快嘴三”嘴再快，可涉及钱的问题时，嘴像上了锁。大家都在埋头烧烂烟。

村主任见他们没一个开口，也不催促，他与几个领导交换了一下意见后说：“你们会上的人，准确地说，昨晚参与喝酒的商量一下，表示一下你们的心意，迅速作出答复。我们再劝劝徐明，请他姿态高一点，不必太计较，面子上过得去就行了。”

仍然没有人吭声。

村主任见仍然没有反应，便加重了语气说：“我再告诉你们一个情况，今天这些领导特地为这件事来的，因为有亲戚发话了，说要将人抬到你们家去，依次停放一天，轮回反复，直至问题解决为止！我们也是本着息事宁人的态度来处理事情的，你们不破费，肯定下不了山！”

昨晚参加喝酒的人都说冤枉，将大家喝醉的是会长本人。但死者为大，如果不是酒精的作用，他为什么认不得家门？自己家住在东北边，为什么会跑到西南方去呢？根本原因是酒喝多了，人迷糊了。这个理由应该说得过去。不同意，请说出理由！天大的理由，在这种情况下说三道四不合时宜，这样大的事没有确凿的证据，就是亲眼所见又能怎样？事到如今，接受也得接受，不接受也得接受。

处理结果出来了，每人赔偿两万元。

喝顿酒去了两万元，这代价不小啊。副会长出了个主意，这钱先让总会垫付，个人写欠条，怎么处理，日后再说，先了官司为上。

处理结果出来以后，又是一阵风波，不少人骂道，在世不做好事，打着菩萨的名义到处搜刮钱财，赌吃嫖要全堂，临死还要蹬同伙一脚，谁知道他是怎么死的！

唉，徐树德你这个人，早死早升天，晚死活丧形！昨晚你能喝多少酒？你大路不走走小道，你充到那里去干什么，还要我们说？昔日的同伴人人在家里骂。人家超市老板看到你急匆匆往南走，你根本不像喝多了酒的样子嘛。

昨天晚上，打第一个响雷，徐树德与女老板分手后哼着小调，奔向饭店。

此时，乔泽庄庙会的一帮人都在定点饭店“河畔酒家”焦急地等他这位“老大”。“老大”来了还明知故问，准备好了？好了，就吃嘛，等我做啥。你不来谁敢动筷子，差收拾吗？哄人的话！

他吩咐倒酒。

昨晚这酒喝得不太爽。虽然会长满面笑容，但喝酒有点保守，好像有什么心事，不肯多喝，理由是血压太高。他的酒量和酒品大伙儿都是清楚的，不喝足了不肯放开酒杯。今天为啥这样？

工作在人做，道理在人辩。你没合适的理由就不该扫大家的兴啊，你会长不喝了，大伙儿再喝有什么意思？

不能怪徐会长啊，他要有事呢。临来饭店前的关照，他怎么能忘？他不敢多喝，一多喝就会心有余而力不足了。谁劝都不睬！

众人见会长没喝多少便装多，估计有情况，那就早点带饭也好。

会长不想这么早散席，他不是怕在座的说什么，主要是天气虽不好，但路上还有人，倘若遇到人怎么解释？做这些事还是隐蔽点好啊！他稍一琢磨，觉得还是陪他们玩玩好，他不再做作，把手从空酒杯上拿掉，说，就再喝点儿吧！酒这东西千杯不多，多喝一杯酒就有可能叫人醉。俗话说四两拨千斤，本来就都喝得差不多了，再加，哪能不多呢？酒一多，喉咙粗了，声音大了，舌头虽然不利索了，可胆子大了，平时不敢说的话，这时就无所谓了。“快嘴三子”说话从不经大脑加工，恭维他的人说他生性率直，看不惯他的人说他是二百五，如果不是他大哥是镇干部，侄子是总村支书，他咋可能入会？他不用理会这些，平时喜欢抢嘴，心中无秘密，还喜欢做义务的“新闻发言人”，常人不敢做的事他敢做，常人不敢说的话他敢说。会长对他的酒扣住三分，他对会长畏惧十分，从不敢在他面前造次。今天不知怎么这么开窍，他蒙到会长今晚可能有“好事”，酒多了，“天没有凉帽大”了，怕什么？他说：“老大今晚肯定又跟哪个婆娘约好了，年纪大了，悠着点啊，身体要紧！哈哈哈……”

他这一说不要紧，在座的都忍不住笑出声来。

恼羞成怒的会长高声训斥道：“不要胡说，快点喝了滚回家去睏毯！”

“既然没有，那就再喝一杯！”“快嘴三”仗着酒劲儿跟会长叫起板来，大家听了跟在后面起哄，更有好事者拿起酒瓶要斟酒。

会长瞄了一下手表，未到八点，今天怎么过得这么慢？也罢，既然他们要干，那就送他们一把吧！他面带微笑什么也没说，将自己的酒杯往前一推，看也不看，他想，你最多斟满吧，总不会加褶子吧！会长加满了其他人自然少不了。他们边喝边开玩笑，荤的素的笑话比桌上的菜更有味更下酒。

这杯酒喝完，谁也不敢闹了，酒都到喉咙嗓子了。这时雷声大作，吃饭的赶紧扒完饭，不吃饭的坐在那抽烟。

雷声更响了，会长宣布散席。大家踉踉跄跄地往外走。有人要送会长回家，被谢绝了。他神清气定地说：“还好，有路灯。大家都不要‘张郎送李郎，送到大天亮’，各人照顾好自己，赶紧回去，雨就要到了！”

没有不同意见，各人往自己该去的地方挪去。

雷声越来越响，闪电像巨蛇一样在天空中快速摆动，又迅即消逝，紧接着就是“咔嚓”声，一个接一个。尽管会长不肯让人送，但还是有人坚决要送，会长恼了，其他人反而开不了口了，只得站在隐蔽处看，他们见他稳步往回走去，也就放心地离开了。

徐树德讨厌照亮大街小巷的路灯，认为还是以前好，一到晚上，黑灯瞎火，没有月亮的日子不打手电看不清对方。现在倒好，晚上如白昼，一点儿秘密都藏不住。哎，赶路要紧，看样子大雨就要到了，再不往那跑要遭雨的。他疾步向前赶去。

就在他诅咒路灯的时候，一道明晃晃的闪电从远处闪至他的头顶上迅速接触地面，紧接着犹如利斧劈开石头的爆裂声的响雷，不知打中了什么，路灯灭了，各家各户的灯也一下子熄了。铜板大的雨点掉了下来，大雨就在眼前，还好快到她家门口了，他不由得加快了脚步，向前奔去！哈哈，转过弯没几步就到了，再快点！他在鼓励自己。

天更暗了，但他心里反而踏实了许多，今日虽是农历十三，月亮近圆，但黑云将月亮重重包围起来，天地间黑茫茫的一片。这时候，不要说人，就连鬼也没一个。

他埋头探着路向前移去，前面那黑乎乎的是土堆？不会吧。他一脚跨了上去。就在这时，一声断喝，比雷声还要惊人的断喝，切切实实地送入他的耳中："谁？干什么的？"

做贼心虚，做这事的人心更虚。谁能想到在这黑灯瞎火又打雷又下雨的时候，有人查岗？这断喝让他心头一颤，双腿一抖，站在未砌成的化粪池边的泥土上，受此惊吓，他本能地朝四处张望，根本不可能顾及脚下虚松的泥土，"扑通"一声跌了下去，额头磕在池底刚砌了尺把高的矮墙上，人一下子失去了知觉。那黑影见到有人跌落化粪池后竟一声不吭，估计情况不妙，拔腿就跑，消失在黑暗之中。

此处是集镇刚开辟的别墅区，刚建了两幢，"靓丽一生"的女老板已入住，但路未铺好。她等待在远洋油轮上当干部的老公回来找人协调修路，现在只能将就将就。

今年春天，徐会长在缝纫店里加工了一百多套舞龙时穿的表演服，价钱听她出，大气！有个成语叫投桃报李。这人不就熟了？徐会长说马上还有更大的业务呢！人家能不黏他吗？那“还有事”和眼神知道意味着什么。

那声断喝等于将徐树德直接推下粪坑，巧就巧在额头磕在坑中的砖头上，人磕蒙了，再加上如注的大雨下了不止半个小时，路上的积水顺着挖出的泥土的空隙处涌进坑中，放在四周的积土和码在上面的砖块，因雨水的冲刷，积土渐渐松动落进坑中，迅速覆盖头部，失去知觉的徐树德就被憋死了。第二天清晨，房主来清理化粪池，发现有人的双脚竖在池口边，估计出事了，立即拨打110。警察过来将人捞起来，可人脸早已成了猪肝色，七窍里都沉积了不少淤泥。拉上来的是个泥人，面朝苍天，做投降状，从面容上看不清是谁。

一个活蹦乱跳的人就这样走了，熟悉他的人本该掬一把同情的泪，送些挽联挽幛花圈寄托哀思，或送些纸钱聊表心意，然而对徐树德，庄上人显得很冷漠，街谈巷议的内容简直叫人不敢相信。这庙会的会长为什么这么不让人待见？是庙会的问题，还是会长本人的原因呢？

世上没有无缘无故的爱，也没有无缘无故的恨。爱一个人恨一个人总会有由头的。庙会本是令人景仰的民间组织，现在却人神共愤，这是何故？

话说十多年前的9月底，在外经营家具厂的徐树德得知“欢迎有识之士回乡竞选村主任，带领村民奔小康”的信息，他觉得这是个华丽转身的好机会。他反复审视自己，觉得无论哪方面都比较优秀，现任村干部无论哪个都得甘拜下风。论外貌，仪表堂堂，一米七八的身材上扛着一个硕大的头颅，一头乌黑的头发永远都梳理得纹丝不乱，使得他比实际年龄小了好几岁，国字形脸上的五官排放均匀，尤其是那双眼睛忽闪忽闪的好像会说话，那张嘴更是厉害无比，能将死的说活，用他的话说，本人上知天文，下识地理，还熟知人情世故，并懂点文学常识。他见到人，不管认识的还是不认识的，总是一脸微笑。戴着这种面具，短时间内会使人觉得这个人谦和，没架子，第一印象好。论经济实力，是百来号工人的家具厂的老板。只是现在，不得已让贤了，还不是在第二故乡欠下了一些“债”，时有“债主”揪着老婆的头发上门讨说法。为了息事宁人，他只得“告老还乡”。

他逢人便说，镇领导看好他，要他回来带领乡亲们致富。三年不要一分工资，全做扶贫基金。

能人回乡带领乡亲们致富，谁不拥戴？但有名言说得好，“群众的眼睛是雪亮的”！你满脸堆笑，别人不会屁股朝你；你给别人敬烟，会吸烟的好意思不接受？

他走到哪里，小白棍散到哪里，也迎来了一张张笑脸。他陶醉了，以为选民都会支持他呢。谁心中都有一把尺，本乡本土的，知根知底！甲鱼穿上马甲，就是乌龟吗？

徐树德从青春期开始，就特别喜欢照镜子抹头油搽发蜡喷摩丝。他照镜子如同女人试穿新衣服，不仅要正面照，左右照，还得照脑勺子后面，遇到镜子都得照一下。因此，有人给他取了个绰号，叫“四面照”。每次出门前，他不照下镜子心里就不踏实。他口袋里还揣把小梳子，夏天的梳子背后嵌有小镜子，穿上夹衣后携带方便了则会带一面小镜子，时不时拿出来照一下镜子，生怕钢丝一般的头发乱了，自我欣赏一番后，会露出满意的笑容。这是个人爱好，并不为过，也不应说三道四。要命的是，他以为自己貌比潘安，哪个女人都愿意和他好，久而久之他变成了花心大萝卜，见了漂亮的妹妹，那脚像走在六月里的沥青路上，难挪步。酒喝到六成，只要有美女在，不用吃菜了，美女秀色可餐嘛；喝到八成，只要比他老婆年轻，便都是美女。

那次去苏州洽谈合作，销售商为了能代销他厂里的家具，热情款待徐总一行，酒足饭饱后他被请去KTV潇洒走一回。当温柔可人的美女坐到他身旁时，他即刻眉飞色舞。大家都很忙，有的放开歌喉唱歌，有的和妙龄女郎翩翩起舞，有的跟美女掷骰子斗啤酒。他也很忙，嘴叼香烟，左手摸着坐在右侧的女孩大腿根，右手从人家的衣领口伸入，像奶牛场的挤奶工。嘴上的香烟升腾起的烟雾直熏得他眼睛睁不开，香烟灰随着他急促的呼吸跟着一颤一颤的。他没空弹烟灰，只恨不能再长出几只手来，那样就过瘾多了。随行的人都不好意思看他，将头扭向一旁。

这一晚，他觉得充实，开心。只是时间过得太快，如果一晚有二十个小时那该多好啊？

这样的人回来带领大家致富，相信的人不多，连本家中也有很多人说他做生意、花钱在行，当干部就有点悬了。游说的上门拉票，人家都说，投票，应该的！来人一走，人家则说，投票必须的！这是我的民主权利，可我没说投给谁啊。

各种渠道反馈过来的信息表明，徐树德当选没有悬念！这下，他更加得意了，请客送礼花点儿钱无所谓，高兴呀。此时的徐树德像马戏团进了庄，晚上表演，从中午起就要牵着马、推着车将那表演节目的动物拉到大街小巷上溜达溜达，做广告啊！此时的他，更加注重个人形象，头发打理得蠓虫踻不住，小包不离手，里面全是香烟，走到哪里分到哪里，还见缝插针发表施政演说。

他要赢足人气！

现在他只希望选举的那一天早点到来，也好让他早一天走马上任。

投票选举的日子到了，结果也出来了，遗憾的是徐树德再怎么折腾都是一只断了翅膀的鸟——飞不起来。让人脸面挂不住的是得票数少得可怜，唉，不说也罢！

这一棒将徐树德打蒙了，花钱多少倒不重要，他家并不缺钱，要命的是脸面丢尽，头抬不起来！唉，不能当选也就罢了，还将偷番瓜摸鸡蛋的陈年旧账翻了出来。早知今日何必当初！都是那些镇干部的蛊惑，要不是你们鼓吹发挥能人效应，我怎么会想起这个“周年”，当什么村干部？！唉，钱财脸面全丢了，真是鸡飞蛋打啊！

他在家里生了三天的闷气。第四天傍晚，副镇长拎着熟菜来敲门。其实门已开，因为来前他们通过电话。

没邀他人，两人边喝酒边聊天，说些不淡不咸的话，就像今晚下酒的菜，都是熏烧味。

副镇长面带酡色，笑眯眯地劝慰道：“放宽心点，西方有句名言‘上帝关上一扇门，就会打开一扇窗’。选举失利，还有其他的路可走。”

喝了酒的徐树德仍没精打采，他漫不经心地问：“还有其他路可走？”

副镇长道：“怎么没有？目前庙会，会长位子空缺，好多人都在觊觎，村干部问过我好几回，让谁干？本来这个民间组织我们是不管的，但在镇政府所在地，我又是分管集镇工作的，不能不问啊。我儿子是总支书这个你是知道的，他那边也没问题。我想，你可以担任此职。”

徐树德嘬了一口酒，睁着微醺的双眼说：“这东西有什么意思？我不是为这个回来的。”

副镇长哈哈一笑说：“你在外时间长了，有些情况不清楚，这是个美差，你干起来后恐怕就不肯丢了……”

“此话怎讲？”徐树德不解地问。

“说出来就没意思了，一切全凭自己悟。我估计，过段时间叫你去做村干部都不愿意呢。另外，你把我那弟弟也弄到你手下去混混。”副镇长交代道。

“失之东隅，收之桑榆。”这句话也许就是为徐树德准备的。尽管有人背后活动,有人捣乌枪翻老底子,但尘埃落定,花落徐家。

徐树德堂而皇之地成为乔泽庄庙会会长。玩会上这些人，他游刃有余。他知道“君子喻于义，小人喻于利”“见人说人话，见鬼说鬼话”，拉一帮打一派，他会。

他很快便站稳了脚跟。人们以为前任会长又回来了，他不花“会上”一分钱，不喝他人一杯酒。他告诫自己，会吃的吃一世，不会吃的吃一时！要想赢得他人的尊重，必须自我树好形象。庄上的男女老少改变了对“四面照”的陈旧看法，甚至有人怀疑当初没有选人家当村主任是不是错了？那些传闻是不是假的？人家做事实在，我们应该支持，这样的人打着灯笼也难寻！

传说中，农历三月二十八日是东岳大帝的生日。这一天，求神拜佛，走亲访友，逛街购物，大街小巷人头攒动，十分热闹。

前些年，举办庙会还需多方集资，民怨沸腾。而今不要看人家的脸色去筹钱。庙会还未正式开始，几千米的临时商贸大道两边摆满了卖各种物品的摊头，摊位费、广告费高达百万元，还有春宫会，过年期间舞龙，平时的开业庆典等等收入大得很呢！

徐树德铆足了劲儿，上任半年没用会上一分钱，集体也没有聚过一次餐，手下人都感到没奔头。那些入会就图吃白食、得好处、出风头的人，不愿跟在后面过清汤寡水的日子，有活动也不参加了，有的干脆说以后不高兴参加会上的一切活动。不能怪，谁没摆子打，吃饱饭去会上做义务工？

徐树德在为自己的妙计暗自高兴呢。首战告捷，他得意地说，多个青虫吃棵菜，虫子多了青菜就不禁吃了。要想过好日子，就得这样做，只要你们不“捣乌枪”，好日子长着呢！

徐树德开始有所为了。他带着一帮人到一些有名胜古迹的地方去“考察”。回来后会长还像模像样地进行研讨。大家一致认为，历史上乔泽庄的寺庙名声很响，庙宇气势恢宏，方丈远近闻名，香火旺盛，民政部门有记载。原寺庙的石狮，刻有庙名的石碑完好无缺地保存在农户家中，现在太平盛世很有必要重建“福宁禅寺”，据说申请重建民政部门会同意。本地大老板很多，菩萨保佑他们发财，让他们出钱修庙宇，他们当中的大多数人都会积极支持的。出钱多少一切随缘！

讨论热烈，人人都要把自己最好的主意说出来，但又能说出个什么子丑寅卯来？大家畅所欲言，可说出来的都是些不着边际的损招，你叫他们提出一条可行的建议，那等于叫他们到树上去捉鱼。吵吵嚷嚷有什么用？不少想管事的会头力请会长总结性发言。

徐会长清了清嗓子说：“敬神拜佛，由来已久，民心所向，条件许可。民是基础，这一块必不可少，家家户户都要考虑到，否则要出乱子；但是宝塔尖上才是令人瞩目的地方，我们的工作就应该放在重点对象上！也就是说，要争取那些诚心向佛的老板的支持！”他分了一圈香烟后又说道，“村两委会有办公地点，我们庙会为什么不可以有？庙建好后可以留出一些厢房作为老年人的活动场所，会上的办公处也要搞好。好处多作用大，按道理讲，支持的人肯定不会少。大家现在就要进行宣传。”

大家对徐会长的这番分析佩服得五体投地。前面大家都讲了话，而“快嘴三”还没有机会开口呢。他怎么进来的就不用多介绍了。但可以看出，徐会长还是重感情的。很多人都不能理解，徐会长的解释很巧妙：多个干活儿的有什么不好？

这个二百五虽碍事，但有时还真能起到很大的作用。他听会长一分析，立刻站起来问了个很实在的问题：“建庙，我们有什么实惠？”徐会长一听他的话，两鼻孔喷出的不是气，简直是两条火龙，可又不想得罪这个人，只好用不置可否的语气说：“你怕叫你白干吗？”“我问的管不管嘴？”他问得实在。回答也很干脆：“不得叫你把锅子背在后面来做工，酒也有得你喝的！”会长这么一说，他高兴得跳起来表示：“明天就去找黄老板，叫他拿出二十万出来。不给我就赖在他厂里！”大家一听都哈哈笑起来。徐会长也乐了，他说不要着急，等商量个方案出来再行动。

商量的结果是，十万元以上的刻碑旌表义举，所有捐资者的名字都刻在功德碑上，按数额多少排序。会员跑集资的也有酬劳，按百分之五计算，多跑多得。这后一点内容不得向任何人泄露，包括老婆孩子。

生活中确有一些暴发户对修建庙宇很感兴趣，总以为能发财是受了菩萨的保佑。事实倒也是，昧着良心发不义之财的那些人，生活优哉游哉，因为他们初一月半都烧香，这样反过来看倒真像是菩萨保佑呢！

那个开化工厂的黄老板，原先一头的乌发，现在是盆丰钵满，人是脑满肠肥，他的头发没有发白却变黄了，现在是名副其实的“黄老板”。近一段时间以来经常有人举报，说废水渗漏，污染环境，环保部门三天两头上门找麻烦，以前环保没现在做得好为何没事？限期整改，谈何容易，一整改就是三四百万，说着玩的吗？俗话说“民不告官不究”，赢得人心最重要。当“快嘴三”上门说明来意后，他便一口应承下来，花钱既讨佛心，又买民心，值！他说就弄个五十万吧，怎么样？这话把个“快嘴三”高兴得一蹦三尺高，落回地上后连忙把手伸进裤兜里，掐指头计算能拿多少奖金。

万事开头难。“黄毛老板”三天就把五十万现金送到庙会会计手上。徐会长立即组织会上的所有成员敲锣打鼓用托盘把五十万现金放在里面，在主要街道上迎了一圈，引来了无数人围观，人们不住发出 “啧啧”赞叹声。他们把钱存入农业银行。下午又在交通路口的墙上贴上了光荣榜。

这样一渲染，产生了轰动效应，接下来的工作好做多了，不少老板主动送上三万五万的，五万十万的也不少，乔泽庄人像打了鸡血似的。人们聚合在一起时就谈修庙的事，好像这已成了他们生活中的重要组成部分。

这年辰什么样的事情都有可能发生，只是你不一定想得到。

在外经营大型砂石场的冯老板的父亲坐不住了，他看到那细“黄毛子”出资五十万，心里不顺畅，好像别人抢了他家的风采。晚上他打电话给儿子说，你要那么多的钱做什么梦，钱能买到好名声吗？那细“黄毛子”都能出五十万，你就不能搞点儿动静来？儿子知道老子是个要脸的人，离家这么多年也没做过什么贡献，现在该做点儿什么了。不就是钱吗？行，我家出一百万，庙建好后我敬头香，没有其他要求！老子一听，乐了，说，我马上去找他们！也不用这么急，明天我回去一趟就是了。

天上落钱了，这回算谁的？不好认定，钱到手后，先拿五万元放在账外，由会长支配。

集资款已收三百八十万，基建用不了这么多，可以征地搞规划设计了。

原寺庙在1949年后都改为公用房，现在大多数都是空房危房，跟镇领导打下招呼，连手续都没要办。领导也高兴，这不是好事吗？那闲置的房子早成了危房，万一哪天倒下来砸了人，是闹着玩的吗？现在有人主动揽过去，不花镇财政的钱还美化了环境，好事！他爽快地说，将公共设施还给群众，天经地义！

建庙前的所有准备工作基本就绪，只等施工队进场。大家一致认为，必须实行会长全面负责，其他人共同监管制度，所有物资的采购，会长不点头没用，哪怕你的东西再好，比人家便宜，会长不认可等于白谈，硬包的项目也得接受监督，所有的支出会长不签字一块钱都报不了。

这工程说大不大，说小也不小，不上点规矩是要出乱子的，那就无法向大家交代了。徐会长常把这句话放在口头上。人们听了都点头称是，在他们心目中，徐会长已经不是过去的徐树德了。

这座占地三亩田的庙宇土建工程、木工装潢、油漆、灯具等总造价估计在二百八十万元，后面还要绿化请菩萨，差不多四百五十万上下走，不会超支。

按道理，这么大的工程也应该招标，可民间集资不花政府一分钱，哪个单位愿意将街心的虱子捡到自己的头上来？再说这里哪个是省油灯？这样一来徐树德手中的权力就大了，哪个村干部都无法与徐会长相比。这应了副镇长说的话：“叫你去当村干部都不愿意！”现在是请他去当县长，他都不高兴哩！这是个纪检不管、群众不告的手中有大把钞票的肥缺啊！

徐树德觉得，牛绳已经从牛鼻子上解下拴到牛角上了，他甚至认为自己已经是一匹没有缰绳的马，他要“天马行空”！也许正因为没监督，使得个人权力膨胀，才导致苦果自尝。

他让会上人四处放风并在一些网媒上发布消息：乔泽庙会主持修建“福宁禅寺”，欢迎有条件的建筑工程队前来洽谈。

信息发布后，马上就有建筑队打来电话或上门洽谈。

这些天，徐会长在茶馆里吃过早茶就回家，他知道人家来谈事总不会空着手来。十来天的时间，名烟名酒收得不少。礼物重的，带到现场看看，集体招待个中饭；礼物轻的，请留下电话号码，等研究后再联系，一般都不可能再联系了。

半个月过去了，没跟哪一家谈妥，大家心里着急呢！徐会长坚信，好女不愁嫁！

就在这时，邻县一直在外修建庙宇的仿古建筑安装工程公司，刚完成了杭州大乘寺的修缮工程，回家后，听说乔泽有活儿便来看看。

车子开到徐会长家门口，老板一手拎着皮包和茶叶礼品盒，一手拨打徐树德的电话。站在不远处的徐树德知道谁来了，于是走上前来跟他握手，并带进家中。刚放下皮包，那老板就说了句不中听的话：“会长，这茶叶您恐怕没喝过！正宗的‘狮峰龙井’。”徐树德听了很不高兴，哪有这么说话的！亏你是个老板，来谈工程？嘻嘻！既然来了，就早点打发你动身吧！他什么也没说，从冰箱里拿出特级安吉白茶泡好，端上茶说：“好茶没有，将就点吧。这么好的茶叶，还是留着你自己慢慢喝吧。”边说边把茶叶盒放到来人跟前。那老板一听，这话脸都被呛红了。他没想到老实话却让人多了心，但毕竟是走南闯北的角色，应变能力极强。他嘴还没沾到茶杯口，就连忙叫道：“好茶，好茶！”然后掏出黄金叶的香烟敬给徐会长一支，打起招呼来：“都怪我刚才说得不好，但这茶真的是狮峰龙井厂的，六千元一斤，不骗您！当然您的茶叶更好！”然后打起哈哈来。

中午的酒菜都上了档次，饭店也换了，更令大家不能理解是人家要埋单，会长硬是叫会计把账给结了。送走客人后，会长说，你们不清楚，这叫抛砖引玉！

第二天，人家的车子准时到达约好的地点，接走了考察成员。

考察结果就不用说了，招待也不要谈，回来的时候，每人一斤茶叶，一份当地土特产大礼包，爽气！

洽谈在友好愉快的氛围中进行，贰佰零捌万人家同意承建，按进度付款。徐会长脑筋好使，说考虑到会上的弟兄们见识少，有的人北京还没去过，自己海南岛只是听说过，秦始皇兵马俑也没看过，这样吧，合同上再增加二十万，你老板安排人带大家出去考察考察，看看人家是怎么建的，行吗？

有什么不好的呢，就这么定了！

这样的结果，皆大欢喜！这样的会长谁不拥戴？

会上的主要成员由“辉鸿”安排人带队北上京城，南下金陵、杭城，主要参观古典建筑，为监督建造寺庙增加一点儿知识。

寺庙的根基放好之后，“辉鸿”老板要带许会长去海南、重庆、西安等地转一下。徐会长没有答应，说：“现在不能去，我再出去，人家会说闲话的，何必授人以柄，有钱什么时候不能出去？”老板听出弦外之音。过了两天，一张农行卡和一张写有密码和数字的纸交到了徐会长的手上。

拿到了农行卡，徐会长趁人不注意，悄悄溜到自动取款机前，实际验证了一下。不错，一切都是真的，二十万，的的确确储在卡里，他的脸上顿时绽放出得意的笑容。“池内损失池外补”，选举损失建庙补！有这顶破帽子罩在头上，好处还真不小呢！

闲话少说，整个寺院六个月完成了土建。一座气势恢宏的青砖墙琉璃瓦飞龙盘于屋顶的寺院拔地而起，成了一个新亮点。路过这里的人都要抬起头来打量一番，有的还会发点感慨，说几句赞扬的话；庄上的老百姓对庙会尤其是对徐会长由衷赞赏。有人对他们的一些做法提出批评，但马上就有人替他们辩解道。

徐会长填平了竞选时的那个塘不算，手中还有了结余，本该满足了，可人真是个怪物，一旦尝到了甜头，就会滋生贪念，真所谓“欲望之海难以填平”。人们改变了对他及会上人的看法，他以为警报已解除，可以释放本性了，这掖着忍着太憋屈更令人难受。

庙建得差不多了，得赶紧“请菩萨”。这是笔不小的支出，会长怎能不亲自过问？他不到场，不放心！大家都说，徐会长把庙上的事当作他自家的事！

徐树德带着一名副会长和会计，三人去常州定制大小类型的菩萨以及佛堂的所有塑像，总金额七十二万。合同签好后，交百分之三十定金，余款六个月提货付清。

晚上厂方设宴款待，酒喝到高兴处，徐树德突然想起上次的苏州之行，他试探性地问人家，酒后是否找个地方吼两声？人家面露难色，不好意思地说，做佛像的人不该去那些地方，你们也早点休息，明天厂里安排车子带你们转转。

这么早就睡觉？这出门在外的，不找点乐子不是白来吗？晚宴后，徐树德说，我们随便转转，你们请回吧。

厂方负责接待的人走后，徐树德手一招，“的士”直奔目的地。

城里的浴室就是不一般，人家不叫“浴室”叫“浴城”“洗浴中心”或叫“桑拿休闲中心”，你听多洋气！

开眼界了，长这么大还没见过这样的场子哩！站在门口迎宾的是满脸堆笑的洋妞，开口就是“哈啰”，然后弯腰行礼，那两只玉兔都要蹦出来了，看得徐会长他们心里痒痒的。他们尝到了上帝的滋味，一结账傻眼了，六百八十元一人。会计想跟人家理论几句，徐会长一句“哪来那么多话，结账好了！”做了总结。

提货的日子到了，如数付清余款，开票时做了一点技术处理，七十二万变成了九十八万。会长多一点儿，减去不在账上交代的开支，余下的两人平分。他们再次感到，跟在会长后面有好日子过。

菩萨在三月初八全部坐到各自的位置上，各殿厅室全部打扫完毕，庙会办公室，老年活动室也都收拾好，甚至连食堂都是设施齐全。有人提议为了节省开支，可以自己买菜找人烧饭，精明的会长一口否决了这种说法。他说，每天烟火不倒，庙里天天烧肉煮鱼，香味四溢，这不是喊人来骂吗？亏你们想得出来！吃能花几个钱，吃不穷穿不穷，主意不到一世穷。只要大家不偷懒，收钱的地方多的是。

一晃半个月过去了，卖服装百货日杂花木盆景及各种风味小吃的大篷车，卖窑货、家具的机动船涌到乔泽，为庙会增添了一道亮丽的风景线。今年新庙落成，赴会的人多，小贩子们早就料想到这一点，因此争先恐后地赶来想占个好位置，“市口好，生意好”，生意旺与淡直接影响收入。花点儿小钱，送点儿卖的商品，望会长等人关照关照，挑个好地段。

“这半个月不是人过的日子，这些小贩子真黏人，不是你的电话，就是他直接找上门来，烦死了！”会长叫苦道。不是会长叫苦啊，这些人，“细洞里爬不出大蟹来”。你看，不是送凉席就是不锈钢的盆子，家里的这些东西，用三百年都用不掉。卖花草的值钱的他们又舍不得，这铁树要十盆做什么梦！他怨了，恼了！那卖服装的还不错，没有送衣服，要是也送衣服，那衣服穿到进锅堂也穿不掉，要那些冒牌的名牌“送死衣裳”做什么？好在没人送，烟酒笑纳，摊位费可以代收。尝到甜头的徐会长，又分摊了会员和会计的工作。

果真如此，今年的庙会比以往任何一届的人气旺，收入更高。徐会长没空跟会计结账，会计也懒得理此事。

年底理财小组理清财务，收入比往年多很多，没什么可说的，喝酒、拿钱回去过年，正月初一舞龙拜年由各分会自行组织，总会不予过问。初五下午，集中商议春宫会有关事宜，初六正常活动，初八至初十迎春宫会。

庙会活动正常，收入正常，吃喝玩耍正常。本以为一切都应该是“风调雨顺”，想不到的是人们的“眼光太窄”，器量小到如同眼眶里容不得一粒沙子。春风得意的徐会长过着土皇帝般的生活，可就在三年后的春宫会引来了无数的议论声，指责声，甚至是辱骂声此消彼长。

人们都祈求菩萨有灵性，希望菩萨保佑，大家都说“心诚则灵”，那么歹毒的人是否则“诛”？

一年一度的春宫会又开始了。初八那天早上阳光灿烂，各家各户都在准备迎接菩萨大驾，所到之处鞭炮声响起，一大帮人从庙里出发，往庄东头走去，挨家挨户跑。春宫会，除了消灾祈福，还收香钱，如果主人给少了，管事的会叫人家“涨财”，菩萨在场让“涨财”，尽管心里不愿，但还是面带笑容，手也是忙不迭往口袋里伸，其实有的人早就做好准备，等的就是这句话。

十一点出头，天变了，下起了毛毛雨，迎会的人不买小雨的账，督阵的会长会员都在呢，也不好懈怠，再说多跑一家就多一份小费，他们乐意。他们继续抬着菩萨，走东家窜西家，半个小时后，会长说：“上午就到这里吧，先去吃饭。”

会长等人爬上车子，率先进了饭店，会员领着抬菩萨的“臣民”向庙里走去。走到拐弯处，雨渐渐稠密，会上脑子好使的手一舞，也向饭店走去，落下了十来个抬菩萨的、拎桶子的、贴“太平”条子的临时工，他们赶到了“福宁寺”天井里，搁下菩萨神龛，也赶到了饭店。

细雨变粗了，天井里的菩萨不知道为何不显灵跑进屋，雨水顺着神龛顶的缝隙流到菩萨的头顶上，流过眼睛。

有一村民从饭店门前经过，走到庙前看到菩萨在“哭”，他的心猛地一揪，随口大骂：“这帮吃屎的畜生，只顾自己，将菩萨丢在外面淋雨，这是人做的事吗？菩萨你也显显灵，让这些恶人不得好死！”

刚过年，又是阴雨天，闲人多，这位老兄走到哪儿说到哪儿，不少人还打着伞跑到庙门口看，菩萨真的在“流泪”。有些小孩子听说菩萨会哭，哪里肯信，也结伴去看，果然看到有水从菩萨的眼眶里流下来，他们像发现了什么秘密似的，奔走相告，并拍手说：“菩萨流泪了，坏人要死了！”有个修行的奶奶从柜子里拿出了从未用过的新毛巾给菩萨擦干了泪，回家时遇到小孩子们，喊住他们说：“不能瞎说，新年头上不能说呆话！”

不过这诅咒，还真的应验了，比菩萨的话都要灵，也许徐会长的悲剧与这近乎恶毒的诅咒有关，虽说“强盗贼子不是咒死的”，可是一旦做了亏心事，睡觉不踏实，做梦都有可能梦到“八大金刚”捉拿坏人，那坏人有时就成了他自己，梦也折磨人呢。

这个小过错，引起舆论哗然，是始料未及的。当这一笑话传到徐会长耳里时，他火冒三丈，但事已发生，说得再多也不抵事。他不是为其他的事生气，是为自己的好日子还能过多久担忧呢！能拿抬菩萨的人怎么样，人家是临时雇来的，不拿固定工资，奈何不了他们，再说，“为民祈福”你自己相信吗？想到这儿，他像泄了气的皮球。

现如今名声已坏，臭就让他臭去吧，只要庙会继续迎，摆摊头的不少，好日子一样过！

年味渐渐淡去，得好好地准备今年的庙会了。为了消除负面评价，今年的庙会一定要好好打造，增加一些新的花式，添置一些行头，争取更多的友好庙会的支持。

徐会长的决定等同于庙会的最高指示。“要添置行头”这一决策很快传到了“靓丽人生”女老板的耳朵里，她几经周折搭上了徐会长这条线。

徐会长得知美女老板想承揽这活计，很高兴，对这个女老板，他心仪已久，只是年龄相距甚大，没有任何借口搭讪，他很着急呢。今天会上有人说情，他心中乐开了花，但他不动声色，只是说可以谈谈。

这“可以谈谈”类似于“研究研究”吧，精明的女老板，能读不懂这篇文章？瞅准了徐会长回家午休，她带着礼品尾随其后。

徐会长打开大门时，女老板满脸堆笑地站在门外，徐会长吓了一跳，是自己花了眼，还是幸运之神真的降临？他不敢相信，但是又不能不信，这面若桃花的美女正立在门外呢！他都不知道该怎么说话了，只是用手示意人家进门。女老板前脚刚跨进门，后脚稍用力一蹬，门关了。徐会长从她的动作上知道了是何意，无需解释。

缝制五百套舞龙服装，总会和各分会成员带长的每人一套西装，十分钟的时间，十几万元的合同便签订成功，接下来的事，便是要用某个广告词了：“你好，我也好！”

从此徐会长便经常得到老板娘的邀请。擅走“小路”的徐会长，做得很隐蔽，别人不大看得出来呢！

“要得人不知，除非己莫为”，徐会长插了足，便得罪了女老板以前的朋友。老板娘天生丽质，又会处世，丈夫是海员，聚少离多，蜜蜂蝴蝶常光顾也在情理之中，鸠占鹊巢，喜鹊能不生气吗？做点恶作剧再正常不过了。雷雨之夜你能想到行人少，可那有心之人也能想到，所以有了那声断喝。这断喝，除了死者知道，这世上没人知道了。

风云一时的徐会长走了，刚开始几天，整个集镇的男女老少无不议论着他过去的诸多故事，但是没几天，人们的谈兴渐渐淡去，也许人们觉得对于这个人没什么值得留恋的吧，以后只有清明时节，他的子孙会到他的坟上烧些纸钱，谨表怀念罢了。